PÓLVORA Y CAOS

Martha Carr y Michael Anderle

LMBPN® International.

2375 E. Tropicana Avenue

Suite 8-305

Las Vegas, Nevada 89119 USA

ISBN del libro impreso: 978-1-68500-997-7

Capítulo 1

El duro y acelerado ritmo del heavy metal sonaba a través de un altavoz Bluetooth portátil junto a todos los vehículos militares alineados en el patio para su inspección en la base militar de Fort Bragg. Los soldados de la compañía se refugiaban dentro de los vehículos con sus portapapeles e interminables formularios que no sirven para nada. Excepto, por supuesto, para mantenerlos ocupados y recordar a los mecánicos, semana tras semana, que *aún* no tenían lo que necesitaban para repararlo.

La soldado de primera Idina Moorfield no estaba exenta de la interminable y repetitiva monotonía de la revisión mecánica de todos los lunes. Si no hubiera sido porque su unidad sufría a su lado, probablemente habría perdido la cabeza después del primer mes de inspeccionar cada vehículo y rellenar cada informe siempre de la misma manera.

Tras echar un vistazo bajo el capó abierto de un Jeep desmontado —al que aún le faltaba la varilla de la transmisión, el tapón del aceite, los dos faros y ahora el *neumático* trasero *derecho*—, Idina marcó las casillas de su formulario y resopló.

—Esto es ridículo.

—¿Qué? —Anderson asomó la cabeza desde detrás de un JLTV algo menos inservible pero más abollado, y la miró con los ojos muy abiertos.

Soltó una carcajada.

—He dicho que esto es…

—¡Por el amor de Dios, Cashman! —Anderson se

volvió hacia el LTATV que estaba a dos metros de distancia.

Cashman estaba de pie junto al vehículo, mirando fijamente el capó abierto con el motor en marcha como si pudiera hacer todas las reparaciones él mismo por pura fuerza de voluntad. Su portapapeles colgaba sin ganas a su lado.

—¿Qué?

Anderson señaló el altavoz Bluetooth que había en el suelo detrás del otro soldado.

—Bájale el volumen, ¿eh? No puedo ni oírme pensar.

—No hace falta que te oigas pensar. —La antigua compañera de Idina, la sargento Cameron, golpeó con una mano el capó de otro vehículo que había estado parado en el taller móvil desde que Idina se incorporó a su unidad hace casi dos meses—. Un mono descerebrado podría hacer esta mierda.

—¿Has oído, Anderson? —Idina le sonrió por encima del capó del Jeep que tenía delante—. Estás excepcionalmente cualificado.

Los demás soldados de su unidad se echaron a reír. Anderson miró de reojo a Idina y soltó una carcajada.

—En serio, Cashman. Baja el volumen.

—Estoy en medio de un trabajo de alta prioridad, imbécil. —Cashman siguió mirando el LTATV e inclinó lentamente la cabeza—. Bájalo.

Idina los observó con una sonrisa torcida.

«Sí. Incluso discutir sobre qué tipo de música ponemos es más productivo que el parque móvil. Esto es…»

Un destello de luz verde en el rabillo del ojo la hizo volverse hacia el LTATV. Volvió a brillar y procedía del interior del vehículo. La única razón por la que podía verlo ahora era porque sus luces verdes se habían ampliado en los últimos meses para mostrar amenazas a través de objetos físicos: paredes, puertas y, ahora, vehículos blindados.

—Cash —le llamó—. Puede que quieras…

El portapapeles de Anderson tintineó sobre el asfalto

antes de que se dirigiera a toda velocidad por la fila de vehículos militares hacia el altavoz Bluetooth.

—No, yo me encargo, Moorfield. Quieres que lo baje. De acuerdo, tío. ¿Qué tal si te lo meto por el culo? Con eso bastará, ¿no?

—No, esperad. —Idina estudió el lateral del LTATV, sus luces verdes parpadeaban cada vez más rápido a la altura de los muslos. Como parte de la inspección, Cashman había arrancado el motor del vehículo, más que nada para poder estudiar las mismas piezas defectuosas una y otra vez cada semana. Ahora el motor no era el problema.

—Hostias —murmuró Cashman. Sacó el teléfono del bolsillo y se lo dio a Anderson—. Si así te callas, adelante.

Las luces verdes parpadeantes de Idina estallaron en docenas de chorros temblorosos como llamas, y el olor a metal caliente y aceite de motor la golpeó con fuerza.

No era real. Todavía no. Pero sus luces nunca se equivocaban, y salvo por un sueño en el que no debería estar pensando ahora, esto era el único aviso que tendría.

—¡Eh! —Su grito hizo que Cashman, Anderson y los demás miembros de la unidad que la rodeaban se detuvieran un instante—. ¡Atrás! Ese motor está en marcha…

Se escuchó un fuerte golpe y un rugido estalló en el interior del LTATV. Por suerte, el tanque estaba vacío por una fuga de combustible adicional, así que no disparó ninguna pieza rota a través del capó abierto cuando el motor reventó. Sin embargo, aparecieron espesas columnas de humo, primero blanco y luego negro.

Todo el mundo dio unos pasos atrás, sin inmutarse e incluso sin sorprenderse a estas alturas de que algo en el puesto se estropeara, explotara, echara humo o, en general, hiciera lo que no debía hacer.

—Joder… —Cashman gimió, mirando el humo que salía de la parte superior del vehículo blindado.

Con un suspiro, Idina se dirigió al garaje que estaba

más cerca de su Jeep. Cogió el extintor de la pared interior, dentro de la puerta abierta, y volvió corriendo hacia el vehículo humeante.

Después de eso, no necesitó sus luces verdes intermitentes. El primer chorro de extintor recorrió todo el lateral del LTATV hacia el capó, lanzando plumas de niebla blanca y espuma esponjosa por todo el metal blindado. Luego llegó a la parte delantera, contuvo la respiración y apretó el gatillo sin parar, barriendo de un lado a otro el humeante compartimento del motor.

Con una niebla blanca y fría en lugar de humo flotando ahora en el aire, Idina soltó el gatillo y dio un paso atrás.

Algunos soldados de los alrededores se rieron y volvieron al trabajo. Inspeccionaron y documentaron lo mismo que habían inspeccionado y documentado la semana pasada.

«Y se suponía que estamos haciendo inspecciones para evitar este desastre».

Idina se volvió hacia Cashman y Anderson, que la miraban con expresiones muy distintas. Anderson sonrió satisfecho. Cashman se hundió en sí mismo, con los hombros encorvados hacia delante, cuando ella se acercó a ellos.

—Parece que te has dejado algunas cosas. —Ella empujó el extintor contra su pecho y en sus brazos—. Es probable que quieras empezar a escribir tu informe.

Anderson soltó una carcajada y dio una palmada en el hombro de Cashman antes de volver a su inspección.

—¿Crees que volverá a explotar? —preguntó Cashman.

Idina se encogió de hombros mientras se dirigía de nuevo hacia el JLTV medio desmontado.

—Yo no diría que no.

Con el extintor en la mano, Cashman corrió hacia el LTATV, apagó el motor e inmediatamente saltó hacia atrás con su nueva arma preparada. El motor tosió y chisporroteó y lanzó otra pequeña ráfaga de humo, pero no fue mucho peor que eso.

—De acuerdo. ¿Qué demonios? —El sargento de primera Remmington se dirigió hacia esta parte del taller móvil, extendiendo los brazos.

Idina miró a un lado y a otro entre el congelado Cashman y su sargento de pelotón, y luego se inclinó para recoger de nuevo su portapapeles y su bolígrafo.

«No va a contestar. Casi nunca contesta, y cuando lo hace, parece que se lo inventa sobre la marcha».

—Fuga de combustible, sargento —le explicó ella.

Remmington le dirigió una rápida mirada mientras se acercaba a Cashman, pero estaba más interesado en el soldado encargado de inspeccionar un LTATV que había montado un espectáculo de humo.

—Cashman.

—Sí. —El soldado se volvió hacia su suboficial, parpadeó furiosamente y se puso un poco más firme—. Perdón. ¿Sí, Sargento?

—¿Fuga de combustible con el motor en marcha?

—Sí. Y mucho humo… —Solo entonces Cashman pareció darse cuenta de que era él quien sostenía el extintor, y lo extendió hacia la espuma que cubría el vehículo—. Pero ya está despejado.

—Ajá. —Remmington enarcó una ceja y luego señaló el portapapeles que había en el suelo, a los pies de Cashman—. Vas a añadir eso al informe. Luego vas a cortar la música. Eso suena como un animal moribundo.

Anderson y Cameron soltaron una risita y volvieron a sus monótonas inspecciones.

Tras echar otro vistazo al LTATV averiado y agujereado, Remmington se volvió de nuevo y se dirigió hacia Idina.

Ella fingía estar tan concentrada en escudriñar cada pieza bajo el capó para parecer ajena a su aproximación.

Su sargento se detuvo detrás de ella y se aclaró la garganta.

—Moorfield.

Ella se apartó con rapidez del vehículo, se giró y le miró con un gesto de la cabeza.

—Sargento.

—¿Crees que porque nos conocemos de la base puedes responder a preguntas dirigidas a otro soldado?

Idina apretó los labios para evitar la sonrisa que amenazaba con abrirse paso.

—Creo que responder por Cashman hace que todo vaya más rápido porque él no querrá contestar.

Se miraron fijamente y Remmington resopló.

—Todavía no sé qué hice para merecer que me tocara contigo también en mi pelotón FORSCOM.

Ella ya no pudo mantenerse más seria y soltó una corta carcajada.

—Yo culparía a su habilidad como excelente sargento instructor. Y probablemente a la suerte.

—Sí, una suerte de mierda. Eso es lo que es. —Ambos rieron, y Remmington miró por encima del hombro al LTATV cubierto de espuma. Luego sacudió la cabeza y suspiró—. Muy bien, Moorfield. Algunos investigadores están de camino al batallón para hablar contigo. Termina tu inspección y lárgate de aquí para no hacerles esperar.

—Bien. Gracias.

Asintió con la cabeza, juntó las manos a la espalda y comenzó una lenta ronda de inspección del Segundo Pelotón al parque móvil.

«Podría vigilar a todos ahora que vino a hablarme de los investigadores. Y jugó como si hubiera venido por el humo. —Idina volvió a su vehículo con el portapapeles en la mano—. Es imposible que piense que Cashman apagó el fuego. El tipo puede correr ocho kilómetros con todo el equipo atado a su espalda y no sudar, pero no es precisamente rápido en las crisis. O en la monotonía. Pero mi sargento no me va a decir que no apague un fuego que empezó otro».

Miró rápidamente por encima del hombro y vio que Remmington le daba la espalda mientras caminaba por el taller móvil.

«Ahora me interrogan. Después de rellenar mi formulario de inteligencia militar. No hablan con la gente para una simple autorización de seguridad a menos que encuentren un problema. Aunque cualquier cosa es mejor que esto».

—Ey, Moorfield. —Anderson bajó de golpe el capó del vehículo que tenía delante y lo rodeó en dirección a ella—. Se me acaba de ocurrir algo.

Como recordaba lo que había escrito el lunes pasado —porque era lo mismo que había estado informando sobre aquel Jeep en particular durante las últimas cinco semanas— marcó todas las mismas casillas y añadió una nota para el neumático que faltaba esta semana.

—Enhorabuena. Deberíamos hacerte una fiesta.

Resopló y se detuvo a unos metros.

—Ya, ya lo sé. Supongo que me lo merezco. Pero de verdad. ¿Cómo sabías que LTATV estaba a punto de explotar?

Hizo una pausa, bajó el portapapeles y miró el LTATV esponjoso. Cashman seguía de pie frente a él, con la mirada perdida y sin mover un músculo.

—He olido una fuga de combustible.

—Lo has olido. —Anderson ladeó la cabeza—. Por encima de todo lo que olemos aquí.

Idina se encogió de hombros.

—Quizá si no pasaras tanto tiempo esnifando napalm, tu nariz también funcionaría. —Sonrió, cerró la capota del JLTV y arrojó sobre ella el portapapeles con su inspección terminada—. Tengo que conseguir mi autorización de seguridad.

—Sí, ve y diles que puedes olfatear fugas de combustible antes de que causen problemas. Les encantará. —Él le arrebató el portapapeles y ella se alejó a toda prisa del taller

10

móvil para dirigirse al edificio del batallón.

«No tengo nada que ocultar. Bueno, nada que a unos cuantos investigadores les importe, de todos modos. No estoy segura si las luces verdes parpadeantes que me muestran cómo resolver problemas les importaría. O las visiones o unas cuantas explosiones masivas cuentan como riesgos para la seguridad nacional. Quiero decir, si no preguntan, no tengo que decírselo, ¿verdad?».

Capítulo 2

Idina llegó a la sala de interrogatorios del edificio del 307 batallón —llamada de forma bastante acertada y redundante Cuartel General de la Compañía— diez minutos antes de que entraran los investigadores. Cualquier otro día, le habría dado un poco de aprensión estar sentada en una zona vacía esperando a que alguien apareciera, pero el edificio tenía aire acondicionado. Y además ya no estaba en el taller móvil.

Los dos hombres contratados para desmenuzar sus antecedentes, los de su familia y cualquier relación que fuera una amenaza potencial, sonrieron al entrar en la habitación y cerraron de inmediato la puerta tras ellos. Idina se levantó y asintió.

No, no eran oficiales, pero la mejor manera de causar una buena primera impresión era hacer sentir a todo el mundo que inspiraban respeto. Hasta que demostraran lo contrario, claro.

«Súper raro llevar los consejos de mi hermano sobre reuniones de poder a una entrevista para una autorización de seguridad secreta, pero bueno. Eso es lo que estoy haciendo».

—Soldado de Primera Moorfield. —El primer hombre extendió su mano—. Ryan Danderford. Y este es Henry Cropp.

—Mucho gusto. —Después de estrechar las manos de ambos, se quedó de pie con las manos entrelazadas a la espalda. A estas alturas era una posición natural.

—Tome asiento. —Danderford se subió los caquis antes de sentarse frente a ella y Cropp abrió la cremallera de un maletín con ruedas para sacar una carpeta de manila que, para su tranquilidad, era muy fina. La dejó sobre la mesa y asintió—. Puede empezar hablándonos de tus padres: Harold y Annette Moorfield.

Oír sus nombres en una base militar después de haber hecho todo lo que estaba en su mano para *alejarse* de toda su familia le trajo mal sabor de boca. Pero mantuvo la compostura y cruzó las manos sobre su regazo.

—Claro. ¿Qué necesita saber?

—Lo que hacen. Si está muy unida con ellos. Cuánto le cuenta sobre su vida y su trabajo aquí. Hasta qué punto confía usted en su capacidad para ocultarles información clasificada, de forma o no intencional. Ese tipo de cosas.

Idina tuvo que contenerse para no soltar una carcajada.

«Cierto. Es más probable que divulguen mis secretos que los del Ejército.

—Mis padres son banqueros de inversión, señor Danderford. Toda mi familia trabaja para Moorfield & Associates. Mi abuelo, mis tres hermanos, mi hermana, mis cuñados. Todos están metidos en el negocio familiar como trabajadores y accionistas.

—De acuerdo. —Él asintió—. ¿Y tiene usted relación con alguno de ellos?

—No, señor.

—¿Por qué no?

Se le escapó una risa irónica.

—Más que nada porque yo no quería ser banquera de inversiones. Y en cuanto a si comparto algo con ellos o si les envío información clasificada, aunque fuera de manera involuntaria, dejé de enviar correos electrónicos a mi familia después de graduarme en la instrucción. Estoy bastante segura de que ninguno de ellos abrió ni uno solo.

Cropp hizo clic su bolígrafo retráctil antes de abrir la

carpeta y anotar algo. Idina echó un vistazo a los papeles, pero no pudo distinguir nada en la apretada letra del tipo.

«No tiene importancia. Es probable que no tener contacto real con la familia sea bueno en este caso. A menos que piensen que es el signo de un sociópata radical. Y dudo que ese sea el caso».

—¿Y sus hermanos? —preguntó Danderford. Al parecer era el que iba a hablar a lo largo de toda la entrevista.

—Soy la menor de cinco —le explicó con una sonrisa tensa—. Y estoy bastante segura de que yo fui un bebé no planeado. Supongo que estoy más unida a mi hermano Bryan que a cualquiera de los otros, pero eso es relativo. Ni siquiera entonces diría que éramos muy cercanos.

Durante unos segundos, Danderford la miró sin revisar sus notas ni emitir sonido alguno. Cropp garabateó algo, e Idina se sentó más recta en su silla.

«Es imposible que haya dicho algo que les preocupe. Esto es parte de su trabajo. Examinarlo todo con lupa y hacer que el solicitante de seguridad se retuerza durante unos minutos. A menos que sepan algo que yo no…».

—Por lo que usted sabe, soldado Moorfield —continuó Danderford—, ¿está algún miembro de su familia involucrado en activismo político, organizaciones con misiones propensas a la violencia por parte de sus miembros, o lo que comúnmente se considera grupos extremistas?

Sin poder evitarlo, soltó una carcajada y se aclaró la garganta.

—No, señor. En lo único en que cree mi familia es en el dinero. Es lo que impulsa sus negocios y su voto electoral.

—¿Alguno de ellos ha asistido a mítines políticos o se ha visto implicado, aunque sea de forma involuntaria, en grandes concentraciones de personas en las que ha estallado la violencia?

—No, señor.

—¿Hay algo que quiera decirnos sobre alguno de los

miembros de su familia que pueda ser motivo de una investigación más profunda?

Idina miró a los dos hombres sentados frente a ella y sus labios esbozaron una sonrisa tensa.

«Quieren que les ofrezca información que no hayan comprobado. Pero bueno, es su trabajo y lo hacen para todos los que necesitan autorización en el ejército».

—Bueno… —Esperó a que Cropp dejara de escribir y la mirara—. Mi hermano Bryan es un drogadicto. Mi hermano Timothy es un alcohólico con una tarjeta de crédito ilimitada. Mi hermana Celeste y su marido tienen al menos dos cuentas bancarias en el extranjero que utilizan para trabajar con clientes de alto perfil que les pagan aún más para… saltarse algunas normas de responsabilidad fiscal. Que yo sepa. Pero tengo la sensación de que eso no es lo que están buscando.

—No. La verdad es que no. —Danderford se rio entre dientes—. A menos que esos clientes de alto perfil sean líderes o militares extranjeros.

Idina negó con la cabeza.

—Tuve acceso a los libros de la empresa el verano pasado. No vi nada de ese tipo, así que, por lo que sé, no sería muy probable. Por no hablar del tiempo que mi abuelo se pasó dándonos su sermón sobre los peligros de hacer negocios con cualquier entidad gubernamental.

—¿Cuáles serían esos peligros?

—Sobre todo que los gobiernos son muy tacaños.

Cropp resopló y por fin dejó de escribir breves ráfagas de notas para intercambiar una mirada con su compañero. Danderford volvió a reírse y asintió.

—Yo tampoco diría que es una opinión extremista.

Idina se permitió devolverles la sonrisa.

«La experiencia más cercana de mi abuelo con el ejército de EE. UU. Él sabe cuánto dinero *no* quieren gastar».

Tras rebuscar una vez más entre los escasos papeles

del expediente de Idina, Cropp deslizó toda la carpeta por la mesa hasta dejarla delante de las narices de Danderford. El investigador escudriñó los documentos y asintió con la cabeza.

—Nos gustaría preguntarle por algunas personas más. Empecemos por el personal de Moorfield Manor, en New Hampshire. Asumo que los conoce a todos, ¿correcto?

Ella parpadeó y se movió ligeramente en su asiento. Era consciente de lo nerviosa que parecía. No fue el cambio de pregunta lo que la desconcertó. Fue la repentina aparición de sus luces verdes parpadeantes que iban de un lado a otro sobre los papeles del expediente que tenía delante el señor Danderford. Además del hecho de que no podía entender ni una sola palabra de esos papeles para averiguar qué demonios intentaban decirle sus habilidades.

«Menuda ayuda me dan estas luces. Claro, quieren que lea los archivos clasificados de cada persona de mi vida, ¿y luego qué? ¿Sabré de repente si me van a dar o no mi autorización de seguridad? Y sé que no tengo nada que ocultar».

—¿Soldado Moorfield?

—Sí. Perdone, es que… No esperaba que preguntara por el personal.

—No pasa nada si se pone nerviosa durante estas entrevistas. O incluso si le pilla de improviso alguna pregunta. Ocurre siempre. El personal de la casa forma parte de tu vida, así que también tenemos que preguntar por su relación con ellos.

Se aclaró la garganta.

—En realidad, ellos son más «mi familia» que mis padres o hermanos. Tendría que decir que las respuestas a todas sus preguntas se aplican a ellos por igual. Nadie es violento ni radical. Casi nunca salen de la finca porque todo el mundo vive allí. Estoy bastante segura de que la edad media del personal de la casa es de al menos sesenta años.

—Claro, por supuesto. —Danderford asintió despacio,

una y otra vez, como si ahora lo hiciera de forma inconsciente y en realidad no la oyera,

Si eso tenía algo que ver con las luces verdes que parpadeaban aún más rápido en el expediente que tenía delante, no lo sabía. Pero Idina no le gustaba la forma en que esto iba.

«Se me escapa algo o mis luces no estarían sonando la alarma en este momento. Y ni siquiera puedo verlo con claridad».

Aunque había dado a los investigadores una respuesta general sobre todos los miembros del personal y todas las preguntas que ya le habían hecho sobre su familia, Danderford siguió repasando la lista del personal de Moorfield Manor: la señora Yardly, el maestro Rocha, los jardineros jefe Edgar y Mason, Todd el chófer, e incluso el personal adicional de cocina y mantenimiento que Idina no conocía tan bien como a los demás. Las preguntas eran las mismas para cada uno, y sus respuestas eran las mismas. Harold Moorfield I era meticuloso a la hora de investigar a su personal antes incluso de invitarlo a una entrevista de trabajo y esa costumbre se la había inculcado también a su hijo y a sus nietos mayores.

Danderford hizo una pausa, y su tono cambió ligeramente de «esto es solo una entrevista sin importancia» a «esto es lo que nos interesa».

—Por lo que usted sabe, ¿lo mismo ocurre con el jefe de personal, señor Archibald?

—¿Reggie? —Idina no pudo evitar soltar una pequeña carcajada—. Sí. Él es el menos probable de tener dificultades con la autoridad. O con guardar secretos.

«Por no mencionar el hecho de que ni siquiera le he hablado de los hilos verdes en el aire ni de las visiones ni de los sueños. O de curarme a mí misma».

—Bien. —Danderford sacó su bolígrafo del bolsillo interior de su chaqueta, lo abrió con un clic y garabateó algo más junto a la letra apretada de Cropp—. Todo parece bien por nuestra parte por ahora. Creo que eso es todo.

—De acuerdo. —Intentó sonreír, pero era bastante difícil sabiendo que su habilidad quería que viera algo que ella no podía captar con claridad. Porque fue entonces cuando Danderford cerró su expediente sobre la mesa y se lo devolvió a Cropp.

«Pues he perdido mi oportunidad. Ahora me voy a volver loca tratando de averiguar qué era lo que necesitaba ver».

Cropp hizo una pausa con la carpeta en la mano, la abrió una vez más para echarle un último vistazo y se aclaró la garganta.

—Háblenos de su tío. Richard Moorfield.

Idina y Danderford observaron al segundo investigador. Al parecer, el hombre no hablaba mucho.

«¿Qué tiene que ver Richard con todo esto?».

A Idina se le hizo un nudo en el estómago y se acercó a la mesa, luchando por mantener la espalda recta y de parecer segura de sí misma.

—No hay mucho que decir. Es el hermano pequeño de mi padre y el único Moorfield que conozco que no sigue en la finca de mi familia. Bueno, él y ahora yo.

Cropp enarcó una ceja.

—¿Sabe a qué se dedica últimamente?

—Ja. No, señor. —La amargura en su risa la sorprendió. «Sí, claro que estoy disgustada. Es la única persona de mi familia que podía darme respuestas reales sobre lo que está pasando, pero ha desaparecido de la faz de la Tierra»—. No lo he visto en nueve años.

—¿Intentó localizarle o contactar con él?

Suspiró.

—Ni siquiera sabría por dónde empezar.

Con un movimiento de cabeza, Cropp devolvió rápidamente la carpeta a su maletín, cerró la cremallera y se levantó. Danderford se unió a él y le tendió la mano a Idina con una genuina sonrisa.

—Es todo lo que necesitamos, soldado. Gracias.

Le estrechó la mano, pero ella no pudo contenerse.

—Lo siento, señor, pero yo solo... ¿Hay algo que debería saber sobre mi tío?

—No veo ninguna razón para ello. —La sonrisa del hombre se ensanchó—. Investigamos a *todo el mundo*, soldado Moorfield. A cualquiera que haya tenido relación con usted en algún momento y que pueda volver a afectar a su carrera y a su bienestar mental ahora. Buscamos todos los posibles factores de riesgo. Ese tipo de cosas.

—¿Crees que Richard Moorfield es un posible factor de riesgo?

Cropp resopló mientras levantaba de un tirón el asa de su maletín y se dirigía hacia la puerta.

—En absoluto. —Danderford volvió a abrocharse la chaqueta deportiva—. Solo estamos siendo muy minuciosos. Se le avisará cuando reciba el visto bueno. Disfrute del resto del día.

—Gracias. Usted también.

Durante otros veinte segundos, lo único que pudo hacer fue quedarse mirando el pasillo al otro lado de la puerta abierta.

«Bueno, claro que los Servicios Federales de Investigación van a investigar a todos los miembros de mi familia. Incluso al tío al que nadie ha visto o hablado en nueve años. Eso no tiene nada que ver conmigo. Es imposible que sepan algo sobre Richard. Me habrían preguntado sobre las luces verdes...»

Muy despacio, se incorporó en su silla y rodeó la mesa para salir de la pequeña y estrecha sala de reuniones.

El señor Danderford le había dicho que la avisarían *cuando* recibiera la autorización, lo cual era una buena noticia, sobre todo porque no había ninguna razón para que no la recibiera. A Idina aún se le revolvían las tripas mientras caminaba por los pasillos del Cuartel General de la Compañía hacia la salida principal.

Seguía teniendo la sensación de que se le había escapado algo crucial, pero ya no podía hacer nada al respecto.

«En el Ejército, solo te dicen lo que necesitas saber. Tanto si me guste como si no».

Capítulo 3

La entrevista de Idina terminó a tiempo para que regresara a la compañía y al comedor de los barracones para cenar. Aunque llevaba casi dos meses en Fort Bragg, rara vez salía de la base, a menos que necesitara algo que no pudiera obtener en el economato del puesto, lo que normalmente era materiales de arte de alta calidad. Aunque la verdad, prefería quedarse en la base.

Tenía todas las comidas disponibles en los barracones. También había otras opciones para comer en el puesto, aunque Fort Bragg era enorme y no se podía caminar hasta allí. La falta de un coche era un inconveniente para comer en otros lugares o buscar un poco de variedad. Cuando su unidad acordaba ir a otro lugar para hacer ejercicio por la mañana o tenía que reunirse en un área diferente de la base, se montaba en el coche de algún compañero.

En ese momento, su pelotón se había dado cuenta de que la soldado de primera Moorfield tenía algunos hábitos un tanto peculiares. Claro, si no estuviera en el Ejército, todos serían considerados peculiares aquí. Por supuesto, se burlaban de ella por eso.

—¿Vas a pedir lo de siempre, Moorfield?

—Ni siquiera disfrutas la comida, ¿verdad? Por eso siempre pides lo mismo.

—¡Vamos todos a comer pizza! Excepto tú, Moorfield. Por supuesto.

Se reía porque no le importaba. De alguna manera, quedarse en el puesto incluso cuando no estaba de servicio la hacía sentir más segura. Lo último que quería era repetir la última noche que pasó en Fort Leonard Wood con sus amigos de la base: hamburguesas para cenar, buenas noticias sobre la escuela de paracaidismo y la necesidad de explicar sus extraños reflejos y las luces verdes que salían de su mano.

«Me quedo aquí. Bajo la cabeza. Hago mi trabajo. Los episodios dejarán de ser un problema. No he tenido sueños ni visiones en los últimos dos meses, así que no voy a hacer grandes cambios».

A veces le gustaba pensar que esto era parecido a cómo habría sido para ella ir a la universidad, si las circunstancias le hubieran permitido aceptar una increíble beca en Dartmouth en lugar de unirse al Ejército. Los barracones podrían haber sido como dormitorios, los comedores podrían haber sido como las zonas comunes del campus.

Sí. Un campus universitario donde los vehículos incendiados son normales, nadie sabía qué les depararía el día y las clases pueden dejar heridas graves, y todo el mundo está entrenado para el combate letal.

Aunque por lo general terminaba comiendo sola, tampoco le importaba. Así había sido durante la secundaria, el internado y todos los días de su vida en Moorfield Manor. Disfrutaba de llevarse la comida para observar a la compañía Bravo en sus actividades diarias desde afuera. Esta noche resultó ser una de esas noches con un poco más de acción de lo esperado.

Mientras caminaba por el pasillo hacia la parte trasera de los barracones, Cameron y otros dos soldados del primer pelotón pasaron corriendo a su lado, riendo a carcajadas y empujándose entre ellos.

—¡Moorfield! —Cameron redujo la velocidad para que Idina pudiera alcanzarla y le dio un codazo a su antigua compañera de piso. Idina apretó su caja de comida para llevar para que no saliera disparada de sus brazos—. Adivina lo que acabo de oír.

—Aquí se oyen muchas cosas, sargento. —Idina trató de contener una carcajada. Habían sido compañeras de piso durante diez días, mientras Cameron esperaba a que se abriera un apartamento disponible para suboficiales tras su ascenso. La incomodidad de esa transición de rango había desaparecido hacía tiempo, pero Idina no podía evitar meterse con ella cuando tenía la oportunidad. Solo un poco.

Cameron chasqueó la lengua.

—¿Crees que me refiero a ti? ¿De verdad te crees tan especial, Moorfield?

—No sé si soy especial. Pero sí sé que tengo hambre.

La sargento resopló.

—Los novatos del segundo pelotón están aquí. ¿Vienes a verlos?

Idina gimió, mitad molesta y mitad divertida.

—No puedo decir que no a eso.

—Eso es lo que pensaba. —Tras darle una palmada en la espalda a Idina, Cameron salió corriendo de nuevo. El sonido de la puerta metálica trasera al abrirse y cerrarse resonó en los pasillos.

«Quizá por eso todos nos detenemos a ver cómo los novatos reciben su fiesta de bienvenida. Es vergonzoso e hilarante al mismo tiempo. Porque todos hemos pasado por lo mismo».

Cuando llegó a la puerta trasera y la abrió de un empujón con el hombro, el sonido de gritos, burlas y risas resonó en el patio detrás del edificio. En el patio estaban el segundo pelotón y sus nuevos novatos, los flamantes soldados que habían recibido la orden de incorporarse a su nueva unidad en Fort Bragg.

Idina sonrió y se acercó a la parte trasera del edificio, se sentó y se apoyó en la pared para observar. Los macarrones con queso, la ensalada César y las alitas de pollo no fueron suficientes para distraerla de las expresiones de cansancio, frustración y agobio en los rostros de los nuevos soldados, quienes estaban siendo golpeados por sus suboficiales y el resto del segundo pelotón en todo el patio.

Alrededor de los barracones, todos los demás miembros de la compañía que sabían lo que estaba pasando se habían sentado en primera fila para presenciar este inesperado espectáculo, riendo y especulando sobre la historia de los novatos. Se habían prohibido el ánimo y las interrupciones para no interferir en la calurosa bienvenida de los ingenieros de construcción de la compañía.

«Es como el ataque del tiburón en la base de nuevo. Solo que esta vez es en todo el pelotón. Pronto se darán cuenta de que no es permanente».

Uno de los novatos se acercó a ella, se comió una alita de pollo y la dejó en la caja para llevar, luego se limpió la boca con una servilleta.

Remmington se detuvo a su lado, se apoyó en la pared y se cruzó de brazos.

—Maldita sea.

Idina levantó la vista hacia él y se metió un bocado de ensalada en la boca, esperando ansiosa la gran revelación de por qué su sargento de pelotón había decidido detenerse junto a ella.

«Probablemente para restregarme algo. A menos que los investigadores pensaran que había algo extraño en mi entrevista y se lo hubieran dicho a mi jefe. No es muy probable».

Resopló.

—Si me hubieran dado órdenes de ir al segundo pelotón dos semanas antes, te habría golpeado en la base y en la compañía.

Se atragantó con la ensalada y trató de mantenerla en la boca, donde debería estar. Él se rio, pero continuó sin mirarla.

—Como dije, sargento, ha tenido suerte.

—Qué gracioso, jaja. —El especialista Gowon se les

unió, rascándose la cabeza de pelo azabache y rapado—. Todos sabemos que te trataba como una Barbie cuando aún tenías el pelo largo. Pero ahora eres su BFF y todos huyen gritando.

Idina se echó a reír cuando Anderson se les unió.

—¿Qué demonios acabo de oírte decir, Gowon?

—¿Qué? —Él parecía realmente confundido—. ¿Me equivoqué otra vez?

—Amigo, ¿cuánto tiempo estuviste en Australia?

—La llaman Barbie. —Mirando a un lado y a otro entre Idina y Anderson, Gowon extendió los brazos—. Yo sé esto. Tienen muchas Barbies. Que comí allí.

Los otros soldados cercanos que escucharon la conversación —que se hacía cada vez más ruidosa a medida que Gowon se agitaba— se echaron a reír.

—Oh, vamos. Barbies. Ya sabes. Barbies calientes. Con la salsa humeante.

—Ahora no tengo ni puta idea de lo que estás hablando. —Remmington sonrió satisfecho—. Y yo no juzgaría el nivel de nada por lo que hace o deja de hacer un australiano.

—Pero…

—¿Qué crees que significa BFF? —Anderson entornó los ojos mirando a Gowon, que ahora parecía como si una jauría salvaje lo hubiera acorralado en lugar de los miembros de su unidad—. Solo por saberlo.

Idina cerró su caja para llevar y miró a Gowon, tratando de ocultar una sonrisa detrás de su mano. Alguien se había estado metiendo con él demasiado.

—Yo también lo sé. —Gowon contó con los dedos—. B. F. F. ¿Sí? Es el Brutal. Fracaso. Fecal.

Todos los soldados a su alrededor estallaron en carcajadas, su atención momentáneamente apartada de los nuevos soldados del segundo pelotón que recibían su tortura de bienvenida con el equipo de combate completo y sus efectos personales. Porque cada vez que Gowon intentaba presumir de su descubrimiento de la comprensión cultural, siempre resultaba hilarante.

Idina por fin recuperó el aliento y parpadeó con los ojos llorosos de tanto reír.

—Sí. Esa soy yo. La BFF del sargento Remmington.

Gowon le chasqueó la lengua.

—Solo te estoy tomando la mano, Moorfield.

—Tío, joder —chilló Rickens al unirse a ellos, doblándose de risa—. Se dice que le estás tomando el pelo.

Gruñendo, Gowon giró en círculo y escudriñó el patio.

—El soldado Cabronazo me dijo que podía decirlo con cualquier parte de su cuerpo. ¿No es así?

Los soldados prácticamente se derrumbaron, sin mostrar el menor interés en ayudar a Gowon a encontrar al tipo que le había estado dando falsas palabras de moda durante al menos las dos últimas semanas.

Idina se limpió las manos con una servilleta y se puso de pie.

—Creo que necesitas un nuevo instructor, tío.

—¿Dónde está Kavanaugh? —gritó Anderson a otro grupo de soldados que se dirigían hacia el interior.

Uno de ellos encogió los hombros.

—¿Fingiendo enfermedad?

Gowon sonrió y señaló a Anderson con el dedo.

—¡Está en el *pisero*!

Siguió más risas, e Idina se cruzó de brazos para observar a los miembros de su unidad, riendo con ellos y sacudiendo la cabeza.

—¿El qué?

—Se refiere al baño, ¿verdad?

—Tío, tu inglés era mejor cuando te alistaste.

—El cagalero, Gowon —añadió Remmington—. O di que está en el baño.

—¿Qué? Pero ¿y si no estás cagando?

—¡Gowon, tío, que te está diciendo frases hechas falsas!

—Ese cabronazo. —Gowon apretó los puños y se dirigió furioso hacia la puerta trasera del cuartel—. ¡Cuando lo vea, le daré una paliza! —Entró furioso, y fue imposible no seguir riendo ante la furiosa elección de palabras del especialista.

—Oh, tío… —Anderson se pasó una mano por la cabeza—. Kavanaugh está muerto.

—Solo si las habilidades de combate de Gowon son mejores que sus habilidades comunicativas.

Remmington se apartó de la pared, sin dejar de mirar a todos los soldados alistados del segundo pelotón, así como a sus suboficiales, que le estaban dando a sus nuevos soldados lo que, con suerte, sería el último y más duro entrenamiento.

—Mañana iremos al campo de tiro. Así que, ya sabes, intenta no hacer nada estúpido esta noche.

—Gracias, sargento —respondió Rickens, con los ojos abiertos de manera cómica mientras permanecía en posición de firmes—. Estaremos preparados.

—No me fío de ninguno. —Remmington señaló al tipo y luego salió rápidamente del patio para dirigirse a su coche en el aparcamiento delantero de la compañía.

—Ya lo has oído, Moorfield. —Anderson resopló y golpeó a Idina en el hombro—. Supongo que nuestro sargento de pelotón ha tenido suficiente de su BFF.

Lo empujó hacia atrás y lo hizo tropezar contra la pared.

—La última vez que lo comprobé, fuiste *tú* quien manejó mal el lanzacohetes.

—Eh… —Hizo una mueca y la señaló—. Vete a la mierda.

—Muy buena. Oye, deberías pedirle a Gowon algunos consejos sobre cómo mejorar tus habilidades lingüísticas.

Mientras los demás soldados fuera de servicio se reían y se empujaban, Idina recogió las sobras de la cena, se las metió bajo el brazo y se dirigió al interior.

27

El plan consistía en llegar a su habitación antes que la soldado Gina Eckling, la actual compañera de Idina. Porque cuando Eckling estaba cerca, era imposible concentrarse en nada, especialmente si ella solo quería paz y tranquilidad.

Capítulo 4

Quince minutos.

Ese fue todo el tiempo que Idina tuvo para sí misma en su habitación del barracón antes de que Eckling irrumpiera como siempre lo hacía. Esta vez estaba hablando por teléfono con alguien, gritando y profiriendo insultos antes de cerrar la puerta tras de sí. Su rostro se había oscurecido hasta adquirir un alarmante tono rojo y apenas pareció darse cuenta de que Idina estaba sentada en su cama, en un rincón de la habitación, observando toda la escena.

—¿En qué universo se lo entregaría a Carlos? No. No, estás loco, y tengo cosas que hacer. No vuelvas a llamarme. —Eckling terminó la llamada, tiró el móvil sobre la cama y se desplomó sobre la mesa del ordenador que había a su lado.

—Supongo que era tu primo otra vez —murmuró Idina.

Eckling giró en la silla de escritorio y miró fijamente a su compañera.

—Mierda. No tenía ni idea de que estabas aquí.

—Pues sí, estoy.

—Sí. Ya lo veo. —La otra mujer se volvió hacia el escritorio y abrió su portátil enérgicamente.

«Va a romper todas sus cosas si sigue tratándolo todo así».

Eckling chasqueó un momento y luego se quedó inmóvil.

—¿Cómo demonios sabías que era mi primo?

—Le llamaste Carlos. —Idina cogió su teléfono y abrió la bandeja de entrada de su correo electrónico—. A menos que conozcas a otro Carlos.

Su compañera de piso se burló.

—Ni siquiera puedo aguantar a uno. Familia, ¿eh? La peor parte de vivir.

Con un resoplido, Idina revisó su bandeja de entrada, bastante vacía. Unos cuantos correos basura sobre tarjetas de crédito y préstamos personales. Algo sobre el seguro de un coche que no tenía. Una actualización de la fecha de vencimiento de la factura del móvil. Nada que fuera remotamente importante.

Especialmente nada de Reggie.

¿Por qué me enviaría un correo electrónico con información importante? Siempre le he dicho que todo está bien, que estoy bien, que no hay razón para preocuparse. Ni siquiera le he preguntado qué quiero saber.

Había considerado hablar sobre las visiones, los sueños y las amenazas reales de la luz verde en más de una ocasión. El último correo electrónico que le había enviado a Reggie, contándole que estaba asignada a una nueva unidad en Fort Bragg, le había costado escribirlo porque Idina no sabía qué decir. Si le contara sobre las visiones y el extraño puño verde que la perseguía después de cada salto en paracaídas, él se daría cuenta de que le ha estado mintiendo todo este tiempo.

Él ofreció responder cualquier pregunta que tuviera, pero no puedo creer que el jefe de personal de la familia Moorfield durante los últimos cincuenta años sepa algo útil sobre las habilidades de la familia que ya no existen, excepto en Idina.

Y su tío Richard, por supuesto.

«Pero los investigadores preguntaron por él durante la entrevista de seguridad. Ellos saben quién es y dónde está. Deben saberlo. Esto es absurdo. No he tenido un episodio o una visión en meses».

Idina trató de ignorar esa sensación de que le faltaba algo, pero ahora no era solo cuestión de resolver un problema inmediato. Se trataba de evitar otro colapso importante de manera preventiva. Lo que ocurrió en su último salto, luchando contra ese puño de luz verde que salía de entre los árboles, nunca debería haber sucedido.

Y delante de un oficial. Aunque suene extraño, el Mayor Hines no se mostró demasiado preocupado. Al menos acordamos no hablar nunca más de eso, y Idina se unió a él en ese acuerdo.

«Está bien tener un secreto y todo eso, pero ¿qué pasa si eso vuelve a suceder? Justo aquí en la base, frente a toda mi unidad. Todo el maldito alto mando está en Bragg. Si ven lo que puedo hacer antes de que aprenda a controlarlo y evitar que arruine mi vida, tendré muchos más problemas».

El constante clic de las teclas de Eckling en su portátil se mezclaba con los molestos sonidos que llenaban la habitación de Idina todas las noches.

Levantó la vista de su teléfono y observó la nuca de su compañera de habitación.

—Me habías dicho que te pondrías los auriculares.

—Sí, lo sé. Espera. —La otra mujer se inclinó sobre su portátil, al que había conectado unos altavoces externos porque aparentemente prefería el sonido de los irritantes videojuegos por encima de todo lo demás—. ¡Oh! ¡Oh, mierda! ¿Has visto eso?

—No. —Idina volvió a sus correos electrónicos, pero era muy difícil concentrarse porque su compañera seguía ignorando descaradamente una simple petición. Otra vez.

—Moorfield, tienes que probar este juego. Te encantaría. Todos estos alienígenas bajan, ¿vale? Tienes que construir una fortaleza a tu alrededor para mantenerlos fuera. Una armadura para evitar que te succionen los órganos. Luego está este pequeño…

—Por favor. —Idina trató de mantener su voz nivelada y calmada, pero el repetitivo ruido de fondo de un juego que definitivamente no le gustaba le crispaba los nervios—. Si tienes auriculares, ¿puedes usarlos? Necesito un poco de silencio, ¿de acuerdo?

—¡Ah! —Eckling apuñaló su teclado—. Mierda. No puedo parar ahora. Dame un segundo. Tengo que encender el blaster raro lo suficiente para clavarlo en el... ¡Ah! ¡No, no, no!

Apretando los dientes, Idina se obligó a mirar de nuevo sus correos electrónicos y pensar en otra cosa que no fuera las ganas que tenía de tirar el portátil de su compañera por la habitación. Así que abrió el último correo electrónico que Reggie le había enviado.

Le había dicho que todo lo que estaba viendo, oyendo y experimentando era real. Que no le pasaba nada. Que Richard Moorfield había pasado por lo mismo y que Reggie podría tener algunos consejos para la joven Moorfield que no encajaba en el molde familiar. Pero algo no encajaba.

La mayor parte se debía a que Reggie no había respondido a su último correo electrónico en casi dos meses. Nada de felicitaciones por estar unida a su nueva unidad. Ni gracias por enviarle su nueva dirección postal. Ni una mención a su oferta de sentarse a charlar con ella sobre el único tema que llevaba toda la vida oyendo que estaba absoluta e inequívocamente prohibido.

Comprobó su bandeja de correo no deseado y borró los mensajes por si acaso, pero no encontró lo que buscaba.

«No es normal que pase tanto tiempo sin ninguna respuesta. Entonces, ¿qué ha pasado? ¿Le llamaron esos investigadores y sacaron algún trapo sucio que desconozco? ¿Quizás le han hecho una visita?».

—Ven aquí, gilipollas —gruñó Eckling a su juego, mientras apuñalaba una y otra vez la alfombrilla del ratón de su portátil.

Idina lo ignoró.

«Las únicas opciones son que Harold Senior y mis padres se enteren de que Reggie y yo somos amigos por correspondencia, o que Reggie no sepa qué decir. Pero en serio, ¿es tan difícil enviar un correo electrónico para darme las gracias por el email? Por lo menos, podría tomarse dos minutos para escribirme algo breve para que yo sepa que seguimos bien».

—¡*Sí*! Ahora estás jodido. —Eckling se acercó al escritorio y a su portátil, riéndose—. Dame eso.

Exhalando un fuerte suspiro, Idina cerró los ojos.

«O quizá Reggie piense que me he pasado de la raya al alistarme en el ejército, y no tiene todas las respuestas que quiere que yo crea que tiene. Lo que es un asco. Porque ningún médico militar me recetará dosis diarias de belladona para controlar mis episodios. Pero es lo único que sé que funciona. Tuve suerte con el Mayor Hines, pero no puede haber una próxima vez».

—¡Moorfield! ¡Eh, eh! —Eckling soltó una carcajada y le sacó la lengua a la pantalla—. Tienes que venir a ver esto. Mira lo que…

—¡Ponte los malditos auriculares! —No quería gritar tan fuerte, pero su compañera de piso se quedó en silencio.

También lo hizo el breve y agudo crujido de los altavoces del portátil y la breve chispa eléctrica que ondulaba por el teclado y la pantalla.

Idina levantó la vista a tiempo de ver cómo la última chispa verde se encendía y se apagaba antes de que Eckling se apartara del escritorio para rodar hacia atrás en su silla.

—Pero ¿qué…? —La otra mujer se quedó mirando la pantalla de su portátil, con las dos manos indecisas sobre el teclado—. ¿Me estás tomando el pelo?

—¿Qué ha pasado? —murmuró Idina, mirando con atención su teléfono y sin atreverse a levantar la vista todavía.

—Todo esto… —Eckling pulsó algunas teclas, hizo

clic y resopló de frustración—. El sistema de altavoces no funciona.

—Vaya.

—Maldita sea. Acabo de comprar esto. El vendedor me dijo que podía manejar mis juegos perfectamente, ¿y ahora el sonido se estropea dos semanas después?

—Qué pena. —Idina resopló y miró lentamente a su compañera de cuarto—. Supongo que esos auriculares son tu única opción ahora, ¿verdad?

Eckling se giró para mirar con enfado a Idina, que estaba sentada inocentemente en su cama.

—Eso es lo que te gustaría, ¿verdad?

—Sí. Eso es lo que he estado intentando que hagas desde que te mudaste a esta habitación.

Hubo un incómodo silencio en la habitación por un momento, luego Eckling respiró hondo y señaló a su compañera de piso.

—¿Has estado tocando mi portátil?

—He estado sentada aquí todo el tiempo…

—Me refiero antes de ahora, Moorfield. ¿Has tocado mis cosas?

Idina dejó caer el teléfono sobre su regazo y miró a la otra mujer sin expresión en su rostro.

—Sí. Me he metido en tu portátil cerrado con llave en mitad de la noche, he utilizado mis amplios conocimientos en tecnología de audio para manipular los altavoces de tu portátil y luego lo he programado para que estallen justo donde yo pudiera verlo.

Eckling resopló y se giró de nuevo para sacar los auriculares del cajón superior del escritorio empotrado.

—Es la cosa más absurda que he oído nunca.

A la otra mujer le llevó unos tres minutos volver a su rutina de golpear las teclas de su portátil y gritarle al juego que podría o no haber alguien al otro lado que la escuchara. Pero a Idina le resultaba mucho más fácil concentrarse en sus correos electrónicos —o en la falta de ellos— cuando el aire no estaba constantemente lleno de ruidos animados como zumbidos, pitidos, tintineos, explosiones y estallidos.

«El sarcasmo tiene sus ventajas. No estaba bromeando sobre mi falta de habilidad con la tecnología. Estoy bastante segura de que es uno de mis puntos débiles. Me pregunto hasta dónde llegaré en el Ejército antes de que alguien empiece a sospechar que soy yo quien lo rompe todo sin querer».

Sin embargo, después de haber quemado los altavoces del portátil de su compañera de piso, ya no estaba de humor para pensar en lo que le pasaba a Reggie en casa. Si seguía así, probablemente terminaría rompiendo su móvil por la frustración, y no es que tuviera una cuenta bancaria infinita como la de Moorfield para comprarse uno nuevo.

Todo eso también quedó atrás. La única opción que tenía Idina ahora era seguir adelante, buscar respuestas al misterio familiar más extraño y esperar resolverlo por sí misma.

Capítulo 5

El humor de Idina era mucho mejor a la mañana siguiente. Algo de eso tenía que ver con el comienzo de un nuevo día, la sesión de entrenamiento físico que hizo con su unidad antes del desayuno, y la diversión de ver a Gowon intentar corregir a Kavanaugh por enseñarle mal los modismos ingleses durante las últimas tres semanas.

Pero lo que realmente la emocionaba era ir al campo de demolición con su unidad para hacer lo que mejor sabían hacer: destruir cosas con un propósito.

Los doce soldados de la compañía se reunieron en el patio justo antes de las nueve, uniformados y completamente equipados para el combate, con treinta kilos más de suministros y munición en sus mochilas. Remmington estaba allí para recibirlos a todos, satisfecho de que el primer pelotón hubiera seguido su consejo de la noche anterior.

Hasta el momento, nadie había hecho nada estúpido. Esto significaba que todos estaban allí a tiempo, sin problemas, listos para comenzar la larga caminata que les esperaba.

«Otro día de trabajo. Temprano en la mañana. Una o dos peleas. Kilómetros de caminata constante hacia el único lugar donde podíamos poner en práctica nuestras habilidades y entrenamiento a fondo».

Después de casi dos meses haciendo esta ruta al menos una vez a la semana, Idina podría haber llegado al campo de tiro mientras dormía. Era más divertido con su pelotón de compañeros que tenían el mismo trabajo y lo disfrutaban, en su mayoría.

Al especialista Romero le costaba recuperar el aliento y mantener el ritmo mientras atravesaban el bosque y el terreno montañoso de Fort Bragg para llegar al campo de tiro. Hacía solo una semana que había dejado las muletas y había vuelto al servicio, y aunque Idina no había tenido la oportunidad de preguntarle por qué las llevaba, no estaba del todo preparado para una carrera como esta con todo el peso que llevaban a sus espaldas.

O tal vez era obvio para Idina porque las luces verdes parpadeaban en su visión, y por todas las lesiones en el pie derecho, la rodilla derecha y la cadera izquierda de Romero. El problema estaba claro, pero ella no podía decir que los médicos de la base le habían dado el alta una semana antes de tiempo. Después de media hora de ver al tipo forcejear e intentar fingir ignorancia —por no hablar de apartarse de su camino cada vez que tropezaba con su inestable equilibrio y casi chocaba con ella—, Idina tuvo por fin que decir algo.

—Eh, ¿qué pasa?

—Estoy bien. —Apretando los dientes, Romero resopló y subió la siguiente pendiente que no contaba como una colina en comparación con la mayoría de los otros recorridos de larga distancia que realizaban.

—Primer caminata después de su cirugía —murmuró Anderson mientras venía detrás de ellos, sin sudar tanto como Romero. Ninguno de ellos lo estaba—. Parece que seis semanas organizando archivos del almacén te han ablandado, tío.

—¿Quieres callarte o quieres que lo haga yo? —jadeó Romero.

—Ooh. No me tientes.

Algunos de los otros soldados que estaban frente a ellos se rieron, pero nadie dijo nada. Tampoco movieron un dedo para ayudar al tipo que claramente estaba dolorido, pero aún más comprometido con su trabajo.

«No hay un problema real aquí. Los médicos le dieron

el alta y él está de vuelta. Pero es una lástima que tenga que pasar por esto, y si su pierna empeora durante esta caminata, nos costará muchísimo llevarlo de vuelta al cuartel».

Idina no podía dejar de mirar las luces verdes que parpadeaban alrededor de la pierna y el pie casi curados de Romero.

—Tal vez deberías haber traído las muletas.

—O podría entregártelas a ti, Moorfield. —La miró, su sonrisa amarga parecía más una mueca mientras pasaba por encima del Trunk caído en su camino—. Las necesitarás si no dejas de mirarme así. He dicho que estoy bien.

Después de eso, ella no podía decir nada más que no la enfadara más y probablemente lo haría esforzarse mucho más de lo que debería en este momento.

La siguiente vez que se detuvieron para hacer una breve pausa —y para que los jefes de pelotón se pusieran de acuerdo sobre qué pelotón se encargaría de qué zona del campo de demostración una vez que por fin llegaran allí—, el problema fue resuelto por la última persona de la que se esperaba que diera un paso al frente e hiciera algo al respecto.

—Es hora de movernos —les dijo Remmington mientras se echaba la mochila al hombro.

El pelotón se puso en pie, guardando las cantimploras y cargando su equipo.

Romero no dijo ni una palabra mientras luchaba torpemente por levantarse del grupo de rocas en el que había estado sentado. La visión de Idina seguía iluminándose mientras lo observaba. Toda su pierna derecha palpitaba ahora con luz verde.

«Apenas puede mover la pierna, está muy rígida».

—Romero —le llamó—. Tal vez deberías…

Cashman caminó entre ellos, cogió la mochila de Romero y se la ató al pecho antes de marcharse rápidamente tras el resto del pelotón.

—¿Qué demonios? —gruñó Romero, sosteniéndose con una mano en las rocas y mirando al soldado que se había llevado sus cosas.

—Los espolones óseos son un asco —murmuró Cashman, pero no se detuvo.

Anderson se echó a reír.

—Por supuesto, es así de obvio. Dale la mochila a la mula de carga.

—¡Cashman, tráeme mi mierda!

—¡Cógela si puedes alcanzarme! —Entonces empezó a correr con dos equipos completos atados a su cuerpo y alcanzó la mitad del pelotón en menos de un minuto.

—Maldita sea. —Sacudiendo la cabeza, Romero se esforzó por acelerar el paso. Con quince kilos menos, su cojera ya no era tan grave.

—O podrías alcanzarlo. —Idina se echó la mochila al hombro y se puso en marcha con los demás—. Y enviarle un regalo de agradecimiento más tarde.

—Sí, mi puño en su cara. Si el sargento Remmington lo ve con mi equipo, me pondrán detrás de un escritorio otra vez.

—Solo di que le estabas haciendo un favor. —Anderson palmeó el hombro de Romero—. Esa es la única habilidad real que tiene Cashman. Es como una hormiga. No tiene cerebro, pero puede levantar cien veces su peso.

Idina resopló y volvió a mirar la pierna de Romero, que parecía estar mucho mejor ahora sin el peso de su equipo completo.

«Ese es nuestro trabajo. Seguir órdenes, completar nuestras misiones y cuidar de nuestro equipo. Yo diría que es una de las habilidades secundarias de Cashman, supongo. Cuando no está fumando en el garaje».

***

Una hora más tarde, Idina se agachó detrás de la pequeña berma del campo de tiro de demostración y volvió a comprobar las especificaciones de la ametralladora mediana M240 que había estado utilizando desde que se unió a la compañía en Fort Bragg. Con la mira ajustada, la munición verificada y el bípode firmemente apoyado en la berma, estaba preparada, cargada y lista para disparar.

A su lado, el especialista Gowon soltó una risita.

—No me gustaría estar en tu lugar, Moorfield. Hace un calor de cojones.

Miró al suelo a su lado y se encogió de hombros.

—No me parece que haga calor.

—Sí, pero cuando ese hijo de perro empieza a cagar contigo, empiezas a sudar un montón.

Le miró de reojo antes de volver a concentrarse en su arma y quitarle el seguro.

—¿Quieres decir hijo de perra?

Gruñó y golpeó el suelo con el puño.

—Voy a hacer que Kavanaugh se coma mi mierda. Una perra es un perro, ¿sí?

—A veces.

Alguien, un poco más allá, gritó que todos los demás se retiraran mientras los dos soldados que manejaban la MK 153, cargaban el proyectil en la retaguardia. Idina se apartó de su ametralladora para mirar, y sus luces verdes volvieron a parpadear, esta vez alrededor de la cabeza de uno de los soldados.

—¿Es Mandragal?

—Oh, sí. —Gowon asintió—. El muy idiota no se pone nada en los oídos y ahora está a punto de…

El lanzacohetes se disparó con un estruendo ensordecedor que resonó en todo el campo de tiro y una fina columna de humo detrás del proyectil. Los soldados retrocedieron y se rieron al ver cómo el misil surcaba el descampado. Volvió a caer en picado en el suelo que los pelotones habían demolido tantas veces, y en cuya superficie se había formado una gruesa costra de tierra removida, explosivos, pólvora, mortero y cualquier otra cosa que hubieran hecho explotar.

Mandragal, que de algún modo había olvidado llevar tapones, se tapó los oídos con las manos y se dobló junto al lanzador.

—Como he dicho —murmuró Gowon—. Idiota. ¿Vas a empezar de una vez?

—Sí. —En medio del estruendo de otros vehículos militares que resonaban en el campo de tiro, el estridente salpicar de disparos de otro nido de ametralladoras y las explosiones intermitentes de lanzagranadas automáticos, ametralladoras ligeras, ametralladoras pesadas y explosivos que retumbaban en el aire, Idina volvió a centrar su atención en el M240—. Te vas a aburrir de revolotear así sobre mí, Gowon. Sé lo que hago.

—Todas mis órdenes son aburridas. —Resopló—. Sé que sabes lo que haces. El sargento Remmington sabe que sabes lo que haces. Todo el mundo sabe que sabes lo que haces.

Se rio entre dientes y terminó de cargar el cinturón de munición en la vieja y poco fiable arma que utilizaba para entrenar y no mucho más.

—Gracias.

—Tienes toda mi confianza. No la eches a perder.

—Oye, esta vez has acertado.

—¿Vas a disparar esa cosa, Moorfield? —Cameron gritó desde detrás del otro soldado relativamente nuevo en la Compañía Bravo—. ¿O vas a seguir enrollándote con el cañón?

El soldado Hopper levantó la vista de su ametralladora mediana y frunció el ceño, muy confuso, ante el jefe de pelotón.

—Un poco de zalamería nunca hace daño a nadie, sargento —respondió Idina. Luego volvió a agacharse junto al arma, miró por la mirilla y apuntó a los pocos blancos diezmados que quedaban en el campo de tiro.

En cuanto apretó el gatillo, el retroceso ya no fue tan fuerte como cuando empezó a trabajar con el M240. Lo único que oía ahora era el fuerte golpeteo del mecanismo que introducía un cartucho tras otro en la recámara y los volvía a expulsar a velocidades ridículas. Mantuvo la culata del arma apoyada contra el hombro mientras la ajustaba en el bípode y volvía a apuntar a los objetivos.

Las balas atravesaron los bidones de aceite abollados y destrozados del campo de tiro y se estrellaron contra los neumáticos inservibles arrojados allí como blancos.

—¡Moorfield tiene el poder! —rugió Gowon—. ¡Todos se inclinarán ante su aterrorizado imperio!

Ignoró sus errores gramaticales y se concentró en mantener el arma firme mientras el retroceso le golpeaba el cuerpo una y otra vez. Los casquillos gastados tintineaban bajo el arma y se desparramaron por el suelo a su alrededor en destellos de luz metálica. Le quedaban al menos otros quince segundos antes de que se agotara la munición y tuviera que recargar, y ese tiempo podía convertirse en una eternidad si era necesario.

«De eso se trata. Aprender a usarlo todo ahora y operar por instinto para que cuando terminemos en combate, no tengamos que pensar en…».

La ametralladora emitió un chirrido agudo, seguido de un chisporroteo inconfundible.

—Mierda. —Idina soltó el gatillo y se apartó de inmediato del arma. El siseo del metal caliente se mezcló con un ligero zumbido en sus oídos.

—Está atascada —murmuró Gowon.

—¿Tú crees? —Con una mano agarrando la culata, Idina se estiró con la otra para manejar el gatillo como le habían enseñado.

«¿Por qué nos siguen dando armas que se atascan? Por supuesto que no las van a tirar. Esto es el Ejército».

—¡Fuego en el agujero, Moorfield!

—¿Qué?

—Quiero decir, solo… —Sacudió la cabeza—. No está bien. Solo despeja el…

—Sé cómo funciona —siseó, manteniendo la barbilla pegada al pecho mientras estiraba el brazo alrededor de la parte delantera del arma para tantear la cámara.

Eso también formaba parte de su entrenamiento. El M240 a veces se atascaba, ya sea porque el cinturón de munición no se movía con suficiente suavidad o porque los cartuchos vacíos obstruían las piezas, o ambas cosas. O simplemente se calentaba demasiado debido a su rápida cadencia. Durante los disparos prolongados, el cañón se calentaba lo suficiente como para provocar quemaduras de segundo grado.

Incluso con los guantes de combate puestos, la cámara seguía caliente mientras pasaba la mano de un lado a otro, limpiando la zona de proyectiles atascados que podían estar vacíos o cargados. Era imposible saberlo, sobre todo porque tenía que mantener la cabeza agachada y limpiar el atasco a tientas.

Porque el metal humeante y las balas reales solo hacían una cosa, estuvieran o no dentro del cañón de un arma.

El sonido entrecortado del lanzagranadas automático llenó el aire, seguido casi al instante por el estruendo de los explosivos golpeando el suelo a la misma velocidad. Las vibraciones tanto de las armas disparadas como de los impactos atravesaron el pecho de Idina como si estuviera agachada junto a un enorme altavoz en un concierto de metal en lugar de un M240 humeante, silbante y chasqueante. Incluso lo sintió en los dientes, un lugar extraño para sentir algo. No la distrajo del trabajo increíblemente urgente de limpiar la cámara caliente de balas lo más rápido posible para evitar que el arma, la munición o ambas cosas le estallaran en la cara.

Entonces, el sonido del campo de tiro cambió. Un gran

43

estruendo recorrió el valle, seguido al instante por otro gran estruendo cuando sus compañeros lanzaron otro cohete.

Era un sonido que Idina había oído innumerables veces, que podía reconocer a kilómetros de distancia, en la oscuridad, rodeada de cuatro paredes en lugar de al aire libre.

No debería haber supuesto ninguna diferencia. Se había entrenado para acostumbrarse al sonido de los disparos rápidos, independientemente del arma o de cuántos de ellos estuvieran sonando al mismo tiempo. A veces incluso soñaba con explosiones, lo cual era mucho mejor que otros sueños selectos que había tenido desde que se alistó en el Ejército y en los que no quería volver a pensar. Porque no tenían nada que ver con el Ejército.

Tampoco hizo ninguna diferencia el destello instantáneo de luz verde que consumió su conciencia y ahogó inmediatamente todo lo demás. Idina no tenía elección.

La visión se produjo con tanta rapidez y fuerza que no tuvo tiempo de pensar en lo que estaba dejando atrás en la realidad antes de que desaparecieran el M240, la berma, el campo de demolición, la explosión de otras armas, Gowon e incluso sus propias manos.

Solo el golpe y la explosión del cohete lanzado al aire hacia su objetivo permanecían en su conciencia, pero ahora se habían transformado en algo completamente diferente.

Un grito.

El grito se convirtió en un rugido de una sola voz. Luego dos. Luego una docena de voces diferentes que bramaban y gritaban mientras una oleada de manchas oscuras surgía frente a ella.

Cien cuerpos que no habían estado allí dos segundos antes aparecieron sobre la colina frente a ella. Sangre, barro y sudor cubrían a la gente vestida con pantalones y camisas cosidos de forma extraña, envueltos en fajas de colores y empuñando espadas y cuchillos. Algunos se habían pintado la cara con un tinte azul que se mezclaba y embadurnaba con sangre roja brillante para crear un semblante aterrador en tantos rostros gruñones, chillones y enfurecidos por la batalla.

Los hombres se precipitaron sobre la colina, corriendo tan rápido como podían hacia una parte de la visión que aún no se había revelado. Era imposible pasar por alto la figura solitaria que se alzaba a la derecha del cuerpo militar.

La mujer de rizos negros azabache y ojos verdes. Estaba tan ensangrentada, magullada y sucia como el resto, con la blusa manchada rota por el dobladillo y empapada de sangre por encima de la cadera. Aun así, se mantenía erguida y orgullosa entre las oleadas de hombres combatientes que se arremolinaban a su lado.

En una mano sostenía una espada larga también cubierta de sangre y tierra. La otra, sin embargo, la tenía en alto, cerrada en un puño. De ella emanaba una luz verde intensa, como un faro, que se elevaba hacia el cielo nublado mientras los truenos retumbaban en la lejanía y las fuerzas que pasaban junto a ella lanzaban sus gritos de guerra.

Esta vez, la mujer que Idina había visto una vez antes en otra visión no dijo nada en absoluto. Ahora, su boca estaba abierta de furia y determinación mientras lanzaba un interminable grito de aliento, rabia y poder.

Desde el otro lado de un brumoso y nebuloso campo de batalla cubierto de verde como todo lo demás, otro temblor rasgó el suelo. Algo rugió. El calor, la energía ardiente y el nauseabundo olor a azufre y sangre se multiplicaron por cien. Cualquiera que fuese la criatura o criaturas contra las que el maltrecho ejército corría a luchar, emergió de la espesa niebla, hecha de luz y sombra y de algo que no era ninguna de las dos cosas, algo que succionaba toda la vida, la luz y la esperanza de todo.

El suelo tembló. Los soldados con sus extraños ropajes que luchaban principalmente con espadas se tambaleaban sobre sus pies antes de recuperar el equilibrio para encontrarse de frente con su adversario.

Su enemigo no era humano.

En cuanto Idina tuvo ese pensamiento, el rostro monstruoso que no podía ser un rostro —que pertenecía a algo sin nombre que nunca debería haber existido— se volvió y soltó un gruñido bajo y hambriento.

Unos ojos infernales que ardían en humo negro y fuego verde se clavaron en Idina desde *el interior de* su visión, y una risita aterradora llenó su mente.

—*Ahí estás, Guerrera. Me lo estás poniendo demasiado fácil.*

En el instante en que se dio cuenta con perfecta claridad de que había oído esa voz antes, sus oídos se llenaron de un violento crujido y alguien gritó.

Capítulo 6

Idina recuperó el conocimiento con una sacudida y un grito ahogado. La visión había desaparecido por completo: no más luces verdes, ni guerra del siglo XVIII, ni mujer morena, ni criatura gruñona de la pesadilla de otra persona. Estaba de vuelta en el campo de prácticas, con una ametralladora pesada M240 caliente y atascada en las manos.

Los gritos también habían cesado, pero el horror ya se había instalado en sus entrañas. Sabía que el grito no había sido parte de la visión.

Idina tardó dos segundos en darse cuenta de dónde estaba antes de girarse para alejarse del nido de armas y ver a Gowon tendido de espaldas detrás de ella, con los ojos muy abiertos y mirando fijamente hacia arriba. Tenía la cara cubierta de sangre por el lado izquierdo. Mucha sangre. Y no se movía.

—Mierda. ¡Gowon! —No tuvo que pensarlo antes de actuar según el rudimentario entrenamiento en cuidados médicos de combate que toda su compañía había recibido del personal médico del batallón.

No recordaba haberse levantado de detrás del arma, haber corrido hacia su hermano caído o haberse arrodillado a su lado. Lo siguiente que recordaba era que ya no llevaba puesta la camiseta y la tenía en las manos, presionándola contra la cara y el cuello de Gowon para detener el flujo de sangre. No se le ocurrió que sus luces verdes probablemente habrían parpadeado en ese momento si hubiera habido su-

47

ficiente sangre para justificar su pánico instantáneo. Idina ya estaba al borde de la locura y solo pensaba en ayudar a Gowon a no morir.

—¡Sargento Remmington! —gritó—. ¡Necesitamos un médico aquí! ¡Gowon está herido!

No era del todo necesario, ya que todos los demás soldados del Primer Pelotón habían oído al tipo gritar igual que ella. El sargento Remmington ya estaba en camino, abriéndose paso entre los distintos grupos de soldados que manejaban sus diversas armas y esperando el visto bueno para ascender de nivel con otras nuevas.

Gowon parpadeó, aspiró con fuerza y empezó a temblar cuando Idina prácticamente lo estranguló con la camisa del uniforme. Sus grandes ojos oscuros se movieron de un lado a otro antes de posarse lentamente en el rostro de ella.

—Esa jodida…

—¿Qué demonios está pasando aquí? —Remmington llegó hasta ellos y se dejó caer de rodillas junto al ensangrentado y tembloroso Gowon, todavía en estado de shock.

—Le han dado —murmuró Idina.

Su sargento de pelotón contempló toda la escena, incluida la cámara del M240 abierta con casquillos vacíos y vivos esparcidos por todo el nido.

—Maldita sea. Esto es exactamente lo que pasa cuando no se presta atención. Hazte a un lado.

Cuando le puso las manos sobre la camisa del uniforme alrededor del cuello de Gowon, Idina se tambaleó hacia un lado y le costó volver a ponerse en pie.

—¿Qué ha pasado?

—Yo… —Todo encajó en su lugar en pedazos. Porque ella no tenía todas las piezas. Porque había estado teniendo una puta visión cuando debería haber estado haciendo su trabajo—. El arma se atascó, sargento. Estaba limpiando la cámara y…

—Ya sabes cómo funciona eso —espetó Remmington—. Joder, pensé que eras una tía lista. Tienes que sacar todo de la cámara, Moorfield.

—Lo hice, Sargento…

—¡Obviamente no!

—¡Bueno, no puedo ver la cámara con la cabeza gacha!

Ya había dejado de escucharla antes de que gritara a su sargento de pelotón, porque ahora estaba atendiendo a un soldado herido por fuego amigo.

—Gowon. Eh. Mírame. Mira, mira. Justo aquí.

Gowon aspiró otro fuerte suspiro, y esta vez, fue capaz de mover la cabeza de un lado a otro en el suelo.

—Sargento.

—Voy a echar un vistazo… —Remmington le quitó la camisa del uniforme de Idina para ver toda la sangre que cubría el lado izquierdo de la cara y el cuello de la soldado. Inmediatamente después, volvió a presionar y miró a Idina fijamente. Aquella mirada era seria y sin una pizca de humor—. Espera, Moorfield. Necesito llamar por radio a un médico.

Luego se levantó y trotó a través de su ubicación actual dentro del rango de demolición, dirigiéndose hacia el soldado que llevaba sus radios de campo hoy, que resultó ser un flamante soldado raso presa del pánico.

Idina no se asustó. No podría haberse enfadado más consigo misma, aunque lo intentara.

Mientras presionaba el cuello de Gowon con la camisa del uniforme empapada en sangre, él la miró fijamente con sus grandes ojos oscuros.

—Lo siento —murmuró ella.

—No estoy muerto, ¿verdad? —Intentó reír, pero se ahogó bajo la presión de sus manos.

—Bueno, todavía no. —Su intento de reírse con él cayó igual de plano—. Debería haber sido más rápida, Gowon. Debería haber limpiado la cámara…

—Tira tu mierda en el retrete, Moorfield —graznó—. Junto con esa maldita ametralladora. Eso… pasa.

—No conmigo. —Idina se quedó mirando el trapo manchado de sangre que en algún momento fue su camisa, escuchando el tranquilizador sonido de la pesada respiración de Gowon mientras se recuperaba del shock de haber sido alcanzado por una bala del cañón. Aunque no estaba fuera de peligro, al menos podían mantener una conversación—. Te pondrás bien.

—Ya lo sé.

—Escucha, yo… —Su voz se cortó cuando sus luces verdes comenzaron a hacer lo que deberían haber estado haciendo desde el principio. Destellaban alrededor del cuello ensangrentado de Gowon y a un lado de su cara, concentrándose con más fuerza en el centro, justo debajo de sus manos.

Entonces sus manos empezaron a hormiguear.

—¿Qué? —Los ojos de Gowon se desviaron hacia las manos de ella, pero no pudo ver bien su cuello—. ¿Qué es? Mierda, Moorfield. Si me pasa algo, será mejor que…

—Aguanta. —Levantó un poco la camisa de su cuello y descubrió que el flujo de sangre no había disminuido mucho. O al menos no lo parecía.

Gowon inspiró entrecortadamente.

—Odio el frío.

«No hace frío. Mierda, está perdiendo demasiada sangre».

Intentó tomarle la mano, pero sus dedos solo chocaron con su muñeca antes de que todo su brazo cayera al suelo. Sus párpados se agitaron.

—No, no, no. —No le quedó más remedio que prestar atención a sus luces verdes, al hormigueo en las manos y al tirón casi irresistible que le jalaba las palmas. Estaban tratando de decirle algo, y si Gowon se estaba desmayando por la pérdida de sangre en lugar del shock, no tenía tiempo para averiguarlo.

Tuvo que guiarse por el tacto.

Así, ignoró todo lo que los médicos del batallón le habían enseñado y se quitó la camisa ensangrentada. Después, sujetó el cuello de Gowon con ambas manos.

Era imposible ver con exactitud la herida debajo de tanta sangre, pero la luz verde intermitente y el fuerte tirón de cada mano la dirigían de manera efectiva. Si alguien los estaba observando lo más probable es que pareciera que Idina estaba tratando de estrangular a ese pobre hombre antes de tiempo, ahora que Remmington había ido a llamar por radio a un médico.

—Vamos, vamos —murmuró—. Si esto es lo que se supone que debo hacer, entonces…

Un resplandor de luz verde más brillante se encendió alrededor de sus manos. No era la luz que ella veía. Venía acompañada de una niebla chispeante y de nubes finas y brillantes que brotaban de debajo de sus manos. Aunque sus palmas estaban cubiertas de sangre de Gowon, la sensación de calor intenso continuó sin que resbalaran.

Cuando pensó que no podía soportar más el calor físico, la niebla verde explotó.

Idina gritó sorprendida y agraviada cuando retiró ambas manos del cuello de Gowon y cayó hacia atrás desde su posición arrodillada.

Gowon lanzó un grito ahogado y se sentó como impulsado por la fuerza. La siguiente bocanada de aire escapó de su boca, y lo miró completamente sorprendido y quizás un poco horrorizado, al soldado que se encontraba frente a él.

Ahora va a pedir una explicación que no puedo dar.

—Tú… —Volvió a jadear y parpadeó varias veces—. ¿Qué estás haciendo?

—Yo…

—¡Moorfield, te dije que te quedaras ahí! —rugió Remmington mientras corría hacia ellos—. ¿Qué demonios te pasa hoy?

—Sargento, está…

—¡No estoy preguntando por Gowon! —El sargento de pelotón se detuvo a metro y medio del soldado herido que ahora estaba sentado en el suelo con la cara, el cuello y el uniforme cubiertos de sangre. Remmington parpadeó varias veces, sorprendido—. Pues ahora sí, maldita sea. Se va a desangrar así. Recuéstese, especialista.

—Sargento. —Gowon gimió y se balanceó ligeramente—. Me siento bastante bien.

—Tú… —Remmington corrió hacia el soldado y se arrodilló—. Es una orden. A tu espalda. ¿Dónde demonios está esa camisa? —Buscó en el suelo la camisa del uniforme de Idina, la arrancó de la capa de agujas de pino, piñas y hierba seca, y luego hizo una mueca mientras volvía a presionar el cuello sangrante de Gowon—. ¡Moorfield!

—Sargento. —Ya estaba de pie, aunque no recordaba haberse levantado. Casi como si sus pies se moviesen por sí solos, dio dos pasos lentos hacia atrás.

—Has metido la pata con el cargador. Esos errores ocurren. Lo peor aquí es que has dejado de presionarle el cuello y le has dejado sentarse antes de que llegara un médico. ¿Dónde tienes la cabeza?

—Sargento, yo…

—He dicho que estoy bien, sargento —murmuró Gowon mientras trataba de apartar la mano de Remmington de la camisa completamente empapada de su cuello—. Superbien. Super-mega-bien.

—Cállate. —Remmington apartó la mano del soldado con un manotazo y le lanzó una dura mirada de advertencia—. No digas nada. No te muevas. Lo único que debes hacer ahora mismo es seguir respirando, es una orden.

Gowon puso los ojos en blanco, pero no dijo nada más.

Idina sacudió la cabeza y se alejó más de su suboficial, incapaz de procesar lo que había hecho: casi había fallado y casi había salvado.

«Lo he curado. Santo cielo».

—Y tú… Moorfield. —Remmington estuvo a punto de levantarse de un salto, pero rápidamente recordó que estaba conteniendo el flujo de sangre de un soldado herido y se mantuvo firme. En lugar de eso, la señaló—. Tú te quedas aquí. Cuando los médicos se hagan cargo, vas a decirme en qué demonios estabas pensando.

Apenas podía recuperar el aliento.

—No estaba pensando, sargento.

—Sí, no me digas. —El estruendo de un vehículo militar subiendo por la ladera hacia su ubicación resonó en la distancia—. Ambos sabemos que no eres idiota. Así que sea lo que sea lo que te pasa, tienes que resolverlo. Rápido. Porque está interfiriendo con tu trabajo.

—Sí, sargento. —Idina tragó saliva y observó los intentos poco entusiastas de Gowon por apartar las manos del sargento de pelotón de su cuello.

«Se estaba desangrando. Mis luces verdes me mostraron exactamente lo que tenía que hacer para ayudarlo. Para curarlo como me curé a mí mismo en la básica. ¿Cómo está pasando esto?».

El vehículo que se acercaba retumbó con más fuerza, luego chirrió un freno de mano y dos puertas se abrieron y cerraron rápidamente. Los demás soldados dirigieron a los médicos hacia Gowon, que yacía en el suelo, e Idina apenas registraba todo lo que ocurría a su alrededor.

«¿Así que he pasado de tener episodios superdestructivos a curar al tipo al que disparé? Quiero decir, sí, son buenas noticias, pero ¿cómo se suponía que iba a saber la diferencia de antemano? Y lo que es más importante, si esto de la luz verde es cosa de la Guerrera, ¿por qué me distrajo en un momento crítico?».

Dos médicos se acercaron con rapidez a Gowon y Remmington retrocedió para dejar que los chicos hicieran su trabajo. Cuando volvió a mirar a Idina, ya se había formado una pequeña multitud alrededor del incidente. Todo el mundo también dirigió su mirada hacia ella.

—Lo siento —murmuró.

—Sí —se burló Remmington—. Ese es un buen comienzo.

Con la atención de todos ahora centrada en los médicos que atendían a Gowon y en una herida de bala que ya no era mortal.

—Gracias a los destellos verdes instintivos de Idina —su mente se volvió hacia el resto de esta situación insólitamente extraña.

«Todo esto es por las visiones. Seguro que tenía otra ahora, ¿no? Mientras estaba en el campo de tiro. Eso fue lo que me hizo meter la pata».

El hormigueo en las palmas de sus manos volvió a convertirse en una tensión fría y ardiente. Se extendió por sus brazos y le hizo sentir que su pecho estaba ardiendo.

Si no fuera por la maldita visión, sus destellos verdes seguramente se habrían encendido para mostrarle que estaba a punto de permitir que un proyectil explotara con fuerza mortal en una cámara caliente. Le habrían mostrado qué hacer, pero todo lo que pudo ver fue el recuerdo de otra persona luchando contra una fuerza antigua, aullante y derrumbada que Idina había estado viendo durante meses.

Ella también había visto esa cosa.

¿Cómo?

Capítulo 7

—Moorfield. —Remmington se levantó y se alejó de los médicos que estaban examinando a Gowon. Frunció el ceño al mirar a Idina, quien se sentía cada vez más incómoda ante la situación.

—No podía ver —respondió ella.

—A veces pasa. Vamos, tenemos que hablar de...

Idina sabía por qué su sargento se detuvo. Cuando se apartó para encontrar un lugar adecuado para una conversación privada, su mirada se posó en las manos de Idina, a los lados. Allí, ella sintió el cosquilleo inquietante de su habilidad que brotaba en ondas pulsantes cada dos segundos.

«No mires hacia abajo. Finge que no lo sientes. Tal vez así piense que está alucinando».

—Maldita sea, soldado —exclamó uno de los médicos—. Eres el hombre más afortunado del año.

—Muchas gracias —murmuró Gowon, frunciendo el ceño—. Muy afortunado de recibir un disparo en el cuello.

—Y no morir por ello —añadió el segundo médico—. Perdiste mucha sangre, sí. Pero la bala solo te rozó. Si te hubiera dado un centímetro a la derecha, no estarías haciendo esa expresión ahora mismo.

—¿Qué expresión?

—A medio camino entre el alivio y el estreñimiento. —Los médicos soltaron una risita, le echaron otro vistazo y le ayudaron a ponerse de pie—. Lo llevaremos al servicio médico para que lo examine uno de los doctores. Si el sargento Remmington no tiene objeciones.

—Hazlo examinar. —El sargento de pelotón levantó ambas manos en señal de conformidad—. Pero que no se desangre en el camino.

Los médicos sorprendidos apoyaron a un Gowon igualmente sorprendido y pálido hacia su vehículo, mientras todo el pelotón dejó de disparar para observar la pequeña procesión.

Idina tragó saliva.

«Nadie me culpa. Por supuesto que no. A veces, las cosas simplemente suceden».

Eso no ayudó a aliviar el nudo en su estómago.

Remmington se aclaró la garganta y se volvió de nuevo hacia ella.

—Está bien, Moorfield. Estuvo cerca, pero se está recuperando.

Mientras hablaba, no dejaba de mirarle las manos, casi como si le apuntara con una pistola cargada y él intentara desarmarla. Pero esa pistola cargada estaba hecha de una niebla verde brillante y luces pulsantes que nadie podía arrebatarle. Eran sus manos.

—Yo… —Ella no podía averiguar cómo manejar esto y terminó pegando sus manos detrás de la espalda en su lugar—. Necesito un minuto, sargento. Si no le importa.

—Sí —dijo sin entender, mirándola de arriba abajo otra vez—. Entiendo. Un minuto, soldado. Luego la quiero de vuelta detrás de ese M240. Después de que te asegures de que el atasco está despejado, y algo como esto no vuelva a suceder.

—Lo haré. —Idina se volvió rígidamente para tropezar en el terreno irregular de la ladera, sacando las manos de detrás de la espalda para poder ocultarlas del resto de su pelotón.

Las palmas de las manos le ardían de frío y de calor a cada segundo que pasaba, pero seguía sin poder mirarlas. Sintió los ojos de su pelotón clavados en ella mientras se adentraba sola en el bosque.

«Visiones, sin luces verdes, y casi matando a otro soldado antes de curarse un agujero de bala en el cuello. Esa ni siquiera es la parte extraña. Sea cual sea la criatura que vi, creo que me vio de vuelta. Lo cual no tiene sentido…».

—Moorfield. ¡Espera! —La sargento Cameron llamó detrás de ella—. Gowon está preguntando por…

Cuando Idina giró para mirar a su líder de escuadrón, ya era demasiado tarde para evitar que la otra mujer viera la brillante niebla verde que se esparcía por sus manos. Cameron se detuvo en seco.

—¿Qué demonios es eso?

—Le dije al sargento que necesitaba un minuto.

—¿Le has dicho también que te estás volviendo radioactiva? —Ninguna de los dos podía ignorar las chispas que latían más y más rápido alrededor de las yemas de los dedos de Idina—. Porque no sé cómo vas a ocultar algo así.

Apretando los dientes, Idina no pudo responder. Si lo negaba, quedaría mal. Si intentaba explicar lo que ni ella misma entendía, quedaría mal.

—En serio, Moorfield. —Cameron se acercó, con los ojos muy abiertos mientras miraba las manos de Idina—. ¿Qué demonios está pasando con tu…?

—¡He dicho que necesito un minuto! —Otra ráfaga de luz verde surgió alrededor de sus manos y probablemente de sus brazos esta vez, y no había nada que pudiera hacer para detenerla.

Cameron la miró boquiabierta.

—Sargento Cameron —imploró Idina—. Por favor. Sé que es… raro.

—Ya puedes decirlo.

—Pero ahora mismo, necesito espacio para no acabar… —Respiró hondo—. Para no terminar lastimando a nadie …

—¡Joder!

Ambas mujeres se giraron para ver al soldado Romero apoyado contra uno de los árboles, donde se había apartado para responder en privado a la llamada de la naturaleza. Su pierna buena soportaba todo su peso hasta que intentó dar un paso atrás y casi cayó sobre un Trunk caído detrás de él.

Como si sus habilidades le estuvieran gastando una broma cósmica, la niebla verde que brotaba alrededor de las manos de Idina y todos los destellos de luz se apagaron al instante. Romero parpadeó, se frotó los ojos con una mano y se apoyó con la otra en la áspera corteza del árbol más cercano.

Al final, Idina se miró las manos y no tuvo ninguna explicación ni excusa.

—Sargento Cameron —murmuró Romero antes de señalar a Idina—. Dime que viste eso…

—Vuelve a su puesto, Romero —dijo ella con firmeza.

—¿Me estás tomando el pelo? —Soltó una risa estrangulada—. Tiene que ir a un hospital o…

—Es una orden —respondió Cameron.

Al mismo tiempo, Idina replicó:

—No me pasa nada.

—Mentira.

—Se acabó tu minuto, Moorfield —gritó Remmington mientras descendía de la cima de la colina—. Ahora vamos a tener una pequeña… —Se detuvo cuando vio al sargento Cameron y al especialista Romero allí de pie con Idina, los tres con cara de estupefacción—. ¿Quién les dijo que dejaran sus puestos?

—Sargento. —Él señaló a Idina—. Hay algo realmente extraño ocurriendo con…

—Si no vuelves ahora mismo a tus armas y tu equipo, Romero, tendrás que lidiar con la responsabilidad de Cashman además de la tuya. Sí, ya sé de tu pie.

—Pero…

—¡Muévete!

Romero miró de un lado a otro a Idina y a Cameron,

luego corrió a toda velocidad colina arriba, apoyándose en los Trunks de los árboles y cojeando por la larga carrera.

—Sargento Remmington —empezó Cameron—, me gustaría unirme a usted y a Moorfield en esta conversación.

—Eso dependerá de la soldado Moorfield. —No apartó la mirada de Idina.

«Sí, ahora todos saben que algo me ocurre. Es imposible ocultar las luces verdes alrededor de mis manos y el hecho de que Gowon debería estar muerto con la cantidad de sangre que ha perdido».

No se le ocurría qué decir.

—De una forma u otra, vamos a tener esta conversación —añadió Remmington.

—Yo... —Ella tragó saliva—. Sargento, ¿podemos hacer esto más tarde? ¿Cuando sepamos que Gowon está bien y no haya público en la cima de la colina?

Todos miraron hacia arriba a través de los árboles y se encontraron con al menos media docena de soldados mirándolos. Cuando esos soldados se dieron cuenta de que sus sargentos los habían descubierto, entraron rápidamente en acción, pretendiendo estar ocupados en otra cosa.

Ahora todo el cuerpo de Idina ardía, con la piel irritada y sabiendo que tendría que responder por esto en algún momento. Su habilidad era ahora un secreto a medias.

—¿Qué opinas de esto? —Cameron mantuvo su voz baja pero firme—. Puedes empezar por decirnos qué pasó exactamente con Gowon.

—No me dijo las indicaciones para una ronda —respondió Remmington en lugar de Gowon—. Gowon tuvo suerte...

—No me estoy refiriendo a la ronda en vivo, sargento. —La mujer señaló a Idina—. Me refiero a lo que pasó después. Con esa... mierda verde.

—Creo que debería ir a ver a tu escuadrón.

—Usted lo vio. Yo lo vi. —Caminó hacia él a través de

59

la maleza, señalando acusadoramente a Idina—. Moorfield tiene algo extraño escondido bajo la manga. Y sí, lo digo de forma literal. Tenemos que averiguar qué demonios es.

La miró frunciendo el ceño.

—¿Tengo que convertirlo en una orden oficial para usted también?

—Vamos, Remmington…

—¡Vuelve a tu escuadrón, sargento Cameron! —ladró.

«Dios, suenan como mi familia discutiendo sobre qué hacer conmigo».

Idina había tenido suficiente.

Giró y se dirigió colina abajo para alejarse de los suboficiales que apenas conocía desde hace unos meses. Además, los destellos brillantes de niebla verde habían vuelto a sus manos, y no quería darles otra buena razón para tener este interrogatorio aquí y ahora.

Tampoco quería hacerles daño.

El sonido de la discusión de los sargentos la siguió a través del bosque. Cameron dijo algo acerca de llevarlo al jefe de pelotón. Remmington parecía estar más preocupado por el hecho de que un suboficial de rango inferior se hubiera comportado de manera insubordinada frente a un soldado raso, sin mencionar a los del primer pelotón que seguían espiando sin hacer ningún intento de ocultarse.

«Tengo que irme de aquí. Necesito espacio. Un poco de tiempo para pensar».

—¡Moorfield! —Cameron gritó cuando notó que Idina se iba sin despedirse—. Vuelve aquí.

Idina no dijo nada.

—Nadie te dijo que podía irse, soldado. ¡Detente!

—¡Necesito espacio, joder! —gritó Idina, con los puños apretados a los lados mientras bajaba a ciegas por la colina entre los árboles. Cuando gritó, una ráfaga de luz verde se encendió a su alrededor. La niebla se desprendió de ella y se enroscó alrededor de los Trunks de los árboles y las ramas bajas.

Fue la primera gran metedura de pata en su carrera en el Ejército: insubordinación, actuar en contra de una orden directa y hablar mal de un superior. Pero no podía quedarse ahí escuchando a los sargentos discutir entre ellos sobre cómo manejar lo que habían presenciado y no comprendían.

«Estoy bastante segura de que no tienen una categoría disciplinaria para cuando exploto de ira y brilla una neblina en mis manos. Probablemente la establezcan después de esto».

—Uno de nosotros tiene que traerla de vuelta aquí —gruñó Cameron mientras ambos sargentos observaban a Idina bajar por la ladera de la montaña.

Remmington negó con la cabeza.

—No ahora mismo.

—Vas a llevar esto al teniente Scott, ¿verdad?

—Le disparó a otro soldado por error y tiene que lidiar con eso. Hablaré con ella cuando se haya calmado.

—No estoy hablando de Gowon ni de su problema de actitud, Remmington. —Cameron bajó la voz y se inclinó hacia él—. No creo que esto sea algo que ustedes dos puedan resolver en una charla.

—Ha llegado hasta aquí sin problemas. —Se giró para encontrarse con la mirada de la otra suboficial y le advirtió con la mirada a través de la delgada capa de hielo que pisaba, luego se encogió de hombros—. Si sigue siendo un problema después de hoy, entonces sí. Molestaré al teniente Scott con algo que ni él sabe cómo manejar.

—Estupendo. —Dándose la vuelta para volver a subir la colina, añadió—: Tú eres el que manda en este pelotón. Puedes aguantar la presión cuando te pregunte por qué no dijiste algo antes.

El sargento de primera clase Alexander Remmington no dijo nada mientras Cameron subía acechante la colina hacia el resto del pelotón bajo su mando. Ya conocía las consecuencias de no informar información crítica a sus superiores en cuanto se dio cuenta de que era crítica.

Si esta vez no podía ayudar a la soldado Moorfield a recuperar la compostura, como la había ayudado a ella durante la última fase de su entrenamiento básico, llevaría el asunto a la cadena de mando.

Entonces, si llegaba tan lejos, haría todo lo posible por poner bajo su mando a una nueva y brillante soldado con tanto potencial como ella para salir adelante.

«Mientras mis comandantes no pregunten, no tendré que decirles que la vi romper el suelo del gimnasio durante la instrucción».

Capítulo 8

Idina sabía que pronto enfrentaría medidas disciplinarias, no por disparar accidentalmente a otro soldado en la cara con una bala cargada, sino por abandonar el campo de demolición de la forma en que lo hizo. Fue por desobedecer las órdenes del Sargento Cameron de regresar y por hablar mal. Tal vez incluso por soltar una última ráfaga de luz verde y niebla brillante mientras salía del campo de tiro y se dirigía al cuartel de la compañía.

Seguro que la disciplinarían por dejar su arma y todo su equipo en el campo de tiro.

«Todos tienen un punto de quiebre. Eso es lo que Remmington me dijo la primera vez. Tal vez tenga otro, y una vez que lo supere, podré lidiar con el desastre. Tengo que hacerlo. No puedo seguir arriesgándome por no ser capaz de controlarlo. Sería una carga en el campo de batalla si todos pueden ver esta mierda».

Lo que quería era un poco de espacio para sí misma: paz, tranquilidad, intimidad y la oportunidad de reflexionar sobre lo que había hecho. Los médicos se sorprendieron, claro, pero dijeron que Gowon estaba bien. Romero probablemente le había contado a todo el pelotón sobre las extrañas luces verdes de Idina, y también tendría que lidiar con eso. Hasta donde ella sabía, era la única que se había dado cuenta de lo que esas mismas luces verdes habían hecho en el cuello de Gowon, pero él parecía estar a punto de darse cuenta también.

Tal vez lo haría después de que fuera visto por un

médico, le pusiera un parche y tuviera la oportunidad de superar el shock de haber recibido un disparo.

«Tendré que explicar lo que pueda. Si no me expulsan del Ejército, necesito averiguar seriamente cómo controlar esto. Sobre todo las visiones…».

Al regresar sola a los barracones de la compañía, sin su equipo ni ningún miembro de su pelotón, pensó que el mejor lugar para relajarse durante unas horas eran los barracones, su habitación y la soledad

«¿Por qué veo cadáveres? Eso solo pasó una vez en el láser tag con Hapton porque era una amenaza. Menor, sí, pero aun así. Entonces, ¿qué es esto? ¿Todos en la Compañía Bravo son una amenaza potencial ahora mismo?».

—Especialmente si me ven enloqueciendo así y haciendo agujeros verdes en las paredes.

Oír su voz la hizo detenerse y sacudir la cabeza.

«No es que sea la primera soldado que habla sola. Pero me hace parecer loca».

Dio un respingo cuando una puerta se cerró de golpe en algún lugar del pasillo, y todos los intentos de Idina por calmarse en su habitación privada de la entrada se fueron por el retrete.

«No puedo quedarme aquí. Necesito espacio. Lejos del Ejército. Lejos de los soldados. Lejos de mi trabajo…».

Después de eso, no pensó mucho más allá de salir del puesto y poner la mayor distancia posible entre ella y cualquiera que pudiera estar en la línea de fuego.

Su fuego.

Todo porque tuvo otra visión mientras manejaba un M240 y casi mató a alguien.

Los accidentes ocurren, seguro. Pero Idina no comete ese tipo de errores. Tuvo que distanciarse e idear un plan para arreglarlo antes de que la vida por la que tanto había trabajado y a la que había llegado a valorar se desmoronara bajo sus pies.

Su familia ya había quemado sus otros puentes: trabajar para Moorfield & Associates como socia, aceptar una beca para estudiar arte en Dartmouth, encontrar cualquier otro tipo de libertad que pudiera beneficiarla a ella y a su especial conjunto de habilidades.

Por lo que valgan ahora. Son mejores que ser expulsado del Ejército.

Cada vez que se oían más pasos o se abría y cerraba una puerta, el ardor de tanta energía acumulada le recorría la piel. Eso solo hizo que se apresurara aún más a despojarse de lo que quedaba de su uniforme y ponerse un nuevo conjunto de ropa civil que no la hiciera destacar una vez que se marchara. Tenía que salir por completo de Fort Bragg. Solo por unas horas para recuperar la compostura.

Las costuras de su chaqueta ligera reventaron cuando tiró de ella con demasiada fuerza. Luego se metió el móvil, la llave de la habitación y la cartera en los bolsillos y se largó.

**

Hubiera sido fácil y bastante barato llamar a un Uber desde la puerta de seguridad de la base, pero Idina no se molestó. Caminó por la calle con las manos en los bolsillos y los hombros encorvados.

«Mantén la calma. Respira hondo. Piensa en la mejor manera de manejar esto, porque no puedes huir de tus problemas. Eso no es lo que hace un Moorfield. Eso no es lo que hago. Puedo arreglar esto».

Apenas notaba los coches que la adelantaban por la calzada mientras daba un paso tras otro y caminaba sin un destino fijo bajo el cálido sol de la mañana. De repente, se encontró caminando por el paso de peatones hacia la gasolinera de enfrente, y ese fue su único punto de referencia.

Cuatro veces sacó su teléfono y buscó el número de Reggie. Pero, por supuesto, el jefe de personal de la familia Moorfield no le habría dado su número de móvil a Idina. Era antiguo en ese sentido. Así que cuando finalmente se animó y marcó el número privado del teléfono fijo que iba directamente al apartamento de Reggie en Moorfield Manor, no le sorprendió que él no respondiera a la llamada.

La línea hizo clic y se activó el buzón de voz.

—Ha llamado a la línea privada del Señor Reggie Archibald. Si llama por asuntos de negocios, programación, publicidad, pedidos de envíos u otros temas que no sean de carácter estrictamente personal, cuelgue y llame a la línea principal en horario laboral, de lunes a viernes.

La voz de Reggie proporcionó el número que la pondría en contacto con él —o al menos con otro miembro del personal de apoyo que trabajaba bajo su dirección— e Idina cortó inmediatamente la llamada.

No podía llamar al número del personal de Moorfield para algo así. Si dejaba un mensaje, el asunto se descontrolaría aún más.

¿Qué le iba a decir? Hola, Reg. Perdona que te moleste, pero ¿sabes algo sobre visiones de la vida de otra persona que aparecen en momentos inoportunos?

Idina resolló y siguió caminando. No intentó llamar a Reggie ni a la señora Yardly ni a nadie más en casa, que por defecto era mucho más receptiva a las llamadas de Idina que su propia sangre. Nadie tenía ni idea de lo que estaba pasando ahora mismo, especialmente otros Moorfield.

Había pasado por una zona sin cobertura y había salido al otro lado con un montón de mensajes de su pelotón y sus sargentos. Incluso el Sargento Remmington había subido al tren para encontrarla. El primero fue un mensaje de texto preguntando dónde estaba. Solo había llamado una vez, pero a diferencia de Cameron, el sargento de pelotón había dejado un mensaje.

—Moorfield, soy el Sargento Remmington. Escucha, no estoy tratando de meterte en problemas. La mayoría de las veces, esa es la peor manera de manejar una situación cuando todo se desmorona y todos están tensos. Todavía tenemos que hablar. Estés donde estés, asegúrate de regresar. Soy responsable de ti y de lo que te pase, y todos esperamos que hagas lo correcto. Sé que lo harás. Sin embargo, cuanto más esperes, más difícil será resolver esto. No hagas algo de lo que te arrepientas.

—Vamos… —Idina solo se dio cuenta de lo fuerte que había estado apretando su teléfono cuando escuchó un crujido suave, antes de que se rompiera junto a su oído. No es que pudiera romper un móvil con un agarre fuerte, pero sus luces verdes sin duda podrían. Ya había roto muchas cosas cuando era más joven.

Entonces se dio cuenta de por qué aquel mensaje de voz del sargento de su pelotón hacía que el pozo de su estómago se estrechara aún más.

«A mis padres les importaba un comino adónde iba y lo que hacía siempre que no interfiriera con el negocio. Ahora todos en mi unidad y mis sargentos están tratando de encontrarme. Bonita perspectiva».

Estuvo a punto de enviar un mensaje de texto a Remmington para hacerle saber que seguía viva y que planeaba regresar en unas horas y enfrentar las consecuencias. Sin embargo, un destello de luz verde en el rabillo del ojo captó su atención y se apartó de la carretera para ver qué era.

Junto al pequeño centro comercial por el que había pasado, había una señal de madera clavada en el suelo. Las dos primeras palabras de la señal estaban demasiado desgastadas por el tiempo como para distinguirlas bien, pero debajo de ellas, las palabras —Parque Natural— no se habían desvanecido tanto. Detrás de la señal, prácticamente en medio de la ciudad de Fort Bragg, había un sendero de tierra que conducía a una zona boscosa.

Idina miró a su alrededor por si había alguien más observándola. Nadie prestaba atención a una chica de dieciocho años que caminaba por la acera en pleno mediodía de un martes. Entonces, sus luces verdes volvieron a parpadear, esta vez procedentes del interior de los árboles.

—¿Es una broma? —susurró.

Las luces verdes volvieron a parpadear, recorriendo el sendero e iluminando la sombreada senda entre tantos árboles.

«Cierto. El jardín de rosas siempre me ayudó en casa. Tal vez un parque natural al azar haga lo mismo por mí aquí».

Tras apagar el teléfono, Idina volvió a meterse las manos en los bolsillos de la chaqueta, cruzó a hurtadillas el aparcamiento del centro comercial y se dirigió al sendero. Sus luces verdes parpadearon constantemente hasta que pisó el sendero de tierra. Entonces se detuvieron. Idina no necesitaba que su habilidad le dijera que pasear por un parque era una buena forma de calmarse y recuperar la compostura. Esto era lo que necesitaba.

«¿Cuándo fue la última vez que caminé por el bosque sin motivo? No desde que me alisté, eso seguro».

Cuanto más caminaba, más se quitaba de encima el peso de todos sus problemas más recientes. Los pájaros trinaban en los árboles. Las ramas crujían al viento. Las largas hierbas y los altos helechos se balanceaban. Sus zapatos crujían sobre la tierra, e Idina sintió que por fin podía volver a respirar.

Al cabo de unos ochocientos metros, se encontró con un pequeño arroyo y un puente de tablones de madera empedrados que parecía haber estado allí desde siempre. Aquí fuera, rodeada de bosques que no tenían ningún sentido en medio de una ciudad, los sonidos del tráfico, de la gente y de tanto ajetreo se habían desvanecido casi por completo. Ahora, el burbujeante arroyo y el aroma del aire fresco de Carolina del Norte, no contaminado por los gases de escape de los vehículos, la pólvora de las armas o el hedor de cientos de soldados sudorosos trabajando, viviendo y siguiendo órdenes juntos, los sustituían.

Con un suspiro de alivio, Idina se agachó para sentarse al borde del puente. Se quitó los zapatos y los calcetines, remangó los vaqueros y metió los pies en el agua. El frío intenso la hizo suspirar, pero luego desapareció, dejándola con una agradable sensación de ingravidez mientras el agua fluía alrededor de sus tobillos.

«Esto era lo que necesitaba. Solo un poco más, luego volveré al puesto, encontraré a Remmington y tendré esa charla. Convencerlo de que me deje quedarme después de desaparecer así».

***

No tenía idea de cuánto tiempo estuvo sentada en el puente con los pies en el agua. A juzgar por las sombras que se movían sobre el arroyo y el puente, probablemente habían pasado varias horas. Le pareció un poco extraño no haber sentido hambre, cansancio o dolor después de tanto tiempo sentada en la misma posición, pero no lo cuestionó. Aunque disfrutaba de la paz y la soledad sin responsabilidades ni expectativas, su unidad estaba esperando que regresara y respondiera por sus decisiones precipitadas. Cuando finalmente agarró sus calcetines y zapatos para ponérselos de nuevo, otra ráfaga de luz verde apareció suavemente en su campo de visión junto a su cadera derecha. Eso fue suficiente para llamar su atención hacia el puente mientras sacaba los pies del agua. Lo que encontró allí la dejó atónita.

En la suave y curtida madera, alguien había tallado unas palabras. Eran toscas, como si hubieran sido dejadas allí apresuradamente, las letras dentadas y descuidadas. El mensaje en sí era claro.

Levántate, Guerrera.
No estás sola.
—R.M.

Idina casi se atragantó y tuvo que mirar más de cerca para asegurarse de que no estaba teniendo otra visión o tal vez alucinando esta vez.

Sin embargo, al rozar las palabras grabadas en la madera a su lado con sus dedos, no pudo negar que el mensaje de un desconocido era real.

—Solo una coincidencia —murmuró, mientras observaba atentamente las palabras.

Después de todo, se encontraba en las afueras de Fort Bragg. «Guerrera» no era un término extraño en el ejército. Podría haber sido un mensaje de cualquier otra persona, otro soldado que había venido en busca de la misma paz y claridad que habían atraído a Idina hasta aquí.

Había miles de millones de personas con las iniciales R.M.

Incluido Richard Moorfield.

Al pensar en su tío desaparecido, Idina resopló y volvió a ponerse los calcetines y los zapatos.

«No hay forma de que esto sea de Richard. ¿Por qué estaría aquí? Es solo una ilusión y no conducirá a nada, porque nada llevará a Richard. Dondequiera que esté, no intervendrá para ayudar a otro Moorfield con habilidades extrañas. Tengo que manejar esto por mí misma. Como siempre lo he hecho».

Capítulo 9

Cuando Idina llegó a la puerta de seguridad más cercana al puesto, el cielo ya se había llenado del resplandor naranja y rojo de la puesta de sol. Aunque caminar de regreso a la base militar durante la hora punta no ayudó a su rapidez, le dio suficiente tiempo para planear lo que quería decirle al sargento Remmington durante su conversación.

Si él se tomaba en serio ayudarla a «suavizar esta situación», ella tendría decirle la verdad y que enfrentar las consecuencias. No tenía idea de qué podrían ser esas consecuencias. Ahora que dos de los sargentos y tal vez Gowon habían presenciado sus habilidades en todo su verde esplendor, ya no podía creer que fuera solo un truco de la luz o la imaginación de unos pocos.

Además, a pesar de lo extraño que era encontrar el mensaje con esas iniciales grabadas en un puente de madera en un parque natural, Idina se sentía mucho más segura de su capacidad para manejar lo que parecía ser su nueva vida explotando en su cara.

Cuando se acercó a la puerta de seguridad, saludó al sargento que estaba de guardia esa noche y levantó la barbilla en señal de respeto.

—Identificación, por favor.

—Sí. —Sacó su cartera del bolsillo y entregó su tarjeta Eagle.

El hombre escaneó su tarjeta con su dispositivo portátil para asegurarse de que era quien decía ser, luego la miró de arriba abajo frunciendo el ceño.

—¿Nombre?

—Idina Moorfield.

—¿Rango?

—Soldado de primera clase.

Asintió con brusquedad y estudió la información en su dispositivo. Inclinó la cabeza hacia un lado, como si algo le hubiera sorprendido y no quisiera que ella se diera cuenta. Sin volver a mirarla, preguntó:

—¿Cuál es su MOS, soldado?

—Doce Bravo.

—Ajá.

Idina intentó asomarse por encima de sus manos para ver bien el aparato, pero él se apartó ligeramente, por lo que ella metió la mano por la ventanilla abierta de la cabina.

—¿Me devuelves mi tarjeta?

—Sí, en un segundo. Espera un momento. —Cogió el teléfono de su soporte en el interior de la ventanilla, marcó una corta serie de números, luego se puso el teléfono en la oreja y la observó con atención—. Sí, soy el sargento Vouriel. El soldado Moorfield se presentó en la puerta doce. Sí. No lo parece. Probablemente. ¿Quiere que le diga algo? Claro. No hay problema. Gracias.

Ella se quedó mirando al tipo mientras este devolvía el teléfono a su soporte. Luego se volvió de nuevo hacia ella, golpeando su tarjeta Eagle contra la mano contraria, y enarcó las cejas.

«Esto no es un puesto de control normal. Es imposible que Remmington llamara a todas las puertas y les dijera que me vigilaran».

—¿Le importaría decirme qué está pasando, sargento Vouriel?

Se aclaró la garganta.

—Sí, la verdad es que sí me importa.

—Oh. Vale… Bueno, puedo…

—No te muevas, Moorfield. Quédate aquí. Llegarán

en cualquier momento.

Idina se ciñó la chaqueta para protegerse del ligero frío que flotaba en el aire ahora que el sol se había puesto, y se giró para observar la carretera a sus espaldas antes de intentar ver más allá de la puerta de la base.

—¿Quién va a llegar ?

El sargento apretó los labios y volvió a mirarla de arriba abajo, pero no dijo nada.

«Estupendo. Esa no es una mirada tranquilizadora en absoluto».

Cinco minutos después, Idina por fin ató cabos cuando dos vehículos de la Policía Militar se detuvieron frente a la puerta doce, con las sirenas apagadas pero las luces encendidas. Cuatro policías salieron de los vehículos, aunque dos de ellos se quedaron atrás mientras los otros dos se acercaban a Idina y al sargento Vouriel. Sus rostros eran máscaras en blanco mientras la estudiaban, aunque uno de los policías se llevó la mano al cinturón junto a su arma de fuego.

—¿Soldado de primera clase Idina Moorfield? —preguntó.

Su mirada se desvió hacia la insignia de la manga derecha de su uniforme, que ya se había convertido en algo natural.

—Sí, sargento primero.

Asintió con la cabeza.

—Soy el sargento primero Brandon. Este es el cabo D'Ambrosia. Va a acompañarle hasta el vehículo. ¿Entendido?

Ella tragó saliva.

—Sí, sargento primero.

—Estupendo. —Miró a D'Ambrosia y murmuró—: Dame treinta segundos.

—Vamos, soldado. —El segundo policía militar puso una mano en el hombro de Idina y la guio hacia uno de los vehículos en ralentí.

No llegó a captar la señal silenciosa que envió a los otros dos policías militares, pero debió de comunicarles algo. Asintieron, volvieron al segundo vehículo y se marcharon.

Luego se detuvieron ante el primer vehículo, y D'Ambrosia volvió a llevarse la mano al cinturón.

—Cara al vehículo, las manos a la espalda.

Idina hizo lo que se le había ordenado y se quedó mirando su reflejo en la ventana tintada.

—¿Puedo preguntar de qué se trata, cabo?

Chasqueó la lengua y el tintineo de las esposas se elevó detrás de ella antes de que el frío metal se cerrara primero alrededor de una de sus muñecas y luego de la otra. Se apretaron con una serie de chasquidos agudos.

—Puede preguntar todo lo que quieras. Ahora no obtendrá respuesta. Aunque no la hubieran marcado como ausente sin permiso durante las últimas cinco horas.

—Espera… —Ella se apartó cuando él tiró de sus muñecas esposadas para apartarla antes de abrir la puerta trasera—. Marcada como…

—Cuidado con la cabeza. —El cabo la guio hasta el interior del vehículo con mano firme y esperó a que se sentara—. Le recomiendo que mantenga la boca cerrada hasta que alguien le pida que hable.

Una vez hecho esto, cerró la puerta, bloqueó el vehículo y volvió a colocarse junto a la puerta delantera del lado del pasajero mientras el sargento primero Brandon terminaba su conversación con el sargento de la puerta.

Afuera estaba demasiado oscuro para leer los labios, pero susurraban demasiado bajo, aunque vio que el sargento de la puerta entregaba su tarjeta Eagle al sargento primero Brandon antes de que el otro agente que la detuvo se dirigiera hacia el vehículo. Después, él y D'Ambrosia entraron, cerraron las puertas y se abrocharon los cinturones sin mediar palabra.

Se alejaron de la puerta, esta vez sin luces intermitentes, y Idina tuvo aún más tiempo para asimilar la noticia.

«Marcada como ausente sin permiso. Sí, debería haberlo visto venir. Al menos Remmington tendrá su charla conmigo como quería. Si es que aparece».

Brandon miró por el retrovisor mientras atravesaba la base en dirección al Centro de Cumplimiento de la Ley.

—Tiene una cosa a su favor, Moorfield. —Idina se encontró con su mirada en el espejo. Las esposas se clavaban dolorosamente en su espalda, ya que las aplastaba entre su cuerpo y el respaldo del asiento—. Volvió por su cuenta. Eso es importante.

Asintiendo lentamente, dejó caer la mirada sobre su regazo y pasó el resto del trayecto mirando sus rodillas en los vaqueros.

«Sé que metí la pata. Lo menos que puedo hacer es reconocerlo con dignidad. Supongo que veremos hasta dónde me lleva eso».

Nadie prestó atención mientras el sargento primero y el cabo la escoltaban por el Centro de Cumplimiento de la Ley y la sometían a un rápido proceso de registro. Ninguno de los dos le dirigió la palabra, ni siquiera cuando Brandon se separó y el cabo D'Ambrosia condujo a Idina por otra serie de pasillos.

La sala a la que la llevó no era impresionante ni lujosa: desnuda, fría, con luces brillantes en el techo y suelos de linóleo desgastado. Esperaba que la detuvieran en una celda mugrienta o en un espacio vacío, o al menos que la interrogaran en una sala de interrogatorios con un espejo de dos caras y cámaras de seguridad instaladas en las esquinas. En cambio, pasó la tarde en lo que parecía una sala de conferencias, esperando los siguientes pasos.

Con las muñecas aún esposadas, le habían dicho específicamente que se sentara en la única silla de metal fría, dura e increíblemente incómoda que había alrededor de la larga mesa del centro de la sala, de espaldas a la puerta. Las otras siete sillas alrededor de la mesa tenían cojines y reposabrazos, lo que hacía aún más obvia su condición de soldado desertora detenida.

El cabo D'Ambrosia se sentó frente a ella. No dijo absolutamente nada durante la siguiente hora, solo de vez en cuando levantaba la vista de los formularios que había estado rellenando para echar un vistazo al reloj que había sobre la puerta. Solo dos veces miró a Idina, e incluso entonces apartó la vista de inmediato.

«Porque se supone que no pueden interrogarme ni hablar conmigo hasta que él dé el visto bueno. Supongo que eso también es parte de mi castigo, ¿no? Que me traten como si no existiera hasta que decidan qué hacer conmigo. Se siente como en casa».

No se atrevió a girarse para mirar la hora, por si el cabo lo consideraba otro indicio de algo desagradable que hubiera que documentar y sacar a relucir más tarde. Sin embargo, por mucho que esperara, el tiempo parecía eternizarse con el tictac constante del reloj y el ocasional rascado del bolígrafo de D'Ambrosia en los formularios. Él también se tomaba su tiempo para rellenarlos.

Al final, el monótono silencio se rompió al girar el pomo de la puerta con un chirrido. Antes de que Idina pudiera girarse para ver quién había venido a reunirse con ellos, D'Ambrosia dejó caer su pluma y se puso inmediatamente de pie.

Idina no se detuvo a pensar si la orden se aplicaba a un soldado esposado. Se levantó de un salto, haciendo que la silla de metal se deslizara por el linóleo detrás de ella con un chirrido, y se volvió hacia la puerta. Permanecer en posición de firmes con las manos a la espalda no era precisamente una forma eficaz de saludar a los superiores que entraban en la sala con ella. Cada vez que alguien cruzaba la puerta, el nudo en su estómago se hacía más profundo.

El primero en entrar fue el sargento de primera Remmington. No miró a Idina, pero se hizo a un lado para dejar espacio a la siguiente persona, mirando al frente.

—Firmes.

A Idina le revolvió el estómago cuando se dio cuenta de que había llamado la atención de tres soldados para el comandante de la compañía Bravo, el capitán Jenkins. Solo había visto al hombre un par de veces de pasada desde que se había unido a su unidad en Fort Bragg. Ahora estaban todos aquí para supervisar personalmente las medidas disciplinarias por las que un soldado se ausentó sin permiso durante medio día.

No había otra forma de interpretarlo.

Jenkins no se dirigió directamente hacia la mesa. En cambio, se colocó a la derecha de la puerta, lejos de Remmington, y esperó al resto de la comitiva. Esto solo hizo que Idina se sintiera peor.

A continuación llegó su jefe de pelotón, el teniente Scott. Tras él, la sargento de primera Casper —la sargento de mayor rango de la compañía Bravo— entró por la puerta, e Idina esperaba que la procesión terminara con ella.

Lo hizo, después de que el sargento primero Brandon entrara y se moviera en dirección opuesta para ocupar su lugar al otro lado de la mesa, junto a D'Ambrosia.

Idina tragó saliva y se quedó mirando la pared junto a la puerta abierta, haciendo todo lo posible por mantenerse firme mientras estaba esposada y obligándose a no mirar directamente a nadie.

«Ellos no están metiendo la pata. Yo tampoco. Tenemos ideas diferentes sobre lo que se considera un gran error, creo».

El capitán Jenkins cerró la puerta tras de sí con un suave chasquido, observó la habitación y luego asintió a Remmington.

—Descansen.

Nadie se movió.

Remmington siguió mirando al frente y suavizó un poco la voz.

—Descansen, soldados.

Con dos oficiales de alto rango, cuatro suboficiales y un soldado raso —Idina—, la formalidad de todo el proceso habría parecido graciosa.

Sin embargo, en este momento Idina estaba en apuros.

Se relajó de su incómoda postura de atención, que no cambió en su mayor parte con las manos a la espalda. Entonces el capitán Jenkins cruzó la sala en dirección a la mesa y atrapó su mirada.

—Soldado Moorfield. —La sonrisa del comandante de la compañía estaba un poco tensa, y parecía más decepcionado que enfadado—. Me alegra conocerla oficialmente, aunque las circunstancias no sean las mejores.

—Igualmente, señor. —Su voz era un poco áspera y se aclaró antes de asentir respetuosamente—. Pido disculpas por las circunstancias.

—Hmm. —Su sonrisa parpadeó de nuevo, luego se volvió y asintió a Brandon—. Sargento primero, por favor, quítele las esposas a la soldado Moorfield. No creo que sean necesarias ahora.

—Sí, señor. —Brandon sacó las llaves de su cinturón y le quitó las esposas.

—Ahora es el momento de resolver esto. Sentémonos. —Jenkins se dirigió a la mesa, seguido por los otros oficiales y suboficiales.

Idina ya estaba de pie junto a la dura silla de metal en la que había pasado las últimas horas, así que apenas se movió. Esperó a que el comandante de la compañía tomara asiento, al igual que el resto de los presentes.

De repente, la habitación parecía demasiado pequeña para siete personas, sin mencionar la conversación que iban a tener.

Una vez que todos estuvieron en sus asientos, esperó otros quince segundos de completo silencio, sin atreverse a hablar hasta que alguien se dirigiera directamente a ella. No después de haber interrumpido a los oficiales de su compañía en lo que estuvieran haciendo después de cenar para interrogarla en el Centro de Cumplimiento de la Ley.

«Esperaba que estuvieran más enojados. Esto se siente más como una especie de intervención. Solo que no son drogas o alcohol o algo que cualquiera de nosotros entienda. Así que esto será interesante».

Capítulo 10

—Normalmente —comenzó el capitán Jenkins, señalando con la cabeza a Idina—, un soldado que se ausenta sin permiso durante cinco horas no sería suficiente para que todos los mandos de ese soldado intervengan de esta manera. Yo, por mi parte, ya había oído cosas interesantes sobre usted, soldado.

—Todos lo hemos hecho —añadió Casper con una pequeña sonrisa. Asintió y sostuvo la mirada de Idina—. Por eso acordamos que lo mejor era que todos estuviéramos aquí en persona.

Idina intentó sentarse recta en su silla, pero sus músculos ya estaban doloridos de pasar tanto tiempo en uno de los asientos más incómodos de la base.

—Siento haberle quitado la noche con esto, sargento primero.

—La disculpa no es necesaria, soldado —dijo el teniente Scott—. Solo queremos una explicación.

Cuando miró a Remmington, su sargento de pelotón le hizo el primer gesto de ánimo que había recibido en toda la noche.

«Así es como suavizamos las cosas. Con la verdad. Solo que no sé cuánto de eso podemos soportar ahora».

—El M240 que estaba manejando en el campo de demolición se atascó —empezó despacio—. Se me escapó una de las balas que aún estaban en la cámara. Se calentó demasiado, se disparó y alcanzó al especialista Gowon. Él estaba manejando las metralletas conmigo.

—Gowon ya se está recuperando. —El capitán Jenkins cruzó las manos encima de la mesa y se inclinó hacia delante—. Ha tenido suerte.

—Sí, señor.

—Lo sabías antes de dejar tu puesto en el campo de demolición.

Idina asintió.

—Sí, señor.

—Entonces, ¿por qué creíste que lo correcto después de eso era abandonar tu pelotón y salir del puesto sin permiso?

—Necesitaba un poco de tiempo para…

—No contestó el teléfono, Moorfield —interrumpió Remmington—. No respondió a ninguno de nosotros. Todos pensábamos que había huido del cuartel.

—Lo sé. No debería haberlo hecho. Estaban ocurriendo muchas cosas y no quería estar cerca de nadie por un tiempo.

La sala quedó en silencio. Jenkins y Scott intercambiaron una mirada cómplice y luego el comandante de la compañía habló de nuevo.

—Ausentarse sin permiso es una infracción grave, soldado.

—Sí, señor.

—¿Cuánto tiempo llevas en la compañía Bravo?

—Un poco más de dos meses.

Jenkins asintió.

—Directamente de la escuela de salto, después de graduarte de tu entrenamiento básico en Fort Leonard Wood.

—Correcto.

La sargento Casper respiró profundamente.

—Adaptarse a la vida como soldado en servicio activo puede ser difícil, Moorfield. Todos hemos pasado por eso. A veces, es muy complicado sobrellevarlo.

—Puedo manejar el…

—No había terminado. —La actitud tranquila de la mujer se endureció en un instante, e Idina se mordió la lengua.

«Hablaba demasiado en casa, y estoy hablando demasiado aquí. Deja pasar esto, Moorfield. No empeores las cosas».

—Vemos a muchos soldados entrar y salir de esta base —continuó ella—. Muchos de ellos prosperan tras superar la instrucción. Algunos de ellos no pueden soportar pasar de la intensa estructura de la base a las normas bastante laxas de la vida del Ejército en el puesto. En comparación.

El capitán Jenkins asintió.

—A veces es demasiado. Entendemos esa parte, y si necesita ayuda para adaptarse, soldado, también tenemos los recursos para eso. —Idina se obligó a no hacer una mueca. «¿Recursos para adaptarse? Pero si estoy bien». Él añadió—: Lo que no tenemos son recursos ni paciencia para aguantar a un soldado que pone en peligro a toda su unidad y compromete el bienestar de sus compañeros. Incluso de sus sargentos y de la cadena de mando. Lo entiende, ¿verdad?

—Sí, señor. No pensé que…

—Parece que no pensaste mucho. —El teniente Scott negó con la cabeza—. No solo está en juego tu culo cuando abandonas tu deber. No es bueno para ninguno de nosotros cuando tenemos un soldado corriendo fuera del puesto y poniendo en peligro a sí mismo o a otros.

—Señor, no he hecho daño a nadie.

—No había forma de que lo supiéramos. Y no había forma de que la encontráramos.

No tenía nada que decir a eso, así que se quedó sentada en silencio, aguantando las miradas de todos sus superiores de la empresa. Entonces volvió el ardor en la punta de los dedos.

«Ahora no. Por favor, ahora no. No hay forma de esconderlo en una habitación cerrada sin salida».

Una mirada a su regazo le mostró exactamente lo que no quería ver. Un vaho verde y brillante surgió muy despacio de las yemas de sus dedos. Juntó las manos y trató de enterrarlas en su regazo.

Casper rompió por fin el silencio.

—El hecho de que solo hayas estado fuera cinco horas dice algo. Volviste por voluntad propia. Eso nos hace pensar que no tenías intención de desertar. ¿Correcto?

—Sí, sargento.

—Bien. Podemos trabajar con eso.

Las manos de Idina ardían ahora y, por el rabillo del ojo, vislumbró algo brillante y etéreo que surgía de su regazo.

—¿Hay algo más que quiera decirnos, soldado? —preguntó Jenkins.

«¿Cómo se supone que debo manejar esto?».

Cerró los ojos y respiró hondo, tratando de calmar la creciente oleada de frío glacial y calor abrasador que le recorría los brazos. Cuando los abrió, sin saber lo que iba a soltar en el último segundo, se encontró con la mirada del sargento Remmington.

El sargento de pelotón aclaró la garganta y habló antes de que ella pudiera empezar.

—Capitán Jenkins, hay algo más que me gustaría aportar a la discusión de esta noche, ya que estamos todos aquí. —Todos se volvieron para mirarlo y Jenkins asintió en silencio. Remmington volvió a mirar a Idina y, por primera vez, parecía nervioso por algo—. Les he hablado del potencial de la soldado Moorfield. Su capacidad de liderazgo. Su atención al detalle. Pensamiento fuera de lo común cuando se trata de resolver problemas y hacer del bienestar de su unidad una prioridad.

—Así es. —Jenkins enarcó las cejas.

—Bueno, hay algo que aún no he compartido con usted, señor. Ni con nadie, pero hoy ha sido un ejemplo perfecto de lo que ocurre cuando no somos totalmente transparentes.

Idina se metió las manos bajo los muslos, como siempre había hecho en casa, y miró a Remmington con los ojos muy abiertos.

«No. Por favor, no. No puede hablar en serio…».

—Hoy en el campo de tiro —continuó—, vi a la soldado Moorfield… hacer algo que no puedo explicar.

—¿Seguimos hablando de su error de juicio con la ametralladora? —Casper ladeó la cabeza, confusa.

—No, sargento. No soy el único que lo ha visto hoy, pero como suboficial de rango en el campo de tiro, es mi responsabilidad informar a la cadena de mando.

Idina contuvo la respiración.

«Mierda. Lo va a decir. Y lo está haciendo todo para protegerse».

Remmington parpadeó rápidamente antes de continuar.

—La soldado Moorfield estaba…

La silla de Idina se tambaleó hacia atrás en el suelo con un chirrido cuando se levantó con fuerza.

—No puedo hacer esto.

—Soldado Moorfield.

—Lo siento, señor. —No se atrevía a mirar a su comandante de compañía, ya que la mayor parte de su atención estaba enfocada en si estaba o no ocultando eficazmente sus manos y su mal sincronizado humo verde a sus espaldas—. Esto es demasiado. Tengo que salir.

—No le hemos dado permiso para irse, soldado. —El tono del teniente Scott se volvió más oscuro.

Resultaba más fácil mirarlo a él que a Jenkins o Remmington, cuyo rostro ahora enrojecía debido a la interrupción. Así que se encontró con la mirada de Scott mientras su respiración se aceleraba.

—¿Sigo detenida?

—No. Pero no se irá a ninguna parte hasta que tus superiores le diga que esta reunión ha terminado.

El cuerpo de Idina se movió como si no estuviera conectado a su cerebro. Se giró y se dirigió hacia la puerta, sacando las manos por detrás de la espalda para que nadie pudiera ver el vaho verde que salía de su boca.

No había recorrido ni la mitad de la habitación cuando Remmington se levantó de un salto y golpeó la mesa con una mano.

—¡Estoy tratando de ayudarte, Moorfield!

—¡No sabes cómo ayudarme!

Antes de que se diera cuenta de lo que estaba ocurriendo, los dos policías militares de la sala ya la estaban siguiendo. D'Ambrosia se deslizó a su alrededor para bloquear la puerta, y Brandon se detuvo frente a Idina antes de ponerle una mano en el hombro.

—No quiere hacer esto, soldado.

—Por favor, sargento primero. —No sabía dónde esconder las manos, así que las cerró en puños a los lados, pero eso solo empeoró las cosas. Ahora la energía de su habilidad era demasiado fuerte para ignorarla. También lo eran el brillo de las luces verdes y la bruma resplandeciente que se elevaba despacio junto a sus brazos—. Tengo que salir de aquí.

—Eso no ocurrirá hasta que le demos permiso.

—Si el sargento Remmington tiene algo que decir —ladró Scott—, nos quedaremos aquí y lo escucharemos. Seguirá las órdenes, Moorfield. Tome asiento.

—No sabe de lo que habla, señor. —Intentó rodear a Brandon, pero el policía militar la bloqueó con facilidad.

—¿Entonces por qué no nos lo dice?

—No puedo.

—Soldado Moorfield, no se trata de si puede o no hablar con nosotros.

—¡Apártate de mi camino y déjame en paz!

—¡Eso es insubordinación, Moorfield! —ladró Remmington—. ¡Siéntese!

—¡No, no lo entiendes, joder! —Idina se giró hacia la mesa, completamente fuera de control ahora porque no tenía forma de escapar ni espacio para respirar—. *¡No puedo!*

Con su último grito, todas las emociones que había estado reprimiendo salieron de su interior, arrastradas por las ondas de sus luces verdes parpadeantes y su niebla brillante. Chispas verdes salieron disparadas de sus puños y chasquearon contra el suelo. Una llamarada verde lo invadió todo.

Todos los rostros de sus superiores que la miraban tomaron el mismo color y, por un momento, el tiempo se sintió suspendido.

Nadie se movió.

Lo único que oía era el torrente de sangre que le golpeaba los oídos y la respiración agitada y acelerada de su pecho.

«Sí, claro. Esta es la parte en la que me dicen que soy un bicho raro y me echan del Ejército».

El silencio parecía eterno, todos los ojos puestos en Idina mientras la oleada de sus inexplicables habilidades estallaba a su alrededor antes de apagarse muy despacio en la nada una vez más. No fue un episodio en toda regla, solo un pequeño hueco para que la presión acumulada se liberara por fin. Volvía a sentir su cuerpo como propio y el ardor de sus manos había cesado.

Ahora se le había subido a la cara mientras sus mejillas se sonrojaban y un nudo apretado se endurecía en sus entrañas.

Al final, la sargento primera Casper se giró para mirar a Remmington.

—Sargento.

La miró, ahora totalmente inmóvil y con los puños a los lados. Casi parecía que estaba en posición de firmes, lo que resultaba extraño para Idina.

—Supongo que eso es lo que querías discutir.

Remmington tragó saliva.

—Sí, sargento. Teniente Scott, me doy cuenta de que esto era algo que debería haberle comentado antes, pero no estaba muy seguro de cómo...

No pudo terminar la frase.

«Nadie sabe cómo manejar esto. —A Idina le temblaban los brazos y trataba de ignorarlo—. Ni siquiera yo».

Jenkins giró su silla y señaló con la cabeza a los policías militares que detenían a Idina. Los policías se habían sobresaltado por el estallido de ira de Jenkins y su resplandeciente niebla verde, retrocediendo y alejándose de ella y de la puerta.

—Apártese, sargento primero. Cabo.

Ambos hombres parecían confundidos por la orden y por lo que habían presenciado, pero no dudaron en obedecer.

Luego Jenkins se levantó y los demás alrededor de la mesa hicieron lo mismo de inmediato.

—Soldado Moorfield.

—Lo siento, señor —susurró, temblando.

—No necesita disculparse de nuevo. Pero no toleraré la insubordinación. Ni bajo mi mando, ni bajo el mando del teniente Scott, ni de la sargento primera Casper, ni del sargento Remmington. ¿Está claro?

—Sí, señor.

—Estoy pensando en ordenar que se largue ahora mismo y presentar esta cuestión...

No esperó a oír el resto. Con el camino despejado hacia la puerta y las mejillas encendidas por la ira y la tensión de lo desconocido, Idina se dirigió furiosa hacia la puerta y la abrió de un tirón.

—¡Soldado, no le hemos dicho que pueda irse! —gritó Remmington tras ella, pero sonaba como si él fuera el que estaba en problemas por esta reunión y enfrentara graves consecuencias.

A Idina no le importaba. Tenía que salir. Solo con medio pensamiento de despedirme es suficiente.

«No puedo lidiar con esto ahora».

—¡Moorfield! —Remmington corrió alrededor de la mesa para seguirla, pero Jenkins lo detuvo al lado de la mesa y puso una mano firme en su hombro.

—Es suficiente, sargento.

—Ella no puede salir así, señor.

—Pues acaba de hacerlo. —El agarre de Jenkins en el hombro de Remmington se tensó, y el hombre más joven levantó la vista para encontrarse con la mirada de su comandante de compañía, furioso—. Estoy seguro de que todos estamos de acuerdo en que son… circunstancias atenuantes. Nada de esto refleja mal en usted, sargento. Ni en su pelotón. Si le preocupa enfrentar medidas disciplinarias por algo así, quiero que se quite esa idea de la cabeza ahora mismo, ¿entendido?

—Sí, señor. —Remmington sintió que todos los demás en la sala lo miraban: la sargento primera Casper, el teniente Scott y los dos policías militares antes de que uno de ellos mirara a través de la puerta abierta por donde Moorfield había desaparecido.

Jenkins asintió, soltó el hombro de Remmington y se apartó para mirar.

—Aquí está sucediendo algo más, sargento. Sea lo que sea, quiero que lo descubra lo antes posible. Luego tenemos que conseguir ayuda para esa soldado.

—Entendido, señor.

—Bien. —El capitán miró a los demás oficiales y suboficiales que estaban alrededor de la mesa, ambos parecían conmocionados—. Les diría a todos que pasen bien la noche, pero no estoy seguro de que eso sea posible ahora mismo. Si ocurre algo más…

—Se lo haré saber, señor —respondió el teniente Scott con un cortante movimiento de cabeza—. Nosotros nos encargaremos.

—Bien.

Capítulo 11

Idina cruzó el puesto del Centro de Cumplimiento de la Ley disfrutando del aire fresco de la tarde. Ni siquiera la fresca temperatura le alivió el ardor en las mejillas y la sensación que le corroía las entrañas.

Esa sensación que le decía que había cometido un grave error y que estaba a punto de perder todo lo que tanto le había costado conseguir en el Ejército. Probablemente incluso su condición de soldado.

No se percató de nada ni de nadie mientras corría hacia los barracones. El impulso de escapar de la base otra vez para alejarse de todo el mundo era abrumador, pero no cometería el mismo error por segunda vez.

«Todavía tengo que enfrentar esto. Pase lo que pase. Metí la pata. Ahora mis superiores saben de mis habilidades. Tengo que descubrir cómo controlar esta situación para poder solucionarlo. Depende de mí».

Abrió la puerta del barracón bruscamente y no se dio cuenta de que Anderson se le acercaba.

Se apartó para evitar ser golpeada y extendió los brazos.

—Vaya, Moorfield. ¿Qué ocurre?

Ella no respondió. Idina no tenía nada que decir, porque hablar de esto no iba a solucionar nada.

—¡Oye, Moorfield! —gritó Rickens—. Buenas noticias. No mataste a Gowon. Así que tal vez puedas enseñarle…

—Ahora no —gruñó.

90

—Guau, ey. —Retrocedió y la miró frunciendo el ceño—. ¿Cuál es tu problema?

Cuanto más intentaban hablar con ella los miembros de su unidad, más se encendían nuevamente sus manos, brazos y hombros con las primeras chispas de un próximo episodio. En sentido literal y figurado. Porque ahora las pequeñas motas verdes volvían a salir disparadas de sus manos.

Se dio la vuelta por el siguiente pasillo que conducía a su habitación y se encontró a Romero corriendo en dirección contraria hacia ella. Miró sus manos y abrió los ojos al ver las chispas que salían disparadas y desaparecían antes de caer al suelo.

«Si intentas hacer sonar alguna alarma, no creo que pueda contenerme».

—Moorfield.

—Ahora no. Es un muy mal momento.

—Eh, espera. —Romero aminoró la marcha y se volvió para caminar a su lado, escudriñando el pasillo vacío antes de bajar la voz—. Estás haciendo eso… esa cosa.

—He dicho que ahora no.

—Sí, pero tal vez deberías relajarte un poco. Ya sabes, respirar hondo y calmarte un poco. Oye, escucha.

En cuanto la agarró del brazo, el entrenamiento de Idina, antes y después de alistarse en el ejército, se puso en marcha automáticamente. Se giró, le dio un puñetazo en la parte interior del codo para soltarlo del otro brazo y lo empujó con ambas manos contra la pared, inmovilizándolo allí.

—¿Qué coño?

—Lo que sea que creas que viste, Romero, suéltalo.

—Solo intento ayudar.

—No necesito tu ayuda. —Sus puños se cerraron en torno al cuello de su camiseta blanca, y aunque él había levantado las manos en señal de rendición, su ira seguía creciendo. Más chispas brillantes surgieron de sus puños con nuevos y deslizantes zarcillos de niebla verde.

Romero apartó la cabeza de la niebla y se golpeó la nuca contra la pared.

—Mira, siento lo que dije en el campo de tiro. Pero no… me arranques la cabeza con esa mierda, ¿vale?

Idina reconoció ahora el miedo en su rostro, hizo una mueca y lo soltó antes de dar un paso atrás.

—Eso no es lo que quiero.

—Bien. —Se ajustó el cuello de la camisa y se apartó de ella junto a la pared—. Porque te habría tirado al suelo si esa mierda no me estuviera asustando tanto ahora mismo.

—Yo tampoco quiero pelear contigo, Romero. —Idina se dio la vuelta y se dirigió de nuevo por el pasillo hacia su habitación. Esta vez, el otro soldado se quedó donde estaba y no intentó seguirla.

—¿Dónde estabas, Moorfield?

—Tratando de conseguir algo de espacio —murmuró y aceleró el paso—. Lo cual es jodidamente imposible aquí.

Romero no dijo nada más ni intentó continuar la conversación, pero ella le oyó murmurar algo en voz baja antes de salir del vestíbulo.

Entonces llegó a la puerta, la abrió y entró. Cuando cerró la puerta y se dio cuenta de que su habitación estaba vacía, sintió un gran alivio.

«Eckling finalmente decidió no pasarse toda la noche jugando a videojuegos. Estupendo. Espero que ella también decida volver tarde a la habitación».

Era imposible ignorar toda la energía que se acumulaba en su interior, así que se paseó de un lado a otro de la habitación, intentando mantener las luces verdes y la niebla en su sitio.

«Esto no debía pasar. Puedo arreglarlo. Necesito averiguar de dónde demonios vinieron estas habilidades. Para qué sirven realmente. Cómo evitar que se descontrolen cada vez que no me gusta lo que pasa…».

Un gruñido bajo llenó su habitación y se detuvo a escuchar.

Al ver que no se repetía, sacudió la cabeza y siguió caminando.

—Contrólate. Respira. Y deja de pensar. Eso es lo que diría el maestro Rocha. Deja de pensar, empieza a sentir, busca una solución. Para eso soy bueno.

Esta vez, otro gruñido vino detrás de ella, y se giró para buscar su origen. Por supuesto, su habitación estaba vacía, pero entonces el suelo tembló bajo sus pies. Las luces parpadearon y el polvo cayó del techo.

Entonces, esa misma risa oscura con voces chirriantes e inhumanas llenó su mente: la misma voz que había estado escuchando en sus visiones y sueños. La misma que vino a por ella y al comandante Hines después de su último salto.

Esta vez, la voz la envolvía sin las habituales luces verdes o visiones o el resto del mundo. Todo estaba en su cabeza.

—*Esto es exactamente lo que he estado esperando, Guerrera.*

Había tanto placer oscuro y melancólico en esa voz que Idina se obligó a no prestarle atención. Siguió caminando, actuando como si todo estuviera bien y como si no le estuviera hablando algo sin cuerpo que se burlaba de ella.

—*Toda tu ira. Todo tu miedo...* —Un siseo asquerosamente húmedo y sorbido llenó su mente—. *Eres un faro que me atrae hacia ti, Guerrera. Alguien no sabe lo que está haciendo.*

—Cállate —susurró Idina, e inmediatamente después apretó los dientes. «No le hables. Así es como te meten en un psiquiátrico».

—*Te he estado observando. Cuanto más avances por este camino, más fácil será cazarte. Así que no te detengas ahora. Esta vez, sois muy pocos para enfrentarme. Ya estás haciendo la mitad del trabajo tú solo. Así que sigue así, Guerrera. El final se acerca...*

—¡Sal de mi cabeza!

Un rayo de luz verde abrasadora salió disparado de su

puño y golpeó la pata de su mesilla de noche. El metal crujió y se dobló, y el mueble cayó al suelo.

—No, no, no. —Idina se miró las manos, que ahora palpitaban con una luz verde aún más brillante de lo que creía poder detener. Las sacudió, tratando de amortiguar las luces verdes, pero solo empeoró las cosas.

De las puntas de sus dedos y del centro de sus palmas salieron más rayos. Uno se clavó en la cama y atravesó las sábanas y el colchón. Otro salió disparado por el aire y dejó una abolladura en el techo. Un tercero atravesó el cajón superior de la cómoda y llenó la habitación de olor a tela quemada.

«No puedo tener otro episodio aquí. No puedo. He estado sin mis medicamentos, y no tengo idea cómo de fuerte va a ser ...».

—*Entonces déjalo todo* —bramó la voz, astillando su cabeza con su fuerza—. *¡Naciste para destruir! Naciste para...*

De la boca abierta de Idina brotó un grito de rabia y esfuerzo, acompañado de más rayos de luz verde que salieron disparados en todas direcciones y chocaron con las paredes, los muebles y todo lo que tenía, que no era mucho. Los zarcillos de niebla que salían de sus dedos se espesaron y se duplicaron, como setas, alejándose de ella y filtrándose hasta el suelo. Cuando se tocaron, el linóleo se resquebrajó y Idina sintió que iba a explotar.

Respirando con dificultad, se giró lentamente para examinar los daños causados por su último arrebato. Había muebles caídos y sábanas rotas, mientras una niebla verde se enroscaba en el suelo agrietado y se pegaba a las paredes. Contemplar todo esto la hacía sentir mejor, de alguna manera.

De repente, el ardor en sus manos y el frío entumecido que se extendía por sus hombros desaparecieron. Las luces verdes se desvanecieron y la niebla se redujo a nada más que aire puro con un olor a madera y tela carbonizadas.

También ella se quedó sin energía y se acercó a la cama antes de girarse rígidamente y dejarse caer en ella.

«Fui yo quien hizo todo esto. Probablemente también tenga que responder por destruir la propiedad del cuartel. Pero eso no significa que se hayan acabado mis oportunidades para resolver esto. Todavía puedo solucionarlo...».

Sin embargo, en ese momento, hacer cualquier cosa le parecía una tarea colosal. Los músculos de Idina ardían de cansancio, mucho más de lo que lo habían hecho durante la mayor parte del entrenamiento básico y en cualquiera de los largos recorridos con su pelotón. Pero ya no temblaba. Por ahora, sus habilidades también estaban tomando un descanso.

No tenía ni idea de cuánto tiempo había estado sentada en el borde de su cama destrozada, desconectada y tratando de no pensar en nada para poder abordar el problema de nuevo con una nueva perspectiva. Después de todo, eso era en lo que destacaba.

Podría haberse quedado así toda la noche si no hubiera sido por el rápido pero suave golpe en su puerta, que la sacó de su agotado letargo.

—¿Moorfield? Soy el Sargento Remmington.

«Oh, vaya».

Inclinándose hacia delante sobre su regazo, Idina enterró la cabeza entre las manos y tuvo que alzar la voz para hablar a través de ellas.

—Hola, Sargento.

—¿Puedo entrar un momento?

—No estoy segura de que realmente quiera hacer eso ahora.

Hubo un largo silencio, luego se escucharon pasos.

—Soldado Moorfield, soy el teniente Scott. Abra la puerta.

Era una orden.

Con un fuerte suspiro, Idina trató de no mirar lo que había hecho en su habitación mientras se levantaba de la cama y hacía lo que le habían ordenado. Por supuesto, Scott y Remmington estaban allí en el pasillo, ninguno de ellos parecía particularmente contento de estar allí.

Tampoco parecían enfadados, lo cual era una ventaja.

Idina se puso rígida para mantenerse en posición de firmes frente a su jefe de pelotón, pero el teniente Scott negó con la cabeza.

—Vamos a dejar de lado las formalidades pesadas en este momento, Moorfield. Remmington y yo pasamos porque no creo que ninguno de los dos pueda dormir esta noche hasta que todos hayamos encontrado una solución para esto.

—¿Una solución? —Idina miró a los oficiales. Remmington apretó los labios y bajó la cabeza como si le avergonzara estar aquí.

—¿Podemos entrar? —preguntó Scott.

—Sí. Quiero decir, sí, señor. Claro. —Se apartó de la puerta y esperó a que entraran. Luego cerró la puerta detrás de ellos y encontró a sus dos superiores de pie, inmóviles en medio de su habitación.

—Yo… —Idina tragó saliva y levantó la barbilla—. Creo que puedo explicar el desorden, pero no tengo…

—No estamos aquí para una explicación, Moorfield. —Scott observó la habitación, que Idina se dio cuenta por primera vez de que estaba medio destruida, cogió las sillas de detrás de su escritorio y de Eckling. Luego las llevó al centro de la sala, ofreció una a Remmington y cogió la suya.

—Entonces, ¿por qué has venido, señor? —Señaló su cama destrozada.

—Toma asiento.

Idina hizo exactamente eso, el colchón dañado crujía protestando bajo su peso cuando se sentó en el borde. No pudo contenerse más y soltó:

—Sé que he sido insubordinada antes. Sé que hoy metí

mucho la pata. Y sé que todo esto... —Señaló brevemente el techo carbonizado y abollado—. Es inaceptable. Haré lo que sea necesario para arreglarlo, señor. Tareas de limpieza. Trabajo de escritorio. Si tienes que castigarme un día entero, lo entenderé. No me quejaré. Solo por favor, por favor no me despidan. No puedo estar...

—Espera, Moorfield. —Una sonrisa se dibujó en los labios del teniente Scott, que sacudió ligeramente la cabeza.

«¿Qué le hace tanta gracia?».

Idina miró a Remmington en busca de una respuesta, pero él estaba distraído mirando los muebles dañados y los objetos personales esparcidos por la habitación.

—Antes de que te dejes llevar demasiado por los «y si» —continuó Scott— quiero que escuches. ¿Entendido?

—Sí, señor. —Metió las manos en el regazo y se sentó lo más recta posible en un colchón que parecía hundirse bajo ella. Probablemente lo estaba después de que ella lo hubiera bombardeado con luz verde incontrolada.

—Ahora, te estaría mintiendo si dijera que he visto este tipo de... ruptura con un soldado antes. —Remmington soltó una carcajada y carraspeó para disimularla. Scott sonrió satisfecho—. Pero que los soldados lleguen a su punto de ruptura, sobre todo los nuevos, es algo con lo que sabemos lidiar. Sucede, Moorfield. Quizá no exactamente así, pero sea lo que sea que te esté pasando, no es culpa tuya.

Idina lanzó un suspiro y respiró lenta y profundamente.

No es lo que esperaba.

—¿Lo estás asimilando?

—Sí, señor.

—Bien. —Scott se frotó las manos—. La mierda pasa. Todos lo sabemos. Sí, hoy metiste la pata varias veces, pero cometeríamos un grave error si te descartáramos después de algo así. Sobre todo, antes de darte la oportunidad de resolver... lo que sea esto. —Le miró las manos, frunció el ceño y volvió a mirarle a la cara—. No sé qué es. Pero todo el mundo merece una oportunidad para cambiar las cosas. Eso es lo que queremos ofrecerte porque eres un activo valioso para esta unidad, y nosotros cuidamos de los nuestros.

Los ojos de Idina se abrieron de par en par y apretó las manos contra el borde del colchón para no resbalar por la sorpresa.

—Gracias, señor. No estoy segura de saber cómo darle la vuelta. Todavía. Pero lo haré. Creo que debería hacer algunas llamadas.

—Si eso es lo que necesitas hacer, está bien. Pero además de eso… —Scott inspeccionó nuevamente la mitad destruida de la habitación y suspiró—. Hablemos de CSC.

—Espera, ¿qué?

—Centro de la Salud del Comportamiento —añadió Remmington—. Recibir tratamiento te dará un respiro, Moorfield. Algún tiempo para recordar y volver a centrarte. Volver a tener la cabeza en su sitio. A veces, eso es todo lo que se necesita.

—Así que… —Idina arrugó la nariz y contuvo una carcajada—. ¿Queréis que vaya a terapia?

El teniente Scott asintió.

—Eso es parte de ello. También puedes considerarlo una especie de retiro. Hablarás con un terapeuta, tomarás algunas clases sobre control de la ira y sobre cómo calmarte en situaciones de mucho estrés. Creo que incluso hacen yoga allí, ¿verdad?

Remmington pareció sorprendido cuando el jefe de pelotón se dirigió a él buscando confirmación.

—Eh… sí. Algo así.

—Nunca lo he probado, pero he oído cosas buenas. —Scott cruzó las manos sobre el regazo y miró a Idina—. De alguna manera, te ordenarán dirigirte al centro de East Bragg para que te evalúen y te concedan unas semanas para arreglarte. Tendrás un mejor registro si consta que expresaste tu deseo de hacerlo. ¿Entiendes?

Ambos superiores la observaron expectantes y Idina

se sorprendió al sentir una calma que la inundaba.

«Quieren que solicite esto. Será como una estrella dorada en mi expediente en lugar de todas las banderas rojas que levanté hoy. Si lo arreglo, me apunto».

—Sí, señor. Tiene mucho sentido.

—Bien. ¿Quieres decir algo más antes de que terminemos?

Idina asintió.

—Teniente Scott. Sargento Remmington. Me gustaría solicitar oficialmente entrar en el programa CSC para poder recuperarme.

—Concedido. —Scott le dedicó una sonrisa sorprendentemente cálida y se puso de pie. Remmington y ella también se levantaron—. Créeme cuando te digo que todo esto irá en tu expediente, Moorfield. Incluyendo tu solicitud. Hasta que recibas las órdenes de asistir a este programa, seguirás de servicio con el resto de tu unidad. ¿Entendido?

—Sí, señor.

Le tendió la mano para estrechársela y su mente quedó en blanco.

—Duerme un poco. —El teniente escaneó su habitación una vez más—. Quiero ver este lugar limpio y reparado antes de que regreses a tu pelotón.

—Yo me encargo, señor.

Scott salió sin decir nada más, pero Remmington se quedó un poco más.

—Creo que te presioné demasiado en la instrucción —dijo—. Eso es culpa mía.

—Sargento, no es…

—Escúchame. Tienes mucho potencial aquí, Moorfield. A veces, eso me hace presionar más. Para asegurarme de que mis soldados lleguen a donde deben estar. Ese era mi trabajo en la base y sigue siendo mi trabajo aquí. Quiero que sepas que, sea lo que sea, no nos rendiremos contigo. Haré lo que tenga que hacer para asegurarme de que tú tampoco te rindas.

Respiró hondo y no sabía muy bien cómo reaccionar ante el hecho de que otra persona se ofreciera a ayudarla. Así que simplemente dijo:

—Gracias.

—De nada. Eso solo se aplica si no vuelves a hacer esta mierda, ¿entendido?

—Sí, sargento. —Era extraño sonreírle a su sargento de pelotón de esta manera, pero ver que él le devolvía la sonrisa era mucho mejor de lo que esperaba cuando sus superiores aparecieron en su puerta.

—Perfecto. Nos vemos por la mañana. —Luego se fue, y Idina se quedó sola en su habitación de barracón medio destruida con todas sus cosas rotas.

Volvió a cerrar la puerta, sin molestarse en echar el cerrojo, y se hundió en el borde de la cama.

Así que ahora voy a entrar en terapia en el ejército. De acuerdo. Tal vez sea bueno que no haya dicho nada a nadie sobre la voz en mi cabeza o las visiones. Y nadie preguntó cómo Gowon sobrevivió a ese disparo.

Un trozo de yeso de la pared junto a la cama se desprendió y cayó al suelo. Aterrizó cerca de la mochila de Idina y su equipo, que Eckling había devuelto a su habitación mientras Idina estaba ausente sin permiso deambulando por el parque natural a unos kilómetros de distancia. Aun así, le reconfortaba saber que aquí contaba con apoyo.

Incluso si eso significaba que tenía que tomarse un descanso de su unidad para entrar en algún tipo de programa psiquiátrico ambulatorio en el puesto.

La idea de tener que sentarse en una habitación con un terapeuta y hablar de sus problemas la hizo resoplar.

«Pensé que nada en el mundo se acercaría más a la terapia que mi familia. Supongo que me equivoqué».

Capítulo 12

Al día siguiente, Idina se unió a su pelotón para el entrenamiento físico matutino. Los bravo doce golpearon las pesas en el patio con la misma fuerza de siempre, pero nadie mencionó nada sobre su ausencia de ayer o lo que podrían haber escuchado durante su reunión con sus superiores. Incluso Romero había cumplido su palabra de no delatarla. Sin embargo, seguía mirándola cuando pensaba que no estaba mirando y apartaba la vista cuando ella intentaba encontrarse con sus ojos.

«Está bien. Lo asusté. Diablos, me asusté a mí misma. No puedo culparlo por no superarlo en menos de veinticuatro horas».

Sin embargo, el ambiente general entre el resto de su pelotón era como el de todos los días. Se veían unos a otros con las pesas, se animaban unos a otros con gritos de ánimo y una buena dosis de humor. Idina era aún más consciente de que en aquel lugar no tenía que esconderse tanto como en casa.

Era una soldado del ejército. Con una habilidad extraña, inexplicable y a veces muy peligrosa que al final la había metido en un pequeño lío en vez de sacarla de él, claro. Sin embargo, ella pertenecía a este lugar tanto como todos los demás.

No sabía qué hacer con esa sensación.

Cuando terminó su hora de entrenamiento matutino, se dirigió a los barracones para ducharse y desayunar. Fue entonces cuando Remmington se unió al pelotón aparentemente de la nada.

—Moorfield. Ven aquí.

—Oh, mierda. —Anderson se rio—. Moorfield está recibiendo un trato especial hoy, ¿eh?

Idina puso los ojos en blanco mientras se dirigía hacia su sargento de pelotón. Hasta el momento, nadie había sacado a relucir sus problemas de ayer, así que podía soportar las burlas.

—Hola. —El sargento Cameron la detuvo con una mano en el hombro de Idina y le dedicó una rápida sonrisa—. Tú puedes superar esto, Moorfield. Confío en ti.

—Oh. Guau. —Idina sonrió con satisfacción—. ¿Quieres un abrazo y una caja de pañuelos también?

—Sí, eres muy graciosa. —Cameron la empujó juguetonamente—. Fuera de aquí.

«Al menos ella no está enojada conmigo también. Por supuesto, Remmington le dijo lo que está pasando. Ella es mi líder de escuadrón.»

Cuando llegó a Remmington, este se detuvo para observar a los demás soldados que se dirigían al interior para prepararse para el día y sacó la mano de detrás de la espalda. Sostenía un paquete de papeles grapados.

—Aquí están tus órdenes oficiales.

—Eso ha sido muy rápido. —Idina cogió los papeles y escaneó la primera página que indicaba que debía presentarse en el edificio de Salud Mental de East Bragg más tarde hoy.

—Sé que el papeleo aquí se atasca como los baños del segundo piso. —Se rio entre dientes—. Pero, cuando se trata de un soldado que necesita tratamiento, las cosas tienden a moverse un poco más rápido.

—Entonces, ¿no me mudaré de mi habitación ni nada?

—No. Te quedarás donde estás y te dirigirás al edificio CSC todos los días. La persona con la que te encuentres allí te dará un horario más detallado. Así que es mejor que sigas ese horario, porque no estaré aquí para montarte una escena por eso.

Levantó la vista de los papeles y frunció el ceño.

—¿No lo harás?

—El primer pelotón se dirige a un FTX de dos semanas en Louisiana. Mañana.

—Oh, entiendo. Y yo me quedo aquí.

—Sí. —Remmington se cruzó de brazos y sacudió la cabeza, como si tratara de contener la risa—. Que todo tu pelotón se vaya no significa que deje de importarme lo que sucede en el puesto. Ni que deje de ser responsable de mis soldados. Así que quiero que me sigas informando. Al menos, envíame tu horario al principio de cada semana cuando lo tengas. Solo para saber qué haces durante el día.

—Vale. Sí, puedo hacerlo.

—Si alguien llama, contesta tu maldito móvil.

Ella resopló.

—Sí, sargento.

La miró de arriba abajo, con una expresión entre la sonrisa y el ceño fruncido.

—De acuerdo. De verdad, puedes con esto, Moorfield. Cuando volvamos de Luisiana, estoy deseando que te pongas al día con el pelotón. Lo más importante es que consigas lo que necesitas. Para eso estamos aquí.

—Cierto. Crees que tienen una clase especial de yoga para soldados que… ya sabes. ¿Explotan?

Remmington parpadeó rápidamente, sorprendido, y luego se echó a reír.

—Supongo que tendrás que informar lo que averigües. Ahora lárgate de aquí.

—Gracias, sargento. —Conteniendo una carcajada, Idina se apresuró a entrar en los barracones para prepararse para el día.

Hasta que llegó a su habitación no se dio cuenta de que había bromeado sobre su habilidad. A un superior. Que nunca había visto a nadie hacer lo que Idina Moorfield podía hacer. Y se había reído.

«Supongo que lo llamaría un buen comienzo. Así que no me van a echar del ejército. Lo que significa que tengo que ponerme las pilas y hacer todo lo que este programa psiquiátrico ambulatorio quiera que haga. Entonces estaré de vuelta en el juego».

* * *

Duchada y vestida, Idina dejó su pelotón por ese día y siguió las órdenes a través del puesto hasta el edificio del CSC. La tramitación aquí fue probablemente la más rápida que había experimentado desde que se alistó, lo que probablemente tenía que ver con el hecho de que se trataba de un hospital de verdad en Fort Bragg y no de un edificio de barracones. Se registró, le dieron una cita con su nuevo terapeuta y esperó en el vestíbulo. Tuvo tiempo suficiente para revisar la documentación que la recepcionista civil le había entregado sobre el programa en el que había entrado oficialmente.

Era un desglose genérico. De las 08:00 a las 12:00, debía presentarse aquí para sus sesiones diarias con un terapeuta cinco días a la semana, y luego ocupar el resto del tiempo con sesiones como «Terapia artística» O «Actividades grupales de formación de equipos» y terapia de grupo dos veces por semana.

Sí, también había clases de yoga.

«Vale… Parece que básicamente me he apuntado al campamento de verano del ejército. Si se supone que eso ayuda, haré lo que tenga que hacer».

—¿Soldado Moorfield? —Una mujer de pelo negro corto, casi de punta, y gruesas gafas de montura roja, redondas, estaba de pie ante una puerta abierta, escudriñando el vestíbulo.

—Aquí, señora. —Idina levantó una mano y se puso de pie.

—Estupendo. —La mujer le dedicó una sonrisa radiante y luego asintió a la recepcionista antes de añadir—. Entra.

Había algunas personas más en el vestíbulo, una mezcla de personal del ejército y civiles, pero Idina no miró a ninguno de ellos mientras cruzaba la sala de espera para reunirse con la mujer de pelo en punta. A medida que se acercaba, se dio cuenta de que las gafas de la mujer estaban sujetas a un cordón de cuentas de colores brillantes con formas extrañas sin ningún patrón en particular.

«Esto será interesante».

Pasaron frente a la puerta de la mujer y giraron a la izquierda por el pasillo. La mujer señaló una puerta abierta con una placa a media altura que decía «Doctora Anita Sullivan».

—Vamos a mi despacho, ¿de acuerdo?

Idina sonrió a la mujer con los labios apretados.

—¿Su despacho?

—Oh, cierto. Soy la doctora Sullivan. —La mujer extendió la mano y sonrió aún más cuando Idina la tomó—. Supongo que es un poco incómodo cuando alguien ya sabe quién eres y nunca lo has visto antes en tu vida.

—¿Perdón?

—No te preocupes. Entra. —Sullivan asintió y entró en su despacho, e Idina caminó con paso rígido hacia el interior.

La habitación parecía más adecuada para un pediatra que para un psiquiatra clínico que trabajara en una base militar. El largo sofá de un lado era de color amarillo brillante, cada botón de la tapicería tenía una forma diferente y estaba pintado de diferentes colores, como hojas, rayos de sol o estrellas. En las paredes había pancartas de colores, algunas mostraban los sistemas de *chakra*, otras parecían banderas de oración tibetanas, pero sin palabras ni símbolos. El escritorio estaba pintado con rayas largas y gruesas de colores brillantes, e Idina se percató inmediatamente de la ausencia de una silla de escritorio detrás.

Cuando la puerta volvió a cerrarse con un clic, dio un

respingo y se giró para ver a Sullivan que seguía sonriéndole.

—Muy interesante, ¿verdad?

—Bueno, no es… realmente mi estilo —murmuró Idina.

—Lo cual está bien. A cada uno lo suyo, ¿no? Toma asiento.

Idina se hundió en el sofá amarillo brillante, que era muy rígido a pesar de parecer mullido.

—¿Te permitieron traer todo esto aquí?

—Sí… —Sullivan miró alrededor de su despacho—. También quería pintar las paredes, pero parece que es demasiado. No hay nada como un poco de color para alegrar el día. —Sullivan se apresuró a rodear su escritorio, se agachó y sacó algo de detrás de él—. Soy fan del verde.

La forma en que lo dijo la mujer hizo que Idina apretara los puños en el sofá. Eso suena como algo personal para ella. No puede estar hablando de mi verde.

Entonces, Sullivan salió de detrás del escritorio, arrastrando una silla baja de plástico con ruedas. Encima había una enorme pelota terapéutica hinchable de color verde brillante.

«Por supuesto. Es imposible que sepa lo de mi debilidad por las luces».

Idina respiró hondo y trató de sonreír mientras la excéntrica doctora Sullivan se dejaba caer sobre la pelota y rebotaba un par de veces antes de golpearse las rodillas.

—Entonces. ¿Por qué no empezamos diciéndome por qué estás aquí?

—Bueno, recibí mis órdenes esta mañana… —Idina golpeó los papeles que había puesto a su lado en el sofá—. Así que ahora estoy…

—Espera. Retrocede un poco. —Sullivan hizo girar sus dedos índices uno alrededor del otro en señal de retroceso y soltó una risita—. Voy a hacer una suposición y decir que esta es tu primera vez en cualquier forma de terapia.

¿Verdad?

—Más o menos, sí.

—También voy a decir esto. Puedes tomarlo como quieras. Si no te gusta, puedes devolverlo.

Idina frunció el ceño.

—¿No es esa una línea de esa película sobre…?

—Idina… ¿Puedo llamarte Idina?

—Claro.

—Has pasado la mayor parte de tu vida encerrada, intentando hacer lo mejor que puedes con lo que te han dado. Que, para ser justos, es mucho más de lo que la mayoría de la gente ve en toda su vida, y mucho menos con lo que empieza. Incluso entonces, siempre sentiste que destacabas. Había algo diferente en ti. No pertenecías.

»Tus padres no movieron un dedo para hacerte la vida más cómoda. En cambio, utilizaron su riqueza y prestigio para darte todas las cosas buenas de la vida. Todo comprado y pagado. Te han enseñado desde pequeña a confiar en tus instintos y en cualquier otra habilidad que puedas tener, pero no siempre han tomado esas habilidades al pie de la letra. De hecho, más bien las han ignorado. ¿Voy bien por ahora?

Por un momento, a Idina no se le ocurrió qué responder. Luego se aclaró la garganta y trató de sonreír de nuevo.

—Pensé que esta era mi sesión de terapia.

—Oh, lo es. Me estoy saltando toda la parte de «cuéntame la historia de tu vida». Ya la conozco.

—Hum… —Una pequeña risita de incredulidad escapó de los labios de Idina—. ¿Cómo es eso, exactamente?

Sullivan se puso detrás de ella y golpeó con la mano una carpeta de papel manila que tenía sobre la mesa.

—He leído tu expediente. Hay mucho más de lo que has vivido desde que te alistaste y empezaste el entrenamiento básico.

—Oh. —Ahora la sonrisa de Idina floreció completamente—. Buscaste a mi familia, ¿verdad?

—Bueno, no tuve que hacerlo. Pero sí. —La mujer se llevó las manos al regazo y las cruzó, su silla de pelotas se tambaleaba con cada movimiento—. Bueno, ya nos hemos dejado de tonterías sobre tu origen y todas las cosas que pueden o no haberte llevado a este momento. Ahora quiero que me digas por qué estás aquí. Hoy. Ahora mismo. Sentada en mi oficina que no es realmente tu estilo.

Idina se mordió el labio, observó la luminosa decoración del pequeño despacho y asintió con la cabeza.

—Me vas a descubrir si miento en algo, ¿verdad?

—No sería muy buena en mi trabajo si no lo hiciera.

—Bien. ¿Cuánto te dijeron mis superiores sobre…?

—No están sentados en esta habitación con nosotros, Idina. Tampoco tu familia. Aquí, lo que digas es confidencial, salvo mis notas que escribo en tu expediente para que tus superiores puedan ver tus progresos si quisieran. Esto no es un castigo. Tengo la sensación de que ya saben un poco sobre lo que sea que estés dudando en hablar.

—Sí. —Idina se limpió las manos que repentinamente estaban sudorosas en los pantalones y asintió—. Sé un poco al respecto.

—Entonces no hay nada que perder. Créeme, mientras más tardemos en romper esa dura fachada tuya, más tiempo estarás aquí. Que, honestamente, no es el peor lugar para estar. Estoy aquí todos los días y me encanta.

Idina no pudo evitar reír de nuevo y sintió cómo sus tensos músculos se relajaban un poco en los duros cojines del sofá.

—¿Te comportas así con todos tus pacientes?

La sonrisa de Sullivan se ensanchó, sus ojos grises se iluminaron y brillaron detrás de sus gafas ridículamente grandes.

—Solo aquellos que lo aprecien.

—Yo lo aprecio. Eres… minuciosa.

—¡Ja! Me han llamado cosas peores. Así que, cuéntamelo. ¿Por qué estás aquí?

Aún no estaba del todo segura hasta qué punto estaba dispuesta a llegar revelando toda la verdad a un desconocido —y uno que se había mostrado especialmente comunicativo al escribir notas en el expediente de Idina que serían accesibles en la cadena de mando—, Idina comenzó con los hechos sencillos.

—Supongo que tuve… un colapso mental o algo así.

Sullivan resopló.

—O algo así.

—Quiero decir, no es como si estuviera loca o algo así.

—Ninguno de nosotros lo está. O todos lo estamos. En realidad, podría ser cualquier cosa. —La mujer rebotó en su pelota, con los ojos muy abiertos y atentos—. Pero continúa.

—Ayer se puso muy feo. Estaba limpiando un atasco en la M240. Es una ametralladora mediana.

—Me resulta familiar.

—De acuerdo… —Aunque era extraño estar en la consulta de una terapeuta de guardia con instrucciones de venir todos los días durante las próximas semanas, Idina no pudo evitar reírse de las excentricidades de la mujer. Se relajó aún más—. Estaba despejando el atasco, pero no lo hice del todo. Se disparó una bala y le dio a Gowon en el cuello.

Sullivan abrió los ojos y exhaló un fuerte suspiro con los labios flojos.

—Qué feo.

«Esta mujer está loca».

Ahora Idina sonreía al terminar la historia, y ya no se sentía mal por no llevar consigo la pesadez de aquel accidente en particular.

—Está bien. Podría haber sido mucho peor, pero los médicos llegaron a tiempo. Se encuentra bien. Estuvo muy cerca.

—¿Y después?

—Entonces yo… necesitaba espacio para lidiar con ello, ¿sabes? Entonces el sargento Cameron y el sargento

109

Remmington se involucraron. Todos me gritaban…

—Porque metiste la pata.

Idina se recostó contra el sofá.

—Sí.

—Y la soldado Idina Moorfield no mete la pata.

—Quiero decir, normalmente no.

—Hmm. Primera regla de la vida, Idina. Todo el mundo mete la pata. Lo que importa es si dejamos que eso nos pare en seco o lo mandamos a la mierda para poder volver a levantarnos y seguir adelante.

Se miraron, y entonces Idina se echó a reír.

—No eres lo que esperaba de un terapeuta.

—Bueno, muchas gracias. Tú sí eres exactamente lo que esperaba.

—¿Por qué me asusté al disparar accidentalmente a alguien?

—Porque todavía estás tratando de evitar el verdadero problema aquí, Idina. Mira, todos tenemos nuestros propios problemas para trabajar. Todos somos diferentes. Y todos somos iguales. No le mientas a un mentiroso, soldado. O hazlo, y podemos seguir trabajando en el mismo problema una y otra vez el tiempo que quieras. Hasta que estés listo para sincerarte conmigo.

Idina se movió en el sofá y miró el cuadro en acuarela de un girasol con una cara feliz dibujada encima que colgaba de la pared.

—Suena como si estuvieras pescando.

—¿Pescando el qué?

—Por algo de lo que ya sabes la respuesta.

—Bueno, tal vez. —Sullivan extendió los brazos—. Ya sabes la respuesta. Así que dime por qué estás aquí.

—Me ausenté sin permiso. Por, como, cinco horas…

—Antes de eso.

—¿Antes de eso? Ya te lo dije. No limpié la cámara y disparé a otro soldado…

110

—Antes de eso.

Idina puso los ojos en blanco.

«Esta mujer está completamente loca y me va a volver loca a mí. ¿Cómo consiguió una licencia para este tipo de terapia?».

Sullivan esperó en su silla de balón, con las manos cruzadas sobre el regazo y una sonrisa tranquila e inquebrantable.

—Antes de eso —empezó lentamente Idina—, me distraje.

—¿Por qué?

—Por un… —Cerró los ojos y respiró hondo. «Hay que dar el paso para avanzar, ¿no? Dije que estaba dispuesta a hacer lo que tuviera que hacer para arreglar esto»—. Esto va a sonar bastante loco.

—Casi todo lo que se dice en esta sala le parece una locura a alguien. Normalmente, a la persona que lo dice. La mayoría de las veces, ni siquiera es lo más raro que he oído.

—Estoy bastante segura de que soy la excepción aquí.

—Pruébame. —Sullivan batió las pestañas de un modo que hizo que Idina se sintiera ridícula por no haber dicho lo que le había estado pasando en los últimos meses.

—De acuerdo. —Tragando saliva, Idina asintió—. Tuve una visión.

—¿Y?

—Espera… ¿Eso te parece normal?

Sullivan ladeó la cabeza.

—¿Y?

—Y nada. Tuve una visión. Vi… gente peleando. Como, con espadas y hachas y esas cosas.

—¿Y?

—Por favor, deja de decir eso.

—Dejaré de decirlo cuando empieces a contarme lo que realmente sucede. —La mujer no parecía sorprendida en absoluto al hablar de visiones.

—No se lo he dicho a nadie...

—Todavía te estás reprimiendo.

—No, yo... —Idina apretó los dientes—. He oído una voz, ¿entiendes? Hablándome de cómo estoy facilitando que algo me encuentre. Que me ha visto. Creo que... Creo que tiene algo que ver con... mis luces verdes.

La sonrisa de Sullivan volvió con fuerza, y dio una patada con las piernas para empujarla a ella y a la silla de pelota hinchable hacia atrás a través de su oficina.

—¡Ahí está!

Idina se cruzó de brazos.

—Estás extrañamente emocionada con esto.

—Porque nunca has hablado con nadie sobre esto, ¿verdad? No. Significa que has pasado quince minutos en mi oficina y ya has hecho un gran avance. Si creyera en cosas como los avances. Continúa.

—Hum... eso es lo que pasó.

—Sigue adelante, Idina. Estamos explorando juntas este tema, y quiero que lo pongas todo sobre la mesa. Finalmente. Te lo debes a ti misma.

Por un momento, Idina solo pudo quedarse sentada, incrédula, preguntándose si algo de esto era real.

«Ni siquiera pestañeó cuando mencioné visiones y voces. ¿Cómo es que no es lo más extraño que ha escuchado?».

Por otro lado, esto era una base militar. Incluso si nadie más tenía luces verdes o habilidades de estrategia o veía visiones del pasado de otra persona, seguramente en esta oficina se compartían historias extrañas.

Por primera vez, Idina no sintió que tenía que enfrentarse a todo esto ella sola. Incluso si la doctora Sullivan no creía ni una palabra de lo que decía.

Capítulo 13

El primer día de terapia de Idina resultó mucho mejor de lo que esperaba. Después de reunirse con la doctora Sullivan, quien le entregó un horario para el resto de la semana, Idina paseó por el edificio mientras esperaba su siguiente clase. Sus opciones hoy eran hacer macetas artesanales o practicar yoga de bajo esfuerzo. Solo porque pensó que sería divertido decirle más tarde al teniente Scott lo que se estaba perdiendo, optó por el yoga.

Era aún más extraño que su horario terminara a mediodía y tuviera el resto del día libre para hacer lo que quisiera. No sabía qué hacer consigo misma. Así que almorzó en el comedor, volvió a su habitación y se echó una siesta. De alguna manera, fue la mejor siesta que había tenido en mucho tiempo y, cuando se despertó, se dio cuenta de que estaba preparada para seguir con el programa durante las siguientes semanas. Y para ver qué más intentaba sonsacarle la doctora Sullivan.

«Tal vez esto es exactamente lo que necesitaba. Mirar con lupa lo que me trajo aquí en primer lugar. No es que la doctora Sullivan tenga idea de cuál es mi habilidad o cómo se supone que debo controlarla, pero al menos puedo desahogarme».

***

Esa noche, Idina estuvo a punto de motivarse para escribir otro correo electrónico a Reggie por si esta vez estaba dispuesto a responder. Eckling tenía otros planes.

La compañera de habitación de Idina estaba sentada en

la cama, al otro lado de la habitación, con las piernas cruzadas y sin dejar de mirar a Idina.

Al final, Idina levantó la vista de su teléfono.

—¿Tengo algo en la cara?

—Demasiado. —La otra mujer resopló—. ¿Cómo fue?

—¿El qué?

—Vamos, Moorfield. Tu ausencia. ¿A dónde diablos fuiste?

Idina dejó caer el teléfono sobre la cama y suspiró.

—No me digas que Remmington no le explicó a todo el pelotón lo que está pasando.

—No. Pero sí que estamos intentando quitárselo. Le echó la bronca a Cashman porque el tío no quería soltarlo. Así que supongo que es un gran problema. Probablemente no es asunto mío. Así que escupe.

Con una carcajada, Idina se pasó una mano por su rizado pelo negro.

—Estoy en terapia.

Eckling parpadeó.

—Huh.

—Sí. Tuve una crisis o algo así.

—No me digas. Te quedas aquí hablando de tus sentimientos todo el día mientras los demás nos vamos a acampar al pantano.

Idina no trató de contener la risa.

—Supongo que me tocó la suerte en este sorteo.

—Déjame decirte que dispararía a alguien en el pie si eso significara que me ordenaran sentarme en un mullido sofá y no tener que correr por todo el puto mundo. Es como unas vacaciones. Pagadas. Y ni siquiera tienes que ir a ninguna parte.

—Sí, bueno, disparé a alguien para llegar aquí. En el cuello.

—Oh. —La otra mujer se incorporó, con los ojos muy abiertos, y estalló en carcajadas—. ¡Claro que sí! Cómo no se me había ocurrido.

—Sí, no lo recomiendo. —Idina se rio con ella y no podía creer lo fácil que era hablar de lo sucedido sin seguir sintiendo que había defraudado a todo el mundo.

—Vaya mierda. —Eckling se secó una lágrima con el rabillo del ojo—. Me alegro de que estés haciendo lo que tienes que hacer. Le podría haber pasado a cualquiera. No es por ponerme cariñoso ni nada, pero te echaremos de menos en Luisiana. Ahora nos toca a los demás decirle a Cashman cuándo la está cagando.

—Ja. Sí, será una buena práctica para ti.

—Por el lado bueno… —Eckling se encogió de hombros—. No tendrás que lidiar con Kavanaugh cagándose a medio metro de tu saco de dormir cuatro veces por noche.

Ambos volvieron a reírse, e Idina se dejó caer contra la pared junto a su cama.

—¿Crees que alguna vez lo superará?

—De ninguna manera. El tipo tiene serios problemas para no estar cerca de un inodoro. Al menos, nunca lo he visto pasar una noche entera sin actuar como si fuera el fin del mundo.

—¿Sabes qué? —Idina sonrió satisfecha y se cruzó de brazos—. Estoy muy contenta de quedarme aquí.

—Duh. —Su compañera la señaló—. Solo asegúrate de hacer lo que se supone que debes hacer, ¿de acuerdo? Dibujar tus sentimientos o aeróbic acuático o cualquier tontería que hagan con cristales.

—¡Ja! ¿De dónde sacas esta información?

—No lo sé. Los chicos hablan de ello. Son idiotas.

—Sí. —Tras otros segundos de silencio, Idina se rio entre dientes y apartó las mantas de su cama—. Aunque tienen yoga.

—¿Ah, sí? ¿Qué, cuenta como tu ejercicio?

—Probablemente. Deberías probarlo…

—No me pillarás muerta haciendo esa mierda del *kum-*

baya. —Eckling la señaló y frunció el ceño—. O cristales.

—¿Sabes qué? Tienes razón —dijo Idina mientras se arrastraba bajo sus sábanas y evitaba mirar a su compañera de cuarto—. Los mosquitos, los caimanes y escuchar a Kavanaugh pidiendo un pañal para adultos en el pantano son mucho mejores.

Sin dar oportunidad a que le respondieran ni a una réplica ingeniosa, apagó la lámpara que tenía apoyada en su baúl cerrado hasta que averiguara cómo reparar la mesilla de noche.

Eckling resopló y murmuró:

—Gilipollas.

Idina estaba segura de que se quedaría dormida enseguida, a pesar de que su compañera de piso aún tenía la luz encendida y se movía de un lado a otro de la habitación.

—Oye, Moorfield. Una cosa más.

—Sí.

—No lleves una maldita antorcha a mi lado de la habitación cuando no esté.

—Siempre y cuando sigas usando auriculares mientras estoy aquí.

La única respuesta de Eckling fue chasquear la lengua antes de abrir un libro para leer, sin molestarse ni siquiera en encender el odioso juego de su portátil.

Idina se escabulló con una sonrisa en la cara.

No era así como me imaginaba estar en el Ejército. Tampoco cómo me imaginaba lidiar con mis compañeros de habitación. Podría ser mucho peor. Al menos no sigo atrapada en New Hampshire».

*

En el Cuartel General del 307 Batallón de Fort Bragg, el teniente coronel MacBlair estaba sentado detrás de la mesa de su despacho, estudiando detenidamente los informes que había recibido de sus superiores y las primeras peticiones atrasadas de sus subordinados que apenas había empezado a atender hoy. El trabajo era, como mínimo, extenuante, pero desempeñaba su papel como cualquier otro oficial del Ejército de los Estados Unidos. Su papel ahora era muy diferente al que tenía cuando empezó, pero eso estaba a punto de cambiar. Todo gracias a una llamada telefónica del coronel Offstetter, que ayer le dio a MacBlair el empujón que necesitaba.

Después de todo, hasta un teniente coronel recibía órdenes.

Estaba a punto de firmar el siguiente lote de órdenes para enviar a los soldados de la compañía Charlie cuando sonó su teléfono. Con un suspiro de frustración, dejó caer el bolígrafo y descolgó el anticuado teléfono fijo.

—Teniente Coronel MacBlair.

—Buenos días, coronel. Me llamo James Danderford. Soy uno de los encargados de las investigaciones de seguridad del batallón 307.

—Bien, Señor Danderford. —MacBlair sonrió satisfecho ante la pantalla de su ordenador—. ¿En qué puedo ayudarle?

—Bueno, señor, sé que esto no es protocolo, pero sentí que era mejor si le llamaba personalmente con información sobre un soldado nuevo específico. Lo consideraría de urgencia saber, si me entiende.

—De acuerdo. —Sentándose de nuevo en su silla, que dejó escapar un ligero chirrido de protesta, MacBlair aflojó el agarre del teléfono y cruzó un tobillo sobre la rodilla contraria—. Ahora tiene mi atención.

—Hace tres días, mi compañero y yo entrevistamos a la soldado de primera clase Idina Moorfield para una autorización de seguridad secreta. No hubo nada fuera de lo normal en su entrevista ni en las investigaciones de antecedentes que realizamos. Pero debido a sus lazos familiares y afiliaciones, decidimos informarle.

MacBlair parpadeó, sin saber qué pensar de esa llamada tan inoportuna en el contexto de sus órdenes. Desafiaba varias normas éticas y legales. Se lo guardó para sí mismo, como la mayoría de las cosas en la actualidad.

—¿Hay alguna razón en particular para su conclusión, Señor Danderford?

—No, señor. Es solo una llamada de cortesía por nuestra parte.

—Lo entiendo perfectamente. Gracias, Señor Danderford.

—Me alegra oírlo, coronel. Disfrute del resto del día.

El investigador terminó la llamada antes de que Mac-Blair pudiera decir algo más. Permaneció con el teléfono pegado a la oreja mientras se balanceaba en su chirriante pero cómoda silla de ejecutivo. Luego soltó una carcajada y volvió a colgar el teléfono en el auricular. Pronto informaría a su superior sobre la llamada de Danderford.

—Soldado de Primera Clase Idina Moorfield...

Solo el nombre ya era toda una sorpresa, un nombre que MacBlair no había oído en mucho tiempo. Estaba más que familiarizado con la familia Moorfield, al menos de nombre. Ahora, una joven Moorfield se había unido al Ejército de los Estados Unidos y al batallón 307 que comandaba el teniente coronel.

Dudaba que hubiera más de un puñado de oficiales de alto rango como él que reconocieran el apellido. En muchos sentidos, ese reconocimiento no tenía nada que ver con el apellido Moorfield como un monolito de prestigio en la banca de inversión. Aunque MacBlair también conocía bien esa parte de la familia.

—Interesante. —Acariciándose la barbilla, pensativo, se quedó mirando la pantalla del ordenador durante unos minutos, y luego decidió que era mejor actuar en función de la información increíblemente valiosa que había recibido.

Al fin y al cabo, si entendía quién era la soldado de primera Moorfield, o al menos quién podía llegar a ser, ahora era su deber asegurarse de que superara su servicio con la menor resistencia posible. O, al menos, con menos resistencia que la que había encontrado el propio MacBlair cuando fue comisionado por primera vez. Las cosas habían cambiado mucho desde entonces, incluso en el Ejército.

«¿Cómo demonios ha acabado aquí un Moorfield?».

Las piezas de un nuevo plan encajaron en la mente del teniente coronel, cobrando velocidad con rápida intensidad, como siempre lo habían hecho.

La soldado Moorfield sería un excelente caso de estudio. MacBlair podría vigilarla desde lejos. Comprobar de vez en cuando. No se involucraría personalmente, por supuesto. Hacer favoritismos a la vista de todos no le haría ningún favor a la joven. Moorfield no necesitaba saber quién era o dónde estaba, solo que ahora tenía un aliado en el Ejército que la cuidaría de ahora en adelante.

MacBlair tuvo una especie de mentor cuando empezó su carrera militar. Ahora parecía que le tocaba a él devolver el favor.

Resopló y miró la foto de él y el difunto general Hobbs que guardaba en su escritorio desde que se la tomaron.

—Me enseñaste todo lo que necesitaba saber, Hobbs. Y eras un idiota. Ahora tengo que demostrar que mi método es mejor que el tuyo.

Hablar en voz alta con su viejo mentor le hizo reír.

El viejo era un dolor en el trasero. Pero yo no seguiría aquí si él no lo hubiera sido.

MacBlair no veía especialmente la necesidad de seguir el mismo camino con la soldado Moorfield, ahora que había captado su atención sin darse cuenta. Todo lo que tenía que hacer era mover algunas piezas de ajedrez para ayudar a guiarla en la dirección correcta. Si la joven se parecía en algo a lo que él esperaba de una Moorfield del ejército, reconocería una buena partida de ajedrez cuando se jugara, aunque no tuviera ni idea de quién estaba al otro lado del tablero.

Esa sería su primera prueba para ella.

Una vez que la encontró, por supuesto.

Cogió su taza casi vacía de café con leche —algo que había aprendido durante su estancia en Rhode Island años atrás— y se bebió el resto de un trago antes de sumergirse en su ordenador. Con tanta autorización como la que tenía el teniente coronel MacBlair del 307º, ahora podía encontrar prácticamente cualquier cosa sobre cualquier persona.

«¿En dónde se ha metido?

Tecleó su rango y nombre en el buscador de personal y apareció el soldado de primera Moorfield.

—Bien. —Los ojos de MacBlair se abrieron de par en par, y su pequeña sonrisa fue creciendo a medida que leía el breve pero ya impresionante expediente de la joven.

Entrenamiento básico con el 35º en Fort Leonard Wood el año pasado. Enseguida se alistó como E3 y luego fue enviada a la escuela de salto de Fort Benning. Consiguió sus alas sin tener que volver a pasar por el entrenamiento o los saltos. Ahora, al parecer, había pasado los dos últimos meses adscrita a la compañía bravo de la 82ª, aquí mismo, en Fort Bragg. Doce bravo, primer pelotón, y artillera del segundo pelotón.

«Con un historial así, probablemente esté casi cualificada para su destello de paracaidista. ¿Y qué hace ahora?».

Hojeó el resto de su expediente y encontró lo que buscaba.

La soldado de primera Moorfield había pasado un total de cinco horas señalada como ausente sin permiso hacía dos días. Había regresado a la base por decisión propia, no se resistió a ser detenida por la policía militar y…

—Huh. —MacBlair soltó una risita mientras leía el resto del informe. Era muy detallado, y aplaudió en silencio al capitán Jenkins por hacer gala de la neutralidad necesaria para redactar un informe así con tanta naturalidad.

Si alguien más hubiera estado mirando estos informes,

todo le habría parecido sorprendente. Increíble. Más allá de lo posible.

No MacBlair.

Había visto algo así antes, hace mucho tiempo. Por lo que él sabía, solo había otros dos oficiales además de él que reconocerían esto por lo que era.

El comandante de la compañía Bravo lo había calificado de ruptura mental que condujo a la insubordinación a posteriori.

«Menos mal que yo estoy sentado en este despacho y él no».

Lo mejor que MacBlair pudo encontrar en el informe más reciente del expediente de Moorfield fue que ella había solicitado específicamente ingresar en un programa ambulatorio de control de la ira y evaluación psiquiátrica en el CSC. Lo que significaba que estaba dispuesta a hacer lo que hiciera falta para salir del agujero que debía de sentir que se había cavado. Se estaba tomando un tiempo para trabajar en su cordura.

Resopló. *La cordura no tiene nada que ver. Al menos no en este caso.*

Mientras reflexionaba sobre lo que debieron de ser para la joven soldado los primeros meses de servicio activo, empezó a formarse un nuevo plan.

La mayoría de los soldados que ingresaban a programas aquel —al menos aquellos dispuestos a hacer el trabajo— salían al finalizar su tiempo asignado y regresaban directamente a lo que estaban haciendo antes de tomar su licencia aprobada. El teniente coronel no quería a este soldado en particular.

«Si puedo asegurarme de que esté en la unidad adecuada en el momento adecuado, esto podría ser muy, muy beneficioso para nosotros. Y no tendré que lidiar con Offstetter mirando por encima de mi hombro cada dos semanas por un informe de progreso que no tengo».

Más que nada, sabía que Moorfield tenía el potencial de hacer cosas increíbles, lo que, por supuesto, le ayudaría a cumplir las órdenes superiores. Su historial era impresionante, sin duda, pero tenía que estar seguro de que era capaz de manejar lo que él quería enviarle. MacBlair entendía muy bien la presión de ser excepcional, incluso en el Ejército. Si podía aliviarle esa carga, lo haría. Siempre y cuando ella pudiera demostrar su valía primero.

Un impresionante comienzo de carrera militar no era suficiente.

Durante los siguientes quince minutos, MacBlair se recostó en la silla de su despacho y se tomó un tiempo para armar el resto del rompecabezas que no esperaba completar hoy. Una vez hecho eso, cerró el expediente del soldado Moorfield y revisó los expedientes de otros soldados que también habían recibido órdenes de ir a CSC. Los primeros en llamar su atención tenían problemas similares a los de Moorfield. Insubordinación. Desobediencia de órdenes directas. Descuido con munición real. Ofensas repetidas.

Después de eso, MacBlair revisó los expedientes de otros jóvenes soldados que también habían sido señalados por diferentes tipos de mala conducta, pero a quienes no se les había ordenado ningún programa psiquiátrico ambulatorio. Aquellos que estaban esperando juicio o habían sido condenados a estar en el Cuartel Disciplinario de Fort Leavenworth, Kansas, no estaban en la lista. Todos los nombres y números de identificación que anotó pertenecían a soldados que, de otra manera, habrían pasado desapercibidos.

Eso era todo.

Le llevó la mayor parte del día hacer la lista que necesitaba, pero esta investigación era lo más emocionante que había hecho en mucho tiempo. Al menos en comparación con las misiones que había llevado a cabo hace casi diez años. Si estaba en lo correcto sobre Moorfield, eso cambiaría muy rápidamente.

Cuando tuvo todos los nombres e identificaciones listos, incluyendo la de Moorfield, por supuesto, MacBlair sonrió y volvió a tomar el teléfono. Ya sabía a quién llamar para su siguiente movimiento en el juego de ajedrez.

La otra línea sonó dos veces, y luego hizo clic.

—Mayor…

—Hola, novato —interrumpió MacBlair riendo.

—Maldita sea. —El comandante de la otra línea también rio—. Reconocería tu voz en cualquier lugar. ¿Cómo estás?

—Más o menos lo mismo que la última vez que me preguntaste. —MacBlair volvió a reclinar su silla y puso la lista de siete nombres en su regazo, sonriendo ante el uso familiar de sus indicativos en una conversación privada—. ¿Cómo te está yendo con el nuevo ascenso?

—Como con cada promoción. Es una verdadera molestia. —Ambos rieron, y el novato se aclaró la garganta—. Si no viniste aquí a hablar cara a cara, supongo que no llamaste para charlar sobre mi ascenso.

—Nada se te escapa, ¿verdad, Mayor?

El novato soltó una risita, pero no dijo nada.

Entonces MacBlair le dio la verdadera razón de su llamada.

—Te enviaré una lista de transferencias. Deberías recibir los nombres antes de que termine el día. La llamada es solo una cortesía, Mayor. Y también una oportunidad para recordar viejos tiempos.

El novato resopló.

—Lástima que sea una llamada profesional con mi superior, o tendría unas cuantas palabras bien elegidas para eso también.

—Apuesto a que sí. Invítame a una copa y podrás decir lo que te dé la gana.

—Muy gracioso, teniente coronel. —La diversión en la voz del mayor se escuchaba claramente—. Sabes, no sé cómo lo hace, pero esto era lo que necesitaba. Cambios de destino. He perdido a mi chófer.

MacBlair rio entre dientes.

—Parece el momento perfecto.

—Ajá. Podré decir aún más con esa bebida. Una bebida barata. Es lo mejor que puedo ofrecer.

—Lo sé. —Ambos rieron, y MacBlair terminó la llamada antes de verse envuelto en viejas conversaciones con un viejo amigo que no había ascendido en el ejército como lo había hecho MacBlair. Rara vez alguien ascendía en el escalafón como él, y había pocos oficiales vivos que entendieran por qué.

Las conversaciones con un viejo amigo podían esperar hasta que hubiera puesto todas las piezas en juego.

Cogió el teléfono e hizo otra llamada a una oficina al final del pasillo.

—¿Sí, señor?

—Entra en mi despacho un momento, Harvey. Tengo algunas cosas de última hora para ti. O mañana a primera hora. Cuando tengas tiempo.

—Voy para allá.

Cuando el sargento mayor al mando de MacBlair entró en la sala, el hombre no parecía especialmente sorprendido de que le llamaran desde el final del pasillo para hacerle una petición específica. Aunque no ocurriera muy a menudo.

—¿En qué puedo ayudarle, señor?

—Toma esto. —MacBlair se levantó, arrancó la hoja superior de su cuaderno y se la entregó al suboficial que había sido asistente del comandante del batallón durante el último año—. Emite órdenes de traslado inmediato a todos los soldados de esta lista. No saques a nadie de las misiones activas ni del entrenamiento especializado. Solo establece las fechas de traslado tan pronto como estén libres.

—Sí, señor. —Harvey tomó la lista, la miró una vez e inclinó la cabeza—. ¿Tiene alguna recomendación específica para alguno de estos miembros del personal?

—¿Hmm? No. Solo transfiéralos al HHC. —MacBlair volvió a sentarse detrás de su escritorio, pretendiendo despreocupación. Luego inhaló con fuerza y frunció el ceño al mirar a Harvey—. En realidad, hay uno. Ese soldado de primera Morton. Espera, espera. Es... —Se rascó un lado de la cara y arrugó la nariz—. ¿Morhouse?

Harvey buscó en la lista.

—¿Moorfield, señor?

MacBlair chasqueó los dedos y señaló a su ayudante.

—Exacto. El mayor del cuartel general necesita un nuevo conductor. Quiero a Moorfield allí.

—Sí, señor. Puedo enviar esto en la próxima hora si eso funciona.

—Aún mejor. Gracias, Harvey.

El sargento mayor salió de la sala, permitiendo que el teniente coronel MacBlair disfrutara de la satisfacción de haber puesto en marcha un nuevo e intrincado plan.

Actuar como si no tuviera ni idea de quién era el soldado de primera Moorfield o cómo recordar su nombre era parte de cubrir sus huellas. Eso había sido una prioridad hace más de una década, cuando había eliminado cualquier rastro que pudiera haber dejado en su vida, sobre todo en la era de la tecnología moderna y lo intrusivo que se había vuelto el mundo entero.

Incluso después de enviar a Moorfield a su viejo amigo como conductor del mayor, MacBlair aún no podía revelar su posición en este juego. Todavía no.

Si Moorfield rendía como él esperaba, sobre todo después de lo que había leído en su expediente, entonces podría dar un paso al frente. Hasta entonces, su trabajo consistía en sentarse, relajarse y observar cómo se desarrollaba el juego.

Capítulo 14

Antes de que terminara la primera semana en el programa de salud mental, con su pelotón fuera para realizar ejercicios de campo en Louisiana y los cuarteles ridículamente vacíos, Idina estaba segura de que se volvería loca con todo el tiempo libre que de repente tenía en sus manos.

Sin embargo, el siguiente lunes, ya estaba deseando ver los métodos extravagantes de la doctora Sullivan para adentrarse en la psicología de sus pacientes y hacerlos reír con lo absurdo antes de que terminaran desahogándose. Era algo refrescante.

A principios de esa semana, ella volvió a enviar un mensaje de texto al sargento Remmington, adjuntando una foto de su nuevo horario para el programa. Su respuesta fue breve, directa y, a pesar del lenguaje utilizado, dejaba claro lo mucho que le importaban los soldados bajo su mando.

«Está bien. No tengo ni idea de qué es eso de la Meditación de la Bondad Amorosa, pero no la jodas».

Sabía que parte de ello se debía a que su sargento de pelotón estaba en el campo realizando ejercicios de entrenamiento con todo el pelotón. Eso no dejaba mucho tiempo para mantener conversaciones y comprobar los progresos. Era suficiente.

Durante esa segunda semana de trabajo con la doctora Sullivan, Idina empezó a darse cuenta de que no podía seguir evitando el enorme y silencioso problema verde que brillaba y chispeaba en la habitación. Así que finalmente se le contó todo a su terapeuta.

La primera vez que soltó todo, se echó a reír y se tapó la boca con las manos. Se rio tanto que acabó con las mejillas manchadas de lágrimas, y Sullivan se quedó sentado con una sonrisa tranquila y expectante.

—Me encantaría saber qué es tan gracioso.

—Lo siento. Lo siento, yo… —Idina se limpió las lágrimas de las mejillas y soltó un suspiro—. Vaya. No puedo creer que haya dicho eso en voz alta.

—¿Qué? ¿«Tus luces verdes»?

—Sí. —Miró a su terapeuta, que ese día había venido a trabajar con un pareo rojo brillante y unos zapatos plateados—. Solo lo llamo así en mi cabeza.

—Bueno, por eso estás aquí, Idina. Para sacarte toda la mierda que tienes en la cabeza. Pero no te ríes por eso, ¿verdad?

—No. En realidad, yo… —Idina resopló y contuvo otra carcajada—. Me estaba imaginando la cara de Reggie si alguna vez se enteraba de que iba a ver a un terapeuta en una base militar para hablar de… de mis… —Volvió a soltar una carcajada y sacudió la cabeza.

—¡Luces verdes! —gritó Sullivan, lo que sacó a su paciente de su ataque de risa—. ¿Prefieres que lo llamemos magia?

—Oh, joder, no. —Idina abrió los ojos, apretó los labios y se enderezó en el sofá—. Lo siento. No, doctora Sullivan. Preferiría no llamarlo magia. Jamás. Si no te importa.

—¿Por qué? ¿Porque no crees en la magia?

—Hum… —Giró la cabeza para mirar al médico de reojo con una sonrisa tímida—. ¿Es esta una de tus preguntas trampa?

—Todas mis preguntas son preguntas trampa, Idina. Lo que significa que ninguna lo es. ¿O lo son?

Idina no pudo encontrar una respuesta lo bastante rápido antes de que la mujer volviera a sus excéntricas técnicas terapéuticas.

—¡Y bien! —Sullivan aplaudió una vez—. No crees en la magia. Solo en una habilidad especial que, en su mayor parte, solo tú puedes ver. Hasta que se vuelve seriamente peligrosa y no puedes controlarla durante esos episodios tuyos.

—Doctora Sullivan, no quería…

—No, no. No pasa nada —dijo la mujer, girando lentamente la cabeza hacia el cuadro en acuarela del girasol con una carita sonriente dibujada a bolígrafo en el centro de la flor. Ahora, sin embargo, la carita sonriente tenía una pequeña marca oscura carbonizada justo entre los ojos, lo que le daba a la cara un ceño perpetuo y la hacía parecer la de un payaso demente—. Creo que mejoré la obra de arte.

Idina se tapó la boca con una mano e intentó no mirar fijamente el cuadro que supuestamente había mejorado con un arrebato de ira hacía tres días.

—El problema no es que no puedas controlarlo —continuó Sullivan en voz baja—. El problema es que te has pasado toda la vida diciéndote a ti misma que no deberías usarlo. Que tu familia te destrozó por ser capaz de hacer algo con lo que la mayoría de la gente solo puede soñar. O leer libros sobre ello. O ver en las películas. Ya me entiendes.

—No soy la prota de un libro de fantasía —refunfuñó Idina.

—Oh, lo sé. Pero tú eres la protagonista de tu propio libro. No un náufrago. No un personaje secundario. No un suplente. Sinceramente, parece que tu familia no tenía ni idea de qué hacer contigo. Así que, fieles a la forma de la mayoría de las personas que están aterrorizadas de lo desconocido, menospreciaron lo que puedes hacer. Menospreciaron lo que eres. No me digas que sientes que no puedes controlarlo. No tuviste a nadie que te mostrara cómo. O que era incluso posible.

—Lo sé. —Idina asintió, mirando sus manos que descansaban sin fuerzas en su regazo—. Puede que tuviera a alguien que me lo enseñara. Tal vez quería hacerlo. No lo sé. Aunque no le culpo por no quedarse a ayudarme. Probablemente yo habría hecho lo mismo si estuviera en su lugar.

—Tú hiciste lo mismo —dijo Sullivan, inclinándose hacia delante en su silla verde de pelotas hinchables, apoyando los antebrazos en los muslos y juntando las manos—. Te fuiste. Te labraste tu camino, aunque uno no pueda labrarse su camino como soldado alistado. Sigues haciéndolo. Ahora sí que tengo que preguntar quién es.

—¿Qué? —Idina miró a la doctora y por un momento no tuvo ni idea de lo que la mujer estaba preguntando—. Oh. Mi tío.

—Supongo que este tío tiene nombre.

—Richard —dijo Idina, frotándose la nuca—. Creo... sé que él podría hacer lo mismo. O algo parecido, en cualquier caso. No tengo muy claro qué era exactamente.

—Tampoco parece que tengas muy claro qué puedes hacer tú.

Sullivan le dedicó una de las sonrisas cómplices que Idina ya había llegado a reconocer como la petulante invitación de la mujer a intentar llegar a una conclusión obvia. Hasta el momento, Idina no había tenido éxito. Así que esperó a la gran revelación de la mujer.

—Empezó con unas cuantas líneas cruzando tu obra de arte, ¿verdad? Y en tableros de ajedrez. En plantas. Incluso con números y patrones en la bolsa.

—Ugh. —Idina puso los ojos en blanco.

—No importa si tu corazón está en ello o no. Así es como funciona esta habilidad tuya, ¿no?

—Hasta en lo más básico.

—Bien. Hasta lo básico. Durante la cual tuviste tu primera visión de una fuerza oscura de otro mundo que te perseguía. —Sullivan se encogió de hombros de forma cómica—. En realidad, si no hubieras hecho ya algunos agujeros en mis paredes y en una preciosa obra de arte, te diría ahora mismo que eres un soldado estadounidense con estrés postraumático. Solo que no del tipo que viene del combate.

Idina resopló.

—Pensé que se suponía que tenías alguna revelación gigante para mí.

—No. Es muy sencillo. Todo lo que estás viendo, oyendo, sintiendo y experimentando es cien por cien, inequívoca, indiscutible e *ilógicamente* real.

Al oír eso, Idina volvió a sentarse erguida en el sofá.

«Esto es lo que Reggie dijo en su correo electrónico antes de dejar de enviarme mensajes».

—¿Qué has dicho?

—Vamos, Idina. No es tan sorprendente para ti. No es algo que no sepas. A juzgar por las reacciones de cierto personal militar selecto que mencionaste mientras viajábamos juntos por este… imposible camino, estoy un poco confundida sobre por qué pareces tan sorprendida.

—No, sé que es real.

—Yo también. —Sullivan señaló de nuevo la pintura del payaso loco con girasoles.

—Eso es lo que dijiste. Reggie dijo lo mismo hace un rato.

—Reggie parece un hombre inteligente. —Sullivan levantó las cejas—. ¿Por qué no has hablado con él de esto todavía?

—Lo intenté…

—¿Lo intentaste lo suficiente? ¿O solo lo haces a medias porque no quieres causar problemas?

Idina se lamió los labios e intentó relajar sus músculos para no irritarse.

«Él está haciendo su trabajo. Y hasta ahora ha funcionado. No lo tomes como algo personal».

—Intenté llamarle. No respondió. No ha contestado ninguno de mis correos electrónicos.

—A medias, entonces. Tomo nota. —La mujer simuló

sostener un bolígrafo y anotar en su falso bloc de notas. Sullivan no había escrito ni una sola palabra durante sus sesiones, al menos no que Idina pudiera ver, lo que hacía que la acción pareciera aún más extraña—. Entonces, ¿cómo planeas intentarlo de verdad?

—¿Qué, ausentarme sin permiso otra vez y atrapar al jefe de personal de mi casa familiar para interrogarlo al estilo del Ejército?

Sullivan ni siquiera sonrió.

—Me pregunto por qué, después de todo lo que has pasado y todo lo que has descubierto que puedes hacer, sigues esperando que aparezca algún misterioso brujo y te dé las respuestas que necesitas.

—Ja. Cierto. —Idina rodó los ojos—. Porque lo que busco es muy fácil de encontrar. Oye, iré a la biblioteca local y pasaré un día en la sección de historia. Seguro que tienen montones de libros sobre la familia Moorfield y todas las extrañas habilidades secretas de las que nadie ha oído hablar.

—Hmm. —Acariciándose la barbilla, Sullivan miró al techo—. Tus antepasados eran, de hecho, personas reales, ¿no?

—¿Qué?

—Dejaron huella en el mundo. Crearon sus propios hogares. Mantuvieron sus medios de vida. Continuaron la línea familiar generación tras generación…

—¿Lo dices en serio? —Idina miró fijamente a su terapeuta, sin atreverse a creer que la mujer creyera las locuras que salían de su boca.

—Los registros históricos son excelentes recursos, Idina. Creo que es un buen punto de partida.

—Oh, lo dices en serio.

—Y… se acabó el tiempo. —Sullivan aplaudió y se levantó de su silla de pelota hinchable, que se tambaleó y rodó hacia atrás lejos de ella—. Despeja tu agenda del día, soldado. Tienes una nueva misión. Espera. Retrocedamos un poco. —Riéndose, la mujer hizo girar de nuevo sus dedos índices—. No hay hora fija. Cuando vengas a verme mañana, quiero que traigas pruebas de que has seguido mis consejos.

—No era un consejo. Estaba siendo...

—Increíblemente astuta. Estoy orgullosa de ti. Ahora lárgate. —Sonriendo, Sullivan señaló la puerta con la cabeza.

Con los ojos muy abiertos, Idina esbozó una risa incrédula y un «Sí, señora» antes de salir del despacho.

Primero, tenía que ir a otra clase de yoga. Su primera sesión de terapia de grupo de la semana no era hasta mañana. Después de comer, técnicamente *podría* encontrar la biblioteca más cercana y pasar allí unas horas.

Estuvo a punto de descartar la idea hasta que recordó lo que el teniente Scott le había dicho en su habitación.

«Créeme cuando te digo que todo esto irá a tu expediente, Moorfield».

La doctora Sullivan había dicho básicamente lo mismo sobre sus sesiones. Esto significaba que, si Idina se negaba a sumergirse en esta particular madriguera de conejo, que de todas formas era una pérdida de tiempo, su terapeuta también lo anotaría en su expediente. Idina tendría entonces una marca durante su estancia en el CSC, proclamando su falta de voluntad para hacer lo que fuera necesario.

«Qué divertido. Hace dos meses saltaba de aviones C130, y ahora una terapeuta civil me encarga un árbol familiar. Cuando no encuentre nada, nos reiremos, ella me dirá que buen intento, y podremos volver a las cosas que importan».

* * *

Acabó yendo a la Biblioteca Throckmorton de guardia justo después de comer, para poder encontrar esa prueba que la doctora Sullivan estaría esperando a recibir mañana.

El lugar estaba casi vacío justo después de las mil doscientas horas de un día laborable, lo que la hizo sentirse mucho mejor por estar allí. Sobre todo, cuando se dirigió a la fila de viejos y toscos ordenadores disponibles para buscar en el catálogo de la biblioteca.

«Menos testigos de que me frustre demasiado y cortocircuite una de estas cosas. Mientras mantenga eso bajo control, estaré bien».

Su primera búsqueda, y la más obvia, fue más por la exasperación de Idina con este encargo que por cualquier otra cosa. Activó la búsqueda en el catálogo y escribió «Los Moorfield de Escocia».

De ahí salieron tres libros diferentes relacionados mínimamente con la historia de su familia: «Estudio De Familias Escocesas Destacadas En El Siglo xvii», «Los Moorfield Escoceses» y «Campos y cañadas de las Highlands escocesas».

Eran solo tres libros entre una página entera de veintiún resultados. Los otros dieciocho estaban todos relacionados con los Moorfield modernos. En América. Su familia inmediata.

Idina resopló mientras leía los libros sobre su sangre viva de los últimos sesenta años.

«El apellido Moorfield: Del Inmigrante al Imperio».

«¿Quieres ser banquero de inversiones?».

«De tal padre, tal hijo: El legado de la familia Moorfield en América».

—Dios, qué montón de mierda. —Garabateó los títulos de los tres primeros libros que tenían más que ver con Escocia que con su familia viva y luego cerró la búsqueda.

No se levantó a buscar sus libros en la biblioteca. Todavía no.

Ver tantos libros con el nombre de su familia no era nada nuevo. Todos los miembros de su familia, desde Harold padre hasta su hermano Bryan, tenían una página dedicada en Wikipedia. Los había encontrado hacía dos años, cuando empezó a pensar que podría encontrar algo sobre su tío Richard navegando por Internet. Aquello la había llevado a un agujero negro de tres semanas que no la había llevado a ninguna parte, y después de eso había dejado de intentarlo.

«En dos años pueden cambiar muchas cosas. Obviamente. Mírame a mí».

Así que Idina dejó de lado su aversión a buscar cualquier cosa sobre sí misma y buscó en Google a la familia Moorfield. Solo por diversión.

Los primeros resultados de la búsqueda seguían siendo páginas de Wikipedia. Una para cada uno de los miembros de su familia, incluido Bruno, el esposo de su hermana, y Nadine, la esposa de su hermano Maxwell.

Todos los miembros del clan Moorfield, excepto aquellos que se consideró que no merecían el esfuerzo, estaban incluidos en la lista. Los que no eran dignos del nombre de la familia.

Idina solo estaba mencionada brevemente al final de la lista de sus hermanos, con su nombre, la inicial de su segundo nombre y su fecha de nacimiento.

No se mencionó a Richard en ninguna parte. Como si ni siquiera existiera.

«¿Era eso lo que él quería, ¿verdad? Desaparecer de la faz de la Tierra y no tener que lidiar nunca más con estos asuntos de Moorfield. Algo me dice que él sabía lo que estaba haciendo con sus habilidades. Hubiera sido bueno que dejara algunas instrucciones para mi decimoctavo cumpleaños».

Estaba a punto de seguir leyendo las páginas de Wikipedia, pero tuvo que detenerse cuando el viejo ratón que tenía en la mano hizo un fuerte chasquido. Una línea de luz verde crepitante subió por el cable del ratón, saltó al monitor y convirtió la pantalla en un amasijo verde, borroso e impotente durante unos segundos. El monitor emitió un zumbido grave y ella apartó la mano del ratón.

Luego se giró para observar el vestíbulo detrás de ella, esperando que en cualquier momento una bibliotecaria se abalanzara sobre ella porque parecía sospechosa.

Pero nadie venía. A nadie parecía importarle la joven que tecleaba en el ordenador de la biblioteca y que probablemente parecía culpable por ello.

Idina tomó el papel en el que había escrito los títulos de los tres libros, se levantó bruscamente y se alejó de los ordenadores.

«Las páginas de Wikipedia no ayudan en absoluto. Tal vez Sullivan tenía razón acerca de los libros de historia. Después de todo, mi familia aparece en ellos. Al menos no estoy persiguiendo un cuento para dormir».

***

Después de casi dos horas hojeando los tres pesados y ridículamente gruesos tomos históricos que había sacado de las estanterías, Idina no había encontrado ni una sola cosa relacionada con lo que quería saber sobre su familia. No había nada sobre los Guerreros. Nada sobre cosas antiguas, malvadas y telepáticas con puños verdes en el aire. Tampoco había información sobre luces verdes parpadeantes como habilidad familiar. Había muy pocos detalles sobre la familia Moorfield en la Escocia del siglo XVII, aparte de un breve relato en «Un estudio de familias escocesas prominentes en el siglo XVII».

Los Moorfield fueron agricultores antes de convertirse en terratenientes, conocidos por sus acuerdos altruistas con varios aparceros.

Con un resoplido, Idina estaba dispuesta a abandonar la búsqueda por completo, pero decidió pasar a la página siguiente de todos modos, por si acaso.

Al instante se alegró de haberlo hecho.

Tardó dos segundos en reconocer la imagen de la página siguiente, copiada de un original que parecía haber sido dibujado rápidamente con trazos de tinta rápidos y duros. Sobre la imagen aparecía la leyenda: «Escudo de la familia Moorfield. Juntos nos levantamos».

El corazón de Idina latía con fuerza en su pecho mientras estudiaba el boceto de aquel escudo familiar tan familiar que nunca había visto. Al menos, no en la mansión Moorfield ni en relación alguna con su familia.

La primera vez que vio esa imagen fue cuando entró en una sala de ceremonias de Fort Leonard Wood y vio la insignia del Cuerpo de Ingenieros en la pared.

Era el mismo castillo —rojo sobre fondo blanco— que decoraba la lengüeta de ingeniero de su uniforme y que había desencadenado su primera visión inesperada cuando el sargento Remmington se lo había prendido durante la graduación.

—¿Qué es esto? —Escaneó el texto alrededor de la imagen, pero no había mucho que explicara la conexión entre el clan Moorfield y el castillo estilizado que usaban como escudo familiar. El castillo del libro no era rojo sobre blanco, como la insignia de los Ingenieros, y había cientos, si no miles, de castillos dibujados así en todo el mundo; cientos de castillos construidos con ese estilo, si tenía que hacer una conjetura.

La conexión en su mente era demasiado específica.

«Tengo una insignia con forma de un castillo como este clavado en mi hombro. Es entonces cuando tengo la visión número, con una mujer dentro que parecía tener unas habilidades de luz verde tan potentes como las mías. ¿Ahora se supone que el mismo castillo es el escudo de mi familia? Dios, ¿hasta dónde va a llegar esto?».

Aparte de eso, no encontró nada más sobre la conexión entre los Moorfield y la insignia del Cuerpo de Ingenieros. Intentar encontrar menciones a «Habilidades mágicas con luz verde» en cualquiera de los tres libros que había sacado de las estanterías fue una completa pérdida de tiempo, e Idina se dio por vencida tras otra hora de búsqueda. Eso sí, sacó el móvil para hacer fotos del escudo de la familia Moorfield y de las portadas de los tres libros.

Si la doctora Sullivan quería pruebas de que su paciente más reciente lo estaba intentando, las tendría. Aparte de eso, Idina estaba segura de que la mujer la había enviado a una búsqueda inútil y estaba deseando argumentar su caso durante su próxima sesión de terapia mañana por la mañana.

Capítulo 15

De hecho, la doctora Sullivan se alegró bastante al ver la prueba visual que Idina trajo a su siguiente sesión. Al menos, eso era lo que Idina podía deducir con precisión, basándose en la reacción real de la mujer.

—Genial. Has seguido ese camino y lo has llevado hasta el final. Sigamos adelante.

Después de eso, no hablaron mucho más sobre la necesidad de Idina de encontrar a alguien que la guíe en su camino. En su lugar, el tema giró en torno al estado de ánimo de Idina, sus emociones generales en el día a día y las áreas de su bienestar mental, emocional y psicológico que aún tenían margen de mejora.

—¿No son cosas que deberías haberme preguntado durante nuestras primeras sesiones?

Sullivan parecía perpleja.

—¿Por qué demonios haría eso? ¿Qué sentido tendría evaluarte antes de que hayamos tenido la oportunidad de hablar de las áreas que estoy evaluando?

La única opción de Idina, si no quería volver a sentirse frustrada y acabar abriendo un agujero en la inquietante decoración de la mujer, era encogerse de hombros y seguir adelante. Pasaron toda la sesión de ese día sentadas frente a un ordenador en otro despacho de la misma planta, donde Idina respondía a un cuestionario y Sullivan se sentaba en una silla a mirar las musarañas. El programa informático hizo el resto y se imprimió una hoja que mostraba la línea de base de Idina.

Sullivan la arrancó de la impresora y frunció los labios mientras estudiaba los resultados.

Tardó al menos cinco minutos en mirar a Idina, que seguía sentada en la silla frente al ordenador.

«Esto se siente como esperar a recibir mis resultados para el examen de aptitud».

—Vale, Idina. Lo primero es lo primero. ¿Sabes conducir, ¿verdad?

—¿Qué?

—Oh, ¿ni siquiera estás familiarizada con el término? Idina resopló.

—Claro que sé conducir, pero ¿qué tiene eso que ver con…?

—Entonces, naturalmente, entenderás cómo se clasifican estas categorías. Verde significa seguir adelante y cobrar doscientos dólares. Amarillo significa ir más despacio. Aún no estás preparada para avanzar de este punto. Rojo significa pisar el freno porque estás a punto de estrellarte y quemarte.

—Hum…

—Observa. —La mujer agitó las hojas impresas hacia su paciente y las clavó en la mesa—. Eres principalmente amarilla. No hay nada verde hasta ahora, pero apenas estamos comenzando. Supongo que obtuviste rojo en Hábitos de Sueño e Higiene personal porque no estabas dispuesta a responder a las preguntas con sinceridad. Lo cual justifica la puntuación amarilla en Autoestima y Honestidad.

—Estás… Dame eso. —Idina tomó los papeles de debajo del dedo de la mujer y hojeó las páginas—. ¿Higiene personal? ¿Parece que tengo problemas con eso?

—No todo es externo. Este programa es increíblemente eficaz para evaluar la competencia de alguien en todas estas categorías.

—Doctora Sullivan, no creo…

—Por otro lado, solo es una computadora. —Sullivan tomó los papeles una vez más y los arrugó violentamente con ambas manos antes de lanzar la bola de papel al hombro—. Verificaremos el sistema la próxima semana. Nuestra sesión ha terminado. Es hora de que pruebes a tejer cestas bajo el agua.

—No.

—Oh, sí. Es algo real. Espero que te hayas inscrito. —Con una sonrisa de satisfacción, la mujer se volteó sobre sus talones y salió de la habitación, presumiblemente para regresar a su oficina.

Idina soltó una carcajada y se alejó de la mesa de la computadora antes de levantarse.

«Cestería submarina. Sí, claro».

De todos modos, ya se había inscrito en la sesión de arteterapia.

* * *

La semana siguiente pasó volando. Idina hizo la prueba en el ordenador una vez más y no encontró ningún cambio en su puntuación codificada por colores. Sullivan no parecía muy preocupado por esos resultados.

En su lugar, se centraron en analizar hasta el más mínimo detalle de la vida de Idina como soldado del Ejército. Lo que comía. Cómo dormía. Cuánto tiempo. Con quién se relacionaba más en su unidad. De qué hablaba con sus amigos y compañeros. Cuántas veces al día pensaba en enviar correos electrónicos a casa. Cuántas veces al día pensaba en sus luces verdes. Con qué frecuencia pensaba en controlarlas y qué porcentaje de esos pensamientos conducían a una acción cuantificable. Cuándo había llorado por última vez y cuánto tiempo se había permitido liberar emociones de esa manera. Cuándo fue la última vez que se consideró especialmente flatulenta…

Cualquier cosa que Idina pudiera imaginar como relevante para su terapia —y muchas cosas que nunca se habría planteado en toda su vida— se trataba en esas dos primeras semanas de ver a la doctora Sullivan durante una hora cada mañana. A pesar de lo extravagantes que eran las preguntas y de lo retrógrados que parecían los métodos de Sullivan, Idina disfrutaba cada vez más de sus sesiones.

Ya no tuvo más sueños ni visiones. Sus luces verdes apenas aparecían a diario, excepto cuando hacía la prueba de evaluación psiquiátrica en el ordenador y durante las largas tardes de tiempo libre que tenía para ella sola. Era entonces cuando sacaba sus materiales artísticos y dejaba que sus luces verdes se encargaran de llenar los espacios en blanco de lo que quería crear.

En general, Idina se relajaba cada día más. Tener una terapeuta que no se asustaba con las primeras ráfagas de luz verde brillante y que creía lo que Idina le contaba era más reconfortante de lo que nunca hubiera imaginado.

Dejó de preocuparse por qué Reggie no había respondido a sus correos electrónicos. Dejó de revisar su correo durante varios días seguidos. Dejó de pensar en cómo iba a solucionar los problemas que antes le parecían demasiado grandes para ella.

Ya estaba haciendo el trabajo.

* * *

El día antes de que su unidad regresara de su ejercicio de campo en Luisiana, Idina se sentó en la sala separada con la doctora Sullivan para responder por tercera vez a las preguntas de la evaluación psicológica. Solo cuando las luces verdes parpadearon alrededor de respuestas concretas para las preguntas que ya había anticipado, hizo caso omiso de su habilidad.

En su lugar, seleccionó las respuestas que le parecían correctas. No en su mente, sino en sus entrañas. Eran increíblemente sencillas.

—En una escala del 1 al 10, ¿cómo de satisfecha estás con los logros de tu vida? —preguntó la doctora Sullivan.

Antes, Idina había respondido con un diez, porque las luces habían parpadeado alrededor de esas respuestas y porque sabía lo que eso significaba. Sabía cómo jugar el juego. Un psiquiatra quería ver alta autoestima y confianza, y responder como un soldado con alta autoestima y confianza era la mejor manera de demostrar que tenía la cabeza bien puesta.

Idina no carecía de esas cualidades. Algunas personas, como el sargento Remmington, podrían haber dicho que a veces era demasiado confiada.

Pero ahora no tenía ganas de jugar. Ya se lo había contado todo a la doctora Sullivan y al final no tenía nada que ocultar. Así que seleccionó ocho, o siete, y ocasionalmente cuatro, a pesar de saber que se reflejaría en sus puntuaciones codificadas por colores y tal vez bajaría una de sus categorías amarillas a roja.

La satisfacción de ser totalmente sincera consigo misma —y con un programa informático que medía su competencia en cada categoría mediante un sistema que aún no había conseguido entender— la hizo sentirse como una persona nueva.

Cuando terminó, la única impresora que había en la sala comenzó a funcionar y a quejarse, mostrando los resultados de esa semana en colores desvaídos. Se detuvo con un chirriante chasquido y un pesado ruido metálico, e Idina hizo una mueca.

—Por favor, dime que no he roto también la impresora. Eso no debería pasar. No estoy agitada.

Sullivan chasqueó la lengua, se acercó a la impresora, la examinó y luego la golpeó con fuerza con el puño. El aparato terminó de imprimir los últimos cinco centímetros de resultados y expulsó la última página. La doctora volvió a sonreír y cogió las páginas para hojearlas rápidamente. A estas alturas, Idina ya sabía que la mujer era una lectora rápida con una extraña habilidad para resumir grandes cantidades de datos después de leerlos una sola vez.

—Bueno. —Sullivan frunció los labios, divertida, y

miró de reojo a su paciente—. Mira eso.

Idina se giró de lado en la silla, pasando el brazo por encima del respaldo e intentando parecer indiferente ante los resultados.

—¿Ha cambiado algo?

—Un poco. ¿Te importaría especular qué podría ser?

—¿Probablemente al menos una categoría bajó a rojo?

Sullivan soltó una risita y dejó las hojas sobre la mesa delante de su paciente. Hojeó la primera página y luego tocó el gráfico y la línea de color que había debajo de una categoría concreta.

—No lo recomendaría a la mayoría de la gente, pero en tu caso, diría que es un gran paso en la dirección correcta. Has dejado de pensar.

Esa última frase hizo que Idina soltara una carcajada sorprendida. Vio la única categoría que hasta el momento había puntuado en verde: Autoestima y Honestidad.

—Hum.

—En efecto.

—¿Alguna vez te conté lo que el Maestro Rocha solía decirme?

Sullivan se cruzó de brazos.

—¿Tu entrenador de artes marciales? Estoy dispuesta a morder el anzuelo si te hace sentir mejor.

Idina levantó la vista de sus resultados y sintió que su expresión se debatía entre la confusión, la comprensión y la diversión.

—Me dijo que dejara de pensar.

—Ah. Hombre inteligente.

—Sí, lo es. ¿Puedo…? —Estaba a punto de preguntar si podía llevarse los resultados para revisarlos, pero Sullivan volvió a arrebatárselos antes de que tuviera oportunidad y los arrugó en una bola como la última vez.

Cuando tiró el fajo de papeles por encima del hombro, voló por la habitación, rebotó en la pared y cayó en la papelera metálica con un ping. Sullivan abrió los ojos y soltó una carcajada.

—Mejora para todos, ¿verdad? Volvamos a mi despacho. Quiero repasar algunas cosas contigo antes de que te dejes llevar por la emoción de volver al trabajo.

Salió de la habitación y fue rápidamente a su despacho, dejando a Idina mirando la papelera unos segundos más antes de levantarse de la silla. Luego dirigió su mirada hacia el viejo y tosco monitor de color hueso.

«Dejé de pensar. No estoy tan segura de haber entendido lo que el Maestro Rocha quiso decir al decir eso. Creo que ahora sí».

Sintiéndose muy orgullosa de sí misma, Idina se apresuró a salir de la «Sala de pruebas» para reunirse con su terapeuta en el colorido, excéntrico y ligeramente destartalado despacho que había llegado a apreciar.

Sullivan ya estaba sentada en su silla de pelotas verdes, rebotando a propósito mientras se metía un chicle en la boca y le ofrecía uno a Idina en silencio.

—No, gracias.

—Como quieras. —El paquete de chicles cayó sobre el escritorio de rayas brillantes—. Siéntate y presta atención.

Intentando contener la risa, Idina se dejó caer sobre el firme cojín amarillo brillante del sofá y se apoyó en la esquina. Cruzó una pierna sobre la otra y apoyó el codo en el reposabrazos, sonriente y dispuesta a escuchar lo que su terapeuta tenía que decirle.

Sullivan resopló.

—¿Has encontrado tu pose de poder?

—¿Qué?

La mujer copió exactamente la postura de Idina, que resultaba más incómoda porque no tenía una esquina en la que apoyarse, sino que se tambaleaba sobre la pelota hinchable con el codo apoyado detrás del escritorio.

Idina se rio entre dientes.

—No sé. Supongo que sí la he encontrado. Hoy me siento bien.

—Excelente. —Sullivan dejó de imitar sarcásticamente el lenguaje corporal de Idina y volvió a sentarse erguida sobre la pelota de goma—. Deberías sentirte así. Has trabajado mucho en las últimas dos semanas.

—No diría exactamente «mucho»…

—Por eso es difícil. —La mujer se quedó quieta y parpadeó mirando a su paciente —. Asimílalo. Yo esperaré.

Idina reconoció que esto formaba parte de las técnicas de la doctora Sullivan. Siempre que la mujer decía algo que a la mayoría de la gente le ofendería, escondía un gran cumplido. Siempre que proporcionaba una revelación que al principio te hacía pensar, resultaba ser increíblemente sencilla.

Sullivan quería que su paciente intentara averiguarlo primero.

—De acuerdo. —Idina ladeó la cabeza—. ¿Así que la salida fácil es en realidad la salida fácil?

La mujer se encogió de hombros.

—Depende de muchas cosas. De dónde estés. A dónde vas. De lo que quieras hacer. En qué te metes al otro lado. Eso es lo más importante que hay que saber antes de elegir la ruta, pero es imposible saberlo hasta que llegas allí.

—Bien. Así que eso significa… —Idina arrugó la nariz—. Espera, ¿qué?

—¿Ves? Has vuelto a pensar. —Sullivan hizo una mueca y movió un dedo—. Deja de hacer eso.

—No quieres que mienta.

—No, quiero que escuches. Te has pasado toda la vida usando ese gran y brillante cerebro tuyo por encima de todo lo demás. Eso es lo que tu familia valora. En muchos sentidos, es lo que tú también has llegado a valorar. No me malinterpretes. Hay mucho que decir sobre un alto coeficiente intelectual y el tipo de inteligencia necesaria para reconocer tus habilidades y entender cómo utilizarlas. Luces verdes incluidas.

Idina parpadeó y esperó con paciencia a que su terapeuta fuera al grano.

Sullivan se rio entre dientes.

—Tú no eres tu potencial, Idina. No eres tu inteligencia, ni tu determinación, ni tu empuje, ni tu destreza física. No eres tus habilidades especiales. Desde luego, no eres los miembros de tu familia. Solo eres un producto de ellos.

—Sí, entiendo esa parte. ¿Qué tiene eso que ver con que quiero que el camino fácil sea el difícil?

Despacio, la doctora se inclinó hacia delante sobre su pelota hinchable y miró a su paciente con una amplia sonrisa.

—Porque te han enseñado a creer que el único camino es el difícil. O que todos los caminos requieren fuerza, determinación, persistencia, una férrea fuerza de voluntad y mantenerte al día para no quedarte atrás. Según tus normas y expectativas.

Idina retiró el codo del reposabrazos para cruzarse de brazos en su lugar, frunciendo el ceño.

—Haces que parezca que lo único que tengo que hacer es dejar de intentarlo.

—Exacto.

—Entonces nunca conseguiría hacer nada.

Sullivan asintió, sus ojos se abrieron de par en par como si pudiera ver la bombilla encenderse por encima de la cabeza de su paciente.

—Error.

—¿Qué?

—Echemos un vistazo a cómo has llegado hasta aquí, por ejemplo. Esta vez me refiero al Ejército y no a mi sofá amarillo. ¿Cuánto has trabajado para llegar hasta aquí?

—La instrucción no es exactamente un paseo por el parque.

—Antes de eso, Idina.

—Hum… no lo hice. Trabajé duro, pero esto fue el

último recurso.

—Sí, así fue. Concentrabas todos tus dones en crear las condiciones perfectas, anticipándote a los movimientos de tu oponente, que en este caso resultaba ser tu familia, para conseguir lo que creías que querías. Que era la escuela de arte, ¿correcto?

Idina frunció el ceño.

—Yo quería ir a la escuela de arte.

—Quizá no lo suficiente. ¿Hasta dónde te habrían llevado tus luces verdes con un título de Dartmouth? No dudo de que seas una artista muy hábil, pero ¿qué más habrías podido ofrecer allí?

—Podría haber hecho lo que amo para ganarme la vida…

—Lo que implica que no lo estás haciendo ahora. —Sullivan enarcó las cejas y volvió a erguirse sobre su pelota hinchable.

Idina apretó los labios y reflexionó sobre lo que había oído.

«Tiene razón. Me encanta ser una soldado. Formar parte de una unidad. Saber lo que aporto como parte de un todo. Este nunca fue mi plan…».

—De acuerdo.

Sullivan extendió los brazos.

—De acuerdo, ¿qué?

—Vale. Lo entiendo. Me he esforzado demasiado por las cosas equivocadas porque me parecían más fáciles. Lo que debería haber sido fácil sea mucho más difícil de lo que tiene que ser, y lo difícil es ir a por algo que parece fácil porque no me he parado a pensar en lo fáciles que son las cosas en realidad. ¿Verdad?

Por un momento, pensó que su terapeuta estaba a punto de retractarse de todo lo que había dicho sobre los progresos de Idina. Sullivan la sorprendió soltando una carcajada y dándole una palmada en el muslo.

«Genial. Empujé a mi terapeuta a un colapso mental».

La sola idea era lo bastante divertida como para arrancarle una risita nerviosa, y esperó a que Sullivan se calmara antes de seguir adelante.

La mujer se secó los ojos, lanzó un suspiro y asintió.

—Empieza a parecerse a mí, soldado Moorfield.

—Oh. —Idina sonrió—. Bueno, entonces me siento halagada.

—Ja. No lo sientas. No soy mejor ni más lista que cualquiera que entre en esta habitación y se siente en ese sofá. Pero sé cómo reconocer cuándo mi pensamiento corre más que yo. Bien jugado.

—No intentaba…

—Lo sé. Eso era lo que intentaba transmitir, y creo que ambas hemos dejado claro nuestros puntos de vista. Dejaste de pensar. Dejaste de esforzarte tanto.

»El siguiente paso después de esto es aplicar ese estado de ser, esa delgada astilla que se desliza en su lugar y que se siente mal y *tan* bien al mismo tiempo, que te hace cuestionar tu cordura, a tus luces verdes. Siente cómo te abres camino a través de ellas en lugar de hacerlo al revés. No te dará una explicación sobre para qué sirven o por qué eres tú el que recibe estas visiones y sueños, pero cuando consigas dominar cómo te sientes con ellas, realmente me importará una mierda una explicación. Creo que a ti tampoco.

Idina se quedó paralizada mientras asimilaba la extraña y desconocida realidad.

—No estoy haciendo nada malo.

—No estás haciendo nada malo. —La sonrisa de Sullivan era cálida y llena de orgullo—. Aunque no te recomiendo que vuelvas a ausentarte sin permiso ni que caigas en la insubordinación si empiezas a retroceder.

—No lo haré.

—Ah, pero si lo haces…

Idina sonrió.

—Entonces no estaré retrocediendo.

—Ja. Creo que eres la primera persona que ha resuelto ese pequeño enigma. Al menos en mi oficina. Ahora. —Sullivan puso la mano en la espalda y sacó una hoja de papel de su escritorio—. Tu unidad regresa mañana, ¿verdad?

—Sí.

—Bien. Así que voy a firmar esto ahora. Hoy es tu último día de sesiones diarias obligatorias conmigo. Ya no tendrás que pasar ocho horas hablando de tus sentimientos y holgazaneando con otros soldados que necesitan ayuda.

Idina contuvo una risa.

Sullivan se levantó para firmar el papeleo de Idina, estampó su firma en la página y dio un paso adelante. Idina se levantó y aceptó otra prueba de que estaba haciendo el trabajo que debía hacer.

—Esto no significa que hayamos terminado, soldado Moorfield.

—Ah, ¿no?

—Me gusta seguir viendo a mis pacientes durante otros tres o cuatro meses después de que ya no tengan órdenes de verme. Solo para documentar su progreso y estar aquí por si surge algo más. En ese tiempo, estoy bastante segura de que podrás superar todas las pruebas. A pesar de tu habilidad.

—De acuerdo. —Idina dobló la hoja de papel y la metió en el bolsillo lateral—. Pero no todos los días, ¿verdad?

—Oh, Dios no. No creo que pudiera soportar una conversación como la de hoy todos los días durante los próximos tres meses. Lunes y jueves a partir de la semana que viene. Después de que termines tu jornada laboral. ¿Puedes hacerlo?

Encogiéndose de hombros, Idina miró el girasol sonriente y contuvo otra risa.

—Es bastante fácil.

—Oh. Inteligente. —Sullivan la señaló y luego hizo

un gesto con el dedo hacia la puerta—. Sal.

—Disfrute el resto de su día, doctora Sullivan.

—Deje de pensar en los demás, soldado Moorfield.

Idina salió de la consulta de su terapeuta con los hombros erguidos y la cabeza alta.

«Lo logré. Quiero decir, llegué hasta aquí para arreglarlo todo. O tal vez las cosas no estaban tan mal como pensaba. Mi unidad regresará. Volveré a trabajar. Mi cadena de mando verá lo que he estado haciendo. Todo puede volver a la normalidad. Solo tengo que dejar de pensar y seguir adelante».

Aún no sabía cómo dejar de pensar de una manera beneficiosa, pero al menos sabía por dónde empezar.

Quizá invite a Gowon a cenar un bistec. Y le haría un regalo para darle las gracias por no morirse.

Capítulo 16

Pasó el resto de la tarde paseando por el puesto bajo un sol cálido, con una brisa de marzo lo bastante fresca como para llevar una chaqueta ligera. No importaba dónde mirara, Idina tenía la sensación de haber pasado página.

«No tengo que preocuparme de quién ve mis luces verdes. Ni siquiera tengo que preocuparme por las visiones. Aparecen o no aparecen. Mi trabajo es seguir haciendo mi trabajo y estar preparada para cualquier cosa».

Cuando le rugió el estómago, Idina decidió parar en la primera cafetería que encontró en el puesto. Solo había estado en un puñado de sitios aquí con miembros de su unidad, pero hoy parecía el tipo de día para salir por su cuenta y cambiar un poco las cosas. No necesitaba quedarse en los barracones porque fuera conveniente. Aunque volver a los comedores en ese momento sería un inconveniente.

Idina sonrió a las personas que hacían cola en la cafetería, pidió un *panini* de pavo y queso suizo y un té helado, y se sentó en una mesa del rincón para disfrutar de su tardío almuerzo y de su nueva libertad.

«Eso es lo que se siente. —Inhaló el vapor caliente que salía de su sándwich (pavo, pimiento, queso, alioli de ajo, rúcula) y sonrió—. Ahora soy un poco más libre. Joder, debería haber hablado antes con alguien sobre todo esto. Supongo que la consulta con la doctora Sullivan es donde se suponía que tenía que acabar».

A mitad de la comida, el móvil le vibró en el bolsillo. Era extraño recibir una llamada a mitad del día, pero no inusual. Sin embargo, cuando cogió el teléfono y miró el número, no lo reconoció. Aun así, tuvo que contestar.

—¿Hola?

—¿Soldado Moorfield?

—Sí.

—Soy el Sargento Holloway de recepción. ¿Dónde estás ahora mismo?

«Oh, no. ¿No debería estar comiendo en un restaurante?».

—Estoy en un café en el puesto, Sargento. Acabo de recoger un almuerzo tardío.

—Bien. Deberías haber recibido un correo electrónico hace una hora, pero supongo que no lo has visto. La sargento Casper quiere verla en su despacho lo antes posible. Pero termina de almorzar antes de ir.

—Oh. —Ella tragó el resto del bocado en su boca y se sentó más erguida—. Por supuesto. Voy para allá ahora mismo.

—Estupendo. Eso es todo.

—Gracias, sargento.

La llamada terminó, e Idina dejó caer el resto del bocadillo sobre su envoltorio antes de doblarlo.

«Vale. Deja de pensar. Deja de esforzarte tanto. Casper probablemente quiera hablar conmigo sobre el programa de salud mental. Ver cómo me va, porque mis otros dos sargentos siguen en Luisiana. No es gran cosa».

Recogió la segunda mitad de su almuerzo y lo metió en una bolsa de plástico antes de dirigirse rápidamente a través del puesto hacia los barracones de la compañía Bravo. Por suerte, no estaba ni remotamente nerviosa, solo curiosa por saber por qué el sargento primero de la compañía había hecho que otra persona llamara a Idina expresamente para que viniera.

«A lo mejor era porque nadie podía encontrarme. ¿Es esto una especie de prueba para asegurarse de que no voy a ausentarme de nuevo? Porque puedo demostrarlo todo el día».

Solo había estado en el despacho de Casper tres o cuatro veces en los últimos meses, pero fue fácil volver a encontrarlo: una habitación diminuta y estrecha al final de un pasillo angosto que no parecía ser el despacho de nadie más. Idina llamó a la puerta que ya estaba abierta unos centímetros.

—Adelante —llamó Casper.

Idina empujó despacio la puerta y entró.

—Recibí una llamada de que quería verme, sargento.

La mujer levantó la vista y esbozó una cálida sonrisa.

—Hola. Moorfield. Sí, pasa. Tome asiento. Puede dejar la puerta abierta. No pasa nada.

Asintiendo con la cabeza, Idina cruzó la sala y se sentó en una de las dos sillas que parecían sacadas del vestíbulo de un centro de urgencias. Se movió incómoda un par de veces y finalmente se obligó a dejar de inquietarse y prestar atención.

Casper se rio entre dientes.

—Puedes relajarte. Supongo que Holloway hizo que esto sonara como si fuera superurgente, ¿eh?

—Sonaba así.

La sargento primero miró la bolsa de plástico con medio bocadillo que Idina tenía en el regazo.

—Al menos podría haber terminado su comida.

—Me gustan las sobras.

—De acuerdo. —Después de deslizar carpetas y archivos y pilas de papeles a un lado de su pequeño escritorio, Casper se reclinó en su silla y dejó caer los brazos sobre los reposabrazos, como si estuviera lista para levantar los pies después de un largo día—. ¿Cómo le va? Con la doctora Sullivan.

—Va muy bien. Al menos ha firmado la parte ambulatoria. —Idina metió la mano en el bolsillo y sacó la hoja de papel que había recibido.

Casper ya parecía impresionado antes de que ella lo desplegara para echarle un vistazo. Luego volvió a deslizarlo sobre su escritorio y asintió.

—Estupendo, Moorfield. Me alegra verla trabajar tan duro en esto.

Idina estuvo a punto de soltar una carcajada, pero logró contenerla en lo que pareció una sonrisa cohibida.

—Gracias, sargento. Ha sido muy amable por su parte.

—Te creo. Parece… más feliz, al menos.

—Eso también es parte del proceso, ¿no?

Permanecieron en silencio por un momento e Idina comenzó a pensar que su suboficial esperaba algo más. Al menos no tuvo que ser deshonesta con lo que dijo a continuación.

—Sargento, quiero agradecerle por esta oportunidad. Para trabajar en mí misma y resolver mis problemas. Y quiero disculparme por mi mala conducta aquella noche.

Casper asintió.

—Bueno, gracias por la disculpa, en primer lugar. Como le gusta decir al teniente Scott, una disculpa no es necesaria.

—Aun así.

—Entiendo. Supongo que seré el primero en agradecer que haya aprovechado la oportunidad para hacer el trabajo que ha estado haciendo con la doctora Sullivan. No todos los soldados que podrían beneficiarse de un descanso están dispuestos a tomarlo. Eso demuestra mucho carácter de su parte, Moorfield. Por eso tenemos estos programas, por suerte. Ninguno de nosotros puede hacer esto solo, así que nos ayudamos mutuamente cuando y como podemos.

—Lo agradezco. —Idina dobló el formulario firmado por la doctora Sullivan y lo guardó en el bolsillo—. ¿Quién diría que dos semanas podrían pasar tan rápido, ¿verdad? Estoy deseando volver al trabajo mañana. —Al decirlo, el humor cálido y amigable de Casper se oscureció un poco.

Así que Idina agregó de inmediato—: Siempre y cuando todos piensen que estoy en condiciones de volver al trabajo, por supuesto.

—Estoy segura de que cuando el teniente Scott y el sargento Remmington regresen, pensarán lo mismo que yo sobre cómo has cambiado las cosas. —Su sonrisa se desvaneció un poco—. Me alegra que haya mencionado lo de volver al trabajo, porque también es parte de la razón por la que quería verla.

El corazón de Idina latía con fuerza en su garganta, cayó en el vacío de su estómago y explotó en impacto.

—¿Pasa algo?

—No, Moorfield. Lo ha hecho todo a la perfección. Si fuera por mí, volvería a trabajar con nosotros. Todos estábamos deseando tenerla de vuelta. Pero no depende de mí. Dado que tanto el sargento Remmington como el primer teniente Scott no están aquí en este momento, soy la única en la cadena de mando que puede darle sus nuevas órdenes.

Idina tardó tres intentos en tragar, pero Casper probablemente no se dio cuenta mientras buscaba en los primeros archivos de su escritorio.

—¿Nuevas órdenes?

—Sí. —La sargento primero hizo una mueca y sacó el archivo deseado de la pila, pero solo se detuvo brevemente para escanearlo—. Acaban de llegar, Moorfield. Serás transferida.

—¿Qué? —Con los ojos muy abiertos, Idina buscó lentamente la esquina de sus nuevas órdenes, pero no se atrevió a leer las malditas cosas de inmediato. Estaba demasiado ocupada molestándose por el ceño fruncido de Casper, que parecía una disculpa.

—Pensé que, si pasaba por el programa, se me permitiría quedarme.

—Ese era el plan, sí.

—Entonces, ¿qué he hecho mal?

—Nada. —La mujer respiró hondo y suspiró—. Son solo nuevas órdenes.

Idina finalmente bajó la mirada hacia los papeles y los hojeó. Todas las palabras se fusionaron y no pudo encontrarles sentido. Así que dejó de intentarlo.

—¿Pero una transferencia? ¿Quién la solicitó?

—Si lo supiera, no haría ninguna diferencia. —Casper arrugó la nariz—. Créeme, Moorfield. Te queremos aquí. Tu comandante te quiere aquí. Pero una orden es una orden.

—Está bien. —El nudo que se formó en el estómago de Idina y sus palmas húmedas fueron nuevas experiencias. Sobre todo, después de haber sido elogiada hace unas horas por sus esfuerzos en el programa psicológico que había completado—. Muchas gracias por entregarme estas órdenes, sargento primero.

—Si necesita algo, Moorfield, ya sabe dónde encontrarnos.

Adiós al bravo doce…

—Sí, gracias. —Se puso de pie rígidamente y se golpeó el muslo con una mano para atrapar la bolsa de plástico con los restos de comida, que estaba a punto de caer al suelo. La idea de comer algo ahora hizo que el nudo en su estómago se hiciera más pequeño—. ¿Hay algo más?

—Eso es todo. —Casper también se puso de pie, lo cual no era necesario para un sargento, pero dijo mucho sobre lo infeliz que estaba la mujer con esta trasferencia. O lo preocupada que estaba por una de sus mujeres soldado que había recibido una bofetada en la cara sin razón aparente—. Tómatelo con calma por el resto del día, ¿eh? La transferencia podría ser algo bueno. Nunca se sabe.

—Claro, ya —dijo ella con un estremecimiento apenas perceptible. Luego dejó de moverse. No dijo nada más, mientras Idina salía de la oficina de su supervisor disciplinario como un zombi, arrastrando los pies.

Sintió la mirada de la mujer clavada en la parte posterior de su cabeza y aceleró el paso para detener el hormigueo en su cuero cabelludo. «Una transferencia, ¿en serio? No tenía sentido. Si los oficiales a cargo de mi unidad no lo pidieron, porque saben que hice un buen trabajo en Sullivan, ¿entonces quién? ¿Quién diablos quiere a una soldado que busca la desobediencia y sigue en terapia debido a una ausencia no autorizada?».

***

No fue hasta que regresó a su habitación en el edificio del cuartel para probar algunas de sus nuevas técnicas de respiración que Idina se dio cuenta de que algo importante había sucedido.

Sus luces verdes no se habían encendido. Ni una sola vez. No había chispas volando de sus dedos mientras intentaba imaginarse siendo transferida por alguien de rango más alto en el Ejército. No hubo rastro de niebla verde cuando recibió la noticia. Las siluetas de los otros soldados que vivían y trabajaban en el edificio del cuartel de la Compañía Bravo no se iluminaron.

«Dejé de pensar y dejé que sucediera. Bueno, al menos eso es un comienzo».

Se dio otros cinco minutos para sentarse tranquilamente en su cama. Ahora había reemplazado su colchón y su sábana, junto con todo lo demás que había dañado dos semanas atrás. La joven soldado intentó reponerse lo mejor que pudo. Al final, se sintió lista para revisar sus nuevas órdenes, que le habían sido entregadas por el sargento primero de su compañía, no por su sargento de pelotón.

No tardó mucho en darse cuenta de por qué la sargento primero Casper se había puesto tan triste al entregarle los papeles. Esto probablemente tenía más que ver con el lugar al que la llevaría esta transferencia que con ser una buena soldado con potencial para dejar la unidad.

—¿Compañía de comando? ¿Me estás tomando el pelo? —Idina hojeó la pila de tres páginas, buscando el más mínimo indicio de una pista que explicara por qué estaba ocurriendo esto ahora.

No reconoció las firmas de las órdenes. La primera era del sargento mayor L. Harvey. Lo más probable era que fuera el oficial que había dejado caer esas órdenes por la tubería hasta aterrizar en el escritorio de la sargento Casper. La segunda firma casi hizo que Idina arrugara las órdenes y las arrojara por la habitación.

Ella quería, pero tenía que presentar esto a su nueva unidad a primera hora de la mañana. No había forma de evitarlo por mucho que quisiera, porque la segunda firma pertenecía al teniente coronel MacBlair.

Nunca había conocido a aquel hombre, pero justo debajo de su firma y su rango figuraban las palabras «Comandante del Batallón 307 de Ingenieros de Brigada».

—Mierda. —Idina golpeó sus órdenes contra la colcha y sacudió la cabeza.

«Si esto viniera del Capitán Jenkins, podría haber tenido una oportunidad. Pedir una reunión con él, argumentar mi caso para quedarme con la Compañía B. ¿Pero el comandante del batallón? Ni siquiera conozco al tipo. Solo soy un número para él, y ahora me está moviendo porque…».

No entendía por qué, y eso era lo más frustrante.

Cerrando los ojos, Idina respiró hondo para calmarse de nuevo antes de que su habilidad tuviera la oportunidad de estallar y pillarla desprevenida. Como había estado practicando con la doctora Sullivan durante las dos últimas semanas.

Cuando se sintió lo suficientemente asentada como para repasar sus órdenes una vez más, seguía sin encontrar nada que se pareciera a una respuesta precisa.

No le hacía mucha ilusión el traslado.

«¿Casper pensó que decirme que no es un castigo me haría sentir mejor?».

El destino de Idina en su nueva unidad era inusual para

una soldado de su rango. En el mejor de los casos, podía esperar hacer papeleo o recados. Posiblemente conducir a los oficiales o suboficiales de menor rango.

El Cuartel General de Comando era la compañía administrativa y de apoyo de un batallón. De ella dependían algunas unidades especializadas, pero en su mayor parte se ocupaba de cuestiones de personal y del trabajo general en el puesto. Nadie sabía lo que hacían durante todo el día. O, al menos, no lo sabían todos los soldados que no se habían convertido en suboficiales. Aun así, circulaban rumores cada vez que un soldado de la compañía de Idina metía la pata lo suficiente como para que lo enviaran fuera.

Idina no sabía si los rumores sobre la compañía eran ciertos. Al parecer, había llamado la atención de alguien lo suficiente como para averiguarlo. Ella no creía que eso era una buena cosa.

—No me lo puedo creer. —Idina no podía dejar de volver a la segunda peor parte de sus órdenes, que era que tenía que presentarse en el cuartel mañana. El mismo día que el resto de su unidad actual regresó a Fort Bragg.

El mismo día en que Idina debía volver a su vida tal y como la había conocido durante los dos últimos meses sin mirar atrás.

Ahora no conseguiría reunirse con su unidad y sus amigos antes de empezar algo completamente nuevo que tenía problemas para ver como algo más que un castigo.

Con un fuerte suspiro, se dejó caer hacia atrás en la cama y se quedó mirando el techo.

«Deja de pensar. Deja que ocurra. Si hay o no una razón para esto no importa, porque no tengo elección. Quizá si agacho la cabeza el tiempo suficiente, pueda volver a ser un bravo».

Mientras estaba tumbada con pedidos que nunca quiso y medio panini que no pudo comerse, su teléfono volvió a sonar.

159

—Oh, vamos. —Idina sacó su teléfono del bolsillo y no supo qué pensar cuando vio el número de Remmington en la pantalla. Contestó porque no contestar era lo que la había metido en este lío en primer lugar—. Sargento Remmington…

—Hola, Moorfield. —El sonido de los soldados riendo y hablando llegó a través de la línea, junto con el estruendo de un enorme motor y el golpe de ellos sacudiendo equipo alrededor. Al parecer, se estaban moviendo y preparándose para volver a Bragg—. Tengo que hacer esto rápido, pero quería llamar y comprobar por mí mismo cómo está. Me acabo de enterar.

—¿El qué? —Sentía la voz como papel de lija en la garganta.

—Sobre sus órdenes de traslado.

No se le ocurrió nada que decir a eso, y la línea habría sido intensamente silenciosa si no fuera por el alboroto de su unidad en el fondo.

—Escucha —continuó Remmington entrecortadamente—. No volveremos hasta que te hayas presentado en tu nueva unidad.

—No lo llames así.

—Eso es lo que es. Es un asco. Lo sé. Quería decirte yo mismo que no tengo nada que ver con esto. Te queremos en Bravo. Tienes que saberlo.

—La sargento primero Casper dijo lo mismo. —Idina dejó caer la cabeza sobre su mano vacía y se encorvó en la cama—. ¿Sabías que ella era la que tenía que entregar estas órdenes?

—Sí, yo también estoy un poco cabreado por eso. No es por hablar mal de la Sargento Primero Casper, pero es a mí a quien debes informarme directamente. Debería haber estado allí para hablar con usted a través de ella. Lo siento.

—Está bien, sargento. No es culpa suya. No hay mucho que hablar. Tengo que aguantarme y aceptarlo.

Resopló.

—Todos hacemos lo que tenemos que hacer, Moorfield. La mayor parte es una mierda. El lado bueno es que te quedas en el puesto. Podría haber sido una transferencia a un batallón o división completamente diferente.

—Oh, bueno, en *ese caso*, estoy encantada.

Su sarcasmo les hizo reír a ambos, aunque era forzado y sonaba pesado.

Entonces Remmington se aclaró la garganta.

—Sabes, también tengo buenas noticias.

Idina rodó los ojos.

—Déjame adivinar. No tiene absolutamente nada que ver conmigo.

—Vale, deja de sentir pena por ti misma, soldado. Se trata de ti. —El otro extremo de la línea crujía un poco como si tratara de proteger su voz o el teléfono, o ambas cosas, mientras el ruido de fondo seguía—. He oído que te ha ido muy bien en las últimas dos semanas.

—No lo bastante bien como para permanecer con mi unidad, al parecer.

—Corta esa mierda, Moorfield. Estoy diciendo que estoy orgulloso de ti. No importa dónde termines. Asumiste la responsabilidad de tu mierda, entraste a hacer el trabajo, y lo seguirás resolviendo. Todos lo hacemos.

Una pequeña sonrisa se dibujó en sus labios y se enderezó lentamente en la cama.

—Gracias, sargento.

—Sí. No creas que ser transferido para hacer… lo que sea que te hagan hacer, significa que no espero más de ti que del resto de estos idiotas. Nos vemos… No. ¡Maldita sea, Cashman! Dime que no estoy viendo lo que estoy viendo ahora mismo…

La llamada terminó a medio grito, e Idina resopló. Recibir ese tipo de apoyo de su sargento de pelotón —antiguo sargento de pelotón, en las siguientes doce horas— la hizo sentirse mejor. Sus sargentos estaban orgullosos de ella. Veían lo que estaba haciendo. Ser trasladada no cambiaba nada de eso, solo su rutina diaria de fichar a la entrada y a la salida.

«De acuerdo. Lo que sea que me espere en cuartel de comando, tengo que aprovecharlo al máximo. Al menos así, me habré ido antes de que el primer pelotón me haga una fiesta de despedida. Ese es un espectáculo de mierda que no necesito».

Capítulo 17

A la mañana siguiente, Idina corrió por el patio detrás de los barracones de la Compañía durante una hora como su único ejercicio matutino. Le ayudó a concentrarse para lo que le esperaba, a saber, iniciar el proceso de traslado.

Duchada, vestida y con las órdenes en la mano, se dirigió al edificio del Cuartel de Comando. Por supuesto, no esperaba que el lugar fuera nada grandioso o emocionante, y no lo era. El edificio era mucho más pequeño que cualquiera de los barracones de las demás compañías, sobre todo porque el edificio no contaba con tanto personal como las demás compañías del 307.

Los barracones y la mayoría de los edificios administrativos del puesto eran monótonos, sencillos y no despertaban precisamente la inspiración con solo mirarlos. Pero a Idina se le volvió a agriar el estómago cuando se dirigió por el pasillo hacia la puerta principal.

«Esto es lo más deprimente que he visto desde que llegué al Ejército».

Respiró hondo, se dirigió hacia la puerta y no aminoró la marcha.

La recepción interior era tan sencilla como cualquier otra. La mujer sentada detrás del mostrador la miró y sonrió.

—Hola. ¿En qué puedo ayudarla?

Idina estuvo a punto de girarse para ver si alguien la observaba y se reía en los rincones de la sala, pero recordó que nadie se tomaría la molestia de conseguirle órdenes reales para un traslado real como broma pesada. Así que se acercó al mostrador y entregó sus papeles.

—Vengo con órdenes de traslado. Sargento.

La mujer leyó las órdenes de Idina y asintió como si hubiera estado esperando esto toda la mañana.

—De acuerdo. Tengo unos formularios para que rellene, y eso es básicamente todo lo que tenemos que hacer esta mañana. Parece que… —Ella escribió en su computadora, entrecerró los ojos en la pantalla, luego sonrió—. Sí. La empresa Bravo ya envió todo anoche, así que estamos bien. Ah, y buenas noticias adicionales, soldado de primera Moorfield. Se abrió una habitación libre aquí en el cuartel anoche. Eso no pasa muy a menudo, así que tuvo suerte. Aquí tiene esto.

Idina parpadeó y trató de no hacer una mueca cuando la mujer le entregó un nuevo juego de papeles que le decían exactamente dónde viviría y que su nueva habitación estaba disponible para un traslado inmediato.

—Una vez que hayas terminado con la tramitación y lo que tu cabo necesite de ti hoy, puedes empezar a hacer las maletas.

—Maravilloso. —Casi se atragantó con la palabra y le dedicó al sargento Williston una sonrisa tensa.

«Es la sargento más feliz que he visto. Y es raro rarísimo».

Idina se sentó sola en el vestíbulo del cuartel y se puso manos a la obra, llevándose la pila de formularios y las órdenes de mudanza a uno de los bancos bajos con la tapicería raída y manchada.

«Nada en el Ejército se mueve tan rápido. No que yo sepa. Todos mis archivos se han transferido, una sala aquí acaba de abrir, ¿y no tengo que esperar en la cola? Eso es demasiado para ser una coincidencia».

Echó un vistazo al increíble silencio del vestíbulo —en el que solo resonaba el constante tecleo del sargento Williston en el ordenador— y negó con la cabeza.

«También es demasiado para que alguien lo orqueste. Esto parece una broma».

Tardó media hora en rellenar todos los formularios y en recibir más papeles que entregar a otro médico para que le hiciera otro reconocimiento, porque ahora estaba destinada en otra unidad. El médico era un hombre de unos setenta años que no oía ni una palabra de lo que ella decía —cuando la dejaba responder a sus preguntas— y parecía más concentrado en mantener su dentadura postiza en la boca, donde debía estar, en lugar de caérsele al suelo cada vez que hablaba.

Entonces Idina volvió a salir al vestíbulo y se pasó otra hora esperando en silencio sin nada que hacer porque no se había traído nada.

Esto es tan malo como la recepción en la instrucción. Tal vez peor. Este lugar es un pueblo fantasma. Ey, tal vez estoy muerta.

En algún momento de la espera, apoyó la cabeza contra la pared y cerró los ojos para mantener la calma y concentrarse en su respiración. No se había dado cuenta de que se había quedado parcialmente dormida hasta que la alegre voz de Williston resonó en el vestíbulo.

—Sí. Está justo ahí.

Idina se sobresaltó y se sentó recta en el banco, parpadeando para despejar la borrosidad de su visión. Cuando enfocó la vista, vio a otro suboficial frente al mostrador. Williston la señalaba como si no fuera la única persona en la sala de espera.

—¿Soldado Moorfield? —preguntó el hombre.

Ella miró la insignia en su brazo y se puso de pie.

—Sí, sargento primero. Presentándose para...

—¿Dónde están tus cosas?

—¿Mis cosas?

—Esto no es la instrucción, soldado. No repartimos equipo nuevo.

—Oh. No, lo sé, sargento primero. No recibí órdenes de mudarme a una nueva habitación hasta que llegué aquí este…

—Genial. Me quedé despierto toda la noche para limpiar ese agujero de mierda sin ninguna razón.

—Lo siento…

—Vámonos. —El sargento primero puso los ojos en blanco y se volvió hacia el pasillo que salía del vestíbulo. No miró atrás para asegurarse de que ella le seguía y no dijo nada más.

Idina no había podido leer la etiqueta con su nombre desde el lugar en que se encontraba, así que le llamó Sargento Cabreado hasta que supo su nombre real.

—Bienvenida al Cuartel General y a la Compañía del Cuartel General —gorjeó la sargento Williston cuando Idina pasó por delante del escritorio. El cuerpo de la mujer permaneció perfectamente inmóvil mientras giraba la cabeza para fijar su intensa mirada en Idina. Su sonrisa la hacía parecer un poco demente, y no vaciló ni una sola vez hasta que Idina tuvo que olvidarse de Williston y centrarse en lo que tenía delante. Literalmente.

Tras el extraño silencio de seguir al sargento Cabreado por el pasillo, Idina finalmente no pudo callarse más. Se aclaró la garganta.

—¿Así que las habitaciones están por este pasillo, entonces?

Resopló y no se volvió.

—¿Crees que un suboficial te daría una escolta privada a tu nueva suite? Qué mona.

«Vale… No intentes mantener una conversación con el Sargento Cabreado. Anotado».

Sin embargo, cuanto más la guiaba por el edificio, más se sentía Idina como una completa intrusa. No pertenecía al cuartel central. Había sido una Doce Bravo desde antes de presentarse oficialmente en Fort Leonard Wood para la instrucción básica. Técnicamente, ese seguía siendo su especialidad, pero un ingeniero de combate no tenía muchas opciones para utilizar sus habilidades en una compañía administrativa y de apoyo. Con muy poco personal en el edificio real.

«Este no es mi sitio. No la he cagado tanto, pero ¿ahora tengo que pasarme el día en un edificio vacío y dejar que mi formación especializada se pudra en un rincón?».

El sargento Cabreado se detuvo bruscamente ante una puerta a la derecha, e Idina se alegró de repente de haber decidido seguirle a distancia. No llamó a la puerta antes de abrirla y abrirla de golpe. Luego se hizo a un lado y asintió sin expresión alguna para que Idina entrara en la habitación.

Se movió deprisa, no quería darle un motivo para gritarle al nuevo fichaje de la empresa. Tardó un minuto en asimilar el estado de la habitación, que era grande, limpia y estaba decorada con gusto.

«Esto parece más el estudio de Harold Senior que una habitación en una base militar».

La habitación estaba vacía y no había ninguna indicación de con quién tenía que reunirse o qué tenía que hacer. Se giró y vio al sargento Cabreado con la mano en el pomo de la puerta, que seguía cubriendo su placa de identificación y le impedía dirigirse a él correctamente.

—Sargento…

—Espera aquí. —Prácticamente cerró la puerta tras de sí, y eso fue todo.

Idina parpadeó ante la puerta cerrada y volvió a respirar hondo.

«Al parecer, no soy la única a la que no le gusta estar aquí. Apuesto a que el sargento Cabreado es uno de esos suboficiales que odian acompañar a la gente a sus nuevos puestos».

Girando lentamente en círculo, Idina estudió la habitación. El escritorio del otro extremo era de madera larga y oscura, pulida hasta dejarla brillante. Un expositor de monedas de desafío se alineaba en el borde junto a un monitor de ordenador que era más nuevo que cualquiera de los que Idina había utilizado desde que se alistó. El resto de la superficie impoluta del escritorio estaba despejada.

El escudo de la unidad 307 estaba colocado en la pared junto a la ventana, grabado en una gran placa que debía de estar atornillada a la pared para que su peso no la derribara. Una amplia estantería de caoba ocupaba la pared opuesta al escritorio, llena de punta a punta de grandes y gruesos volúmenes de tapa dura que Idina no estaba segura de querer investigar. Los lomos estaban encuadernados en la misma tela gris verdosa, lo que significaba que formaban parte de un juego.

«Supongo que historia militar. Eso o alguien realmente ama sus enciclopedias».

La luz de la mañana se colaba por la ventana y la atrajo para que echara un vistazo a las vistas. No había estado en muchos despachos de oficiales de alto rango, pero este era el primero con ventana.

Cruzó la habitación y alargó los dedos para apartar la cortina. Al hacerlo, la puerta se abrió con rapidez.

Idina se giró y se puso inmediatamente en posición de firmes sin saber quién había entrado por la puerta. Por primera vez ese día, sus luces verdes parpadearon en su visión, iluminando la insignia en el brazo del hombre para dejar inmediatamente claro que ahora estaba en presencia de un comandante.

A pesar de que cruzó la oficina en dirección al escritorio, con el rostro oculto para ella, la saludó afiladamente.

—Soldado de Primera Clase Moorfield reportándose para... reasignación. Señor.

El comandante sabía que ella estaba allí, pero estaba más concentrado en hojear la superficie de su escritorio en busca de algo que no estaba allí.

—Sí. Claro.

Mantuvo el saludo, esperando a que él se lo devolviera para poder soltarlo.

Con un fuerte suspiro, el mayor se giró hacia ella, le devolvió el saludo y asintió.

—Descanse, soldado.

Luego giró de nuevo y se precipitó detrás de su escritorio antes de abrir violentamente un cajón para rebuscar en su contenido.

La mano de Idina cayó flácida a su lado, lo que el comandante afortunadamente no vio porque no estaba prestando atención. Ella no podía moverse.

Ahora que le había visto la cara, sabía de quién se trataba.

El último oficial al que esperaba ver porque no había ninguna razón para que se volvieran a encontrar en un lugar tan cercano. Se había equivocado porque estaba en el despacho privado del comandante Hines.

No me reconoce. Así que mantén la boca cerrada y no le refresques la memoria.

Volvió a cerrar el cajón con un gruñido de frustración y abrió otro, todo ello sin mirarla.

—Siento el caos que hay aquí, soldado. Ha sido una mañana infernal. Me alegro de que esté aquí. ¿Le informó el sargento Holmburg sobre su nuevo…?

Hines se congeló, sus ojos se abrieron de par en par y apartó lentamente la mano del cajón abierto. Parpadeó, se enderezó detrás de su escritorio y finalmente la miró. El chasquido de su pesado trago llenó el despacho antes de que su bigote se moviera por encima del labio.

—Moorfield.

«Mierda. Se acuerda de mí. ¿Cómo podría no hacerlo?».

Repentinamente consciente de su postura floja, Idina cuadró los pies y juntó las manos detrás de la espalda a gusto.

—Mayor Hines.

Durante otros cinco segundos, el comandante Hines la miró, parpadeando con fuerza como si eso fuera a hacer que su cerebro volviera a moverse. Luego miró hacia la puerta abierta de su despacho y se aclaró la garganta.

—Me alegro de volver a verla.

—Y yo a usted también, señor. —De ninguna manera pensó que era bueno volver a verlo, ya que les recordaría a ambos lo que ella había hecho durante su último salto de la escuela aerotransportada y la manera exacta en que le había salvado la vida antes de reajustarle el hombro dislocado. Sin embargo, no iba a decir eso aquí, en el despacho de aquel hombre. Ni nunca.

«Hicimos un trato. Nunca hablar de ello con nadie. Ni siquiera entre nosotros. Aunque tuve una excepción con la confidencialidad médico—paciente de la doctora Sullivan, ¿no?».

—Hmm. —Hines resolló, miró el cajón abierto frente a él con total desinterés ahora, luego lo deslizó para cerrarlo—. Tome asiento, soldado. Déjeme un momento. Si es tan amable.

—Por supuesto, señor. —Idina se acercó lentamente a los dos sillones de cuero marrón oscuro situados frente a su escritorio. Caminó con cautela para no desconcentrar al comandante. Luego se sentó en uno de los sillones, con todos los músculos del cuerpo tensos, y casi no se recostó del todo ante la expectativa de que él pudiera ladrarle en cualquier momento para que se bajara.

No lo hizo. En su lugar, Hines simplemente inclinó la cabeza, miró fijamente la superficie inmaculada de su escritorio y se aclaró la garganta dos veces seguidas.

—Esto es… Bueno, esperaba…. —Cuando se aclaró la garganta por tercera vez, se golpeó el pecho con el puño y parpadeó rápidamente antes de volver a mirarla—. No creo mucho en las coincidencias, Moorfield. Hoy me está haciendo replanteármelo un poco.

—Entiendo lo que quiere decir, señor.

—Ja. Claro que sí. —Se giró hacia su escritorio y deslizó las yemas de ambas manos por la superficie—. Al menos podemos saltarnos la fase de las presentaciones.

Idina levantó las cejas.

—Creo que no le sigo.

—Supongo que el sargento Holmburg no le informó de nada.

—No, señor. No era muy hablador.

—Es algo en lo que hemos estado trabajando. —Hines dejó escapar una risita nerviosa antes de acariciarse la barbilla—. Esto me pasa por hablar con el hombre equivocado sobre una vacante en mi plantilla. Ja. Enhorabuena, Moorfield. Eres mi nueva chófer.

—Yo... —Intentó aclararse la garganta, pero sonó más como un gruñido. A pesar de lo extraño de toda esta interacción, sus labios se movieron en una sonrisa incrédula que desapareció rápidamente—. ¿Su *chófer*, señor?

—Eso es... exactamente lo que he dicho. —Volvió a mirar hacia la puerta abierta, levantó un dedo para indicarle que esperara y cruzó la habitación para cerrarla. Cuando regresó, se parecía mucho más al comandante Hines tranquilo y seguro de sí mismo que ella había conocido brevemente durante la escuela de salto.

Respiró hondo, se sentó despacio en la silla que había detrás de su escritorio y apoyó las manos en él.

—Básicamente, tienes que llevarme por el puesto y a donde haga falta. Solo cuando sea necesario. No siempre estoy en un coche y en movimiento, obviamente.

—Su *chófer*... —Se sintió estúpida por decirlo de nuevo, pero no podía escupir nada más.

Hines despegó los labios.

—Durante la mayor parte del día, tendrás un destacamento de trabajo regular con el resto de tu unidad, que con-

171

ocerás dentro de un momento. También estarás de guardia las veinticuatro horas del día para *cuando* yo tenga que ir a algún sitio. Ventajas del rango. Las mías, obviamente. No las suyas. Así que… —Volvió a reírse y cerró los ojos—. Se podría decir que mi vida está una vez más en tus manos.

Idina hizo una mueca e inmediatamente trató de borrarla de su cara, pero ya era demasiado tarde. Hines lo había visto y se hizo eco de su expresión antes de negar con rapidez con la cabeza.

—Creo que me pasé un poco —murmuró—. No volverá a ocurrir. Pero… Ahora los dos sabemos por qué estás aquí. Le había pedido al sargento Holmburg que trajera a mi nuevo chófer a mi despacho para una presentación, que ya hemos establecido en el pasado. Sin embargo, creo que podemos saltarnos todo eso. A menos que tengas alguna objeción.

—No, señor. —Juntó las manos enérgicamente en su regazo y no sabía si era mejor mirar a otro sitio que no fuera al comandante Hines o prestarle toda su atención.

«Esto es muy raro. Si cualquier otra persona hubiera entrado en esta habitación como su conductor, sería todo negocios y probablemente mucho menos risa nerviosa. Y yo soy su chofer…».

—Bien. —Asintió y respiró hondo, escudriñando su escritorio como si allí tuviera pilas de papeles sin terminar en lugar de una superficie perfectamente limpia y despejada—. Pues bien, puede retirarse, Moorfield. En procesamiento tendrá todos los demás detalles de su nueva posición aquí en el cuartel. Su nueva habitación. Dónde reportarse a continuación. Dónde encontrarás tu nueva sección. —La miró con una sonrisa socarrona—. Aquí tenemos secciones. No pelotones. ¿Alguna otra pregunta?

No se molestó en decirle que no le había hecho ninguna pregunta desde que le había soltado la explosiva sorpresa de su nuevo puesto como chófer. Entonces una pregunta se abrió paso en su mente, y tuvo que aprovechar la oportunidad.

—Mayor Hines, tengo una pregunta. Solo una.

—Hmm. —La miró con una sonrisa tensa y siguió parpadeando como si tuviera algo en el ojo, pero no quisiera delatar su debilidad.

Idina trató de parecer lo menos amenazadora posible, lo cual era bastante difícil sabiendo lo que ambos sabían sobre cómo había manejado el inexplicable ataque de monstruosos puños verdes que salieron disparados del bosque hacía dos meses. Aun así, tuvo que preguntar.

—¿Usted solicitó este traslado, señor?

Hines frunció el ceño y toda la preocupación, la confusión y las arrugas de concentración de su rostro desaparecieron en un instante. Su risa esta vez no sonó forzada en absoluto mientras se mecía ligeramente hacia atrás en la silla de su escritorio. Aquello era lo que necesitaban para romper el hielo.

—Confía en mí, Moorfield. Estoy tan sorprendido por esto como usted. *Puedo* decir que alguien te quería aquí. Como mi chófer. Muy específicamente. Mientras puedas hacer eso, tú y yo estaremos bien.

Ahora que había salido de su éxtasis, a Idina también le resultaba más fácil soltarse un poco. Incluso cuando ella reconoció el matiz de lo que él no había dicho.

«Mientras pueda ser su conductor y solo su conductor. Sin hacer más mierdas raras con explosiones verdes y cortarlo de un árbol lanzando una puta navaja suiza. Entonces no tendrá que transferirme de la nueva unidad a la que acabo de ser transferido. Eso es lo que quiere decir».

Por fin capaz de esbozar una sonrisa que no la hiciera sentir como si hubiera mordido un limón, Idina asintió.

—Confío en mi capacidad para desempeñar mis nuevas funciones, señor. Gracias por la oportunidad.

—Ajá. —Sonriendo, la miró de arriba abajo y luego

173

señaló la puerta con la cabeza—. Muy bien, puedes retirarte. En Procesamiento tendrán el resto de lo que necesitas para ayudarte a instalarte.

—Gracias, señor. —Idina se puso de pie, con la mano apretada alrededor de sus nuevas órdenes de mudanza y llenando la habitación con el agudo arrugamiento del papel. Luego se dirigió hacia la puerta.

Antes de que volviera a cerrarla tras de sí, oyó que Hines soltaba un suspiro pesado y una risita ligera, y que la silla de su escritorio crujía al reclinarse de nuevo en ella.

Arrugando la nariz, se dirigió de nuevo por los pasillos del edificio hacia lo que esperaba que fuera la sala de procesamiento del vestíbulo principal.

«Mi carrera militar ya ha sido una mezcla de rarezas. Esto lo lleva a un nivel completamente nuevo».

Mientras caminaba, se devanaba los sesos en busca de las piezas de aquel enorme e intrincado rompecabezas que se le habían escapado. Idina Moorfield se había pasado la vida viendo los patrones de todo lo que la rodeaba, estableciendo conexiones, relacionando una pieza con la siguiente para averiguar cuál era la mejor forma de avanzar. En este caso había demasiadas piezas móviles como para ver lo que ocurría entre bastidores. El Mayor Hines tampoco estaba al tanto de todo. Aun así, había dado con algo que le había llamado la atención, seguramente sin darse cuenta de lo que decía.

«Alguien te quería aquí. Como mi chófer».

¿Quién, exactamente, la había asignado a este nuevo puesto? ¿Cuánto sabían de la conexión entre el soldado Moorfield y el mayor Hines?

Capítulo 18

La sargento Williston tenía la misma sonrisa exageradamente alegre cuando Idina regresó al vestíbulo para completar el resto de sus trámites.

—¿Puedo ayudarla?

—Sí, sargento. —Idina trató de no parecer desanimada por la actitud extrañamente alegre del suboficial—. Hablé con el mayor Hines y me dijo que recibiría aquí el resto de la información de mi proceso. Creo.

—Okey. Echemos un vistazo.

Idina bufó, pero no dijo nada más. Todavía no había nadie más en el vestíbulo para verla mientras Williston tecleaba a una velocidad ridícula.

—Sí. Aquí lo veo. Ya te he dado la orden de mudarte de tu antigua habitación a una nueva. Tenemos… ¡Ah-ha! Sip. Una llave. Solo para ti. —La mujer siguió narrando cada paso de lo que estaba haciendo hasta que le dio a Idina la llave de su nueva habitación, un plano del edificio, —donde estaban las habitaciones privadas para el personal del cuartel y un nuevo conjunto de órdenes para que se presentara ante su nuevo cabo al final del día—. Probablemente es una buena idea centrarse en la mudanza a su nuevo espacio hasta alrededor de las 16:00. Tu sección está en una misión ahora mismo, pero volverán antes de la cena.

—De acuerdo… Gracias. —Idina cogió todos sus papeles y la nueva llave de la habitación, luchando contra el impulso de preguntar en qué tipo de misión podía estar una sección del cuartel general en mitad de la semana.

«Es mejor no preguntar. O estaré aquí todo el día escuchando la detallada explicación de la sargento Williston en lugar de mover todas mis cosas a otra habitación.

—¿Alguna pregunta? —La sonrisa enfermizamente dulce de Williston no vaciló.

—No, sargento. Creo que esto es todo lo que necesito. Gracias.

—Oh, por supuesto. Si tiene alguna pregunta, estaré aquí detrás de este escritorio. De lunes a viernes. De 09:00 a 16:00 horas. Buena suerte con la mudanza.

Con un gesto seco de la cabeza, Idina se dio la vuelta y caminó lo más rápido que pudo hacia la puerta principal sin echar a correr.

«Me encantaría escuchar la historia de cómo entró en el Ejército. Pero no de su boca».

***

Cuando llegó a los barracones de la compañía, la antigua unidad de Idina aún no había regresado de su ejercicio de entrenamiento, y se sorprendió al sentirse aliviada por ello. Significaba que no tendría que fingir que su traslado al cuartel general no era ya una pesadilla, y que no tendría más dolorosos recordatorios de la increíble unidad que dejaba atrás. Así que aprovechó el tiempo de la mejor manera que sabía y empaquetó rápidamente toda su habitación para llevársela consigo al otro lado del puesto.

Por suerte, no tenía tanto. Todo cabía en su mochila y en su bolsa de viaje, aunque pasó una hora limpiando su parte de la habitación para que la nueva compañera de Eckling tuviera un nuevo comienzo. Ya se había ocupado de la mayor parte durante las dos últimas semanas, en las que no había hecho más que sesiones con la doctora Sullivan, arteterapia y yoga.

Cuando regresó, el edificio estaba tan vacío como aquella mañana, pero el sargento Williston ya no estaba detrás del mostrador. En lugar de la cabeza de la mujer asomando tras el mostrador, ahora había un cartel plastificado montado sobre un soporte de plástico. Decía «He salido para un descanso rápido. Vuelva en 30 minutos. Que tenga un buen día».

El mensaje estaba escrito a mano con un bolígrafo negro y decorado con flores y estrellas de vivos colores, también hechas a boli.

Idina se apresuró a pasar junto a él, manteniendo la cabeza agachada sobre el plano del edificio por si alguien salía de las habitaciones contiguas y pensaba que la ayudaría a encontrar el camino.

«Este lugar es una locura. Excluyendo nuestra extraña conversación de esta mañana, el Mayor Hines me pareció bastante normal. ¿Cómo terminó dirigiendo el cuartel del batallón?».

Nadie más la interceptó mientras exploraba los pasillos del edificio. No había nadie allí para interrumpirla, por lo que ella podía ver. Aun así, Idina estaba decidida a aprovechar al máximo su estancia aquí y eso empezaba por no perder el tiempo. El único aspecto positivo hasta el momento era que no tenía otras obligaciones que la distrajeran de instalarse rápidamente en su nueva habitación.

Cuando la encontró y abrió la puerta, halló un segundo resquicio de esperanza.

—De acuerdo. Ahora sí. —Sonriendo, observó la habitación vacía con el mínimo mobiliario habitable y cerró la puerta tras de sí.

Era una habitación individual.

Sin compañeros. Sin tener que soportar el ruido de los demás cuando ella quería silencio. Nadie entrometiéndose en sus asuntos.

Con un suspiro de alivio, dejó caer su bolsa de viaje y todo su equipo dentro de la puerta y se dio una vuelta por la habitación. La habitación era probablemente dos tercios más grande que la anterior, pero aquella había sido solo la mitad de la suya. Así que esta era más grande. Tenía una cama de matrimonio estándar, un escritorio estrecho empotrado en la pared, una estantería también empotrada en la pared. También un baño adjunto increíblemente pequeño con un retrete y un lavabo que apenas era lo bastante grande como para cerrar la puerta una vez dentro. Pero cerrar la puerta no era un problema cuando ella era la única residente.

Las duchas, sin embargo, eran comunes en este lado del edificio. A juzgar por el mapa, no estaban demasiado lejos de su habitación.

«Puedo hacerlo. Esto sigue siendo una mejora. Lo cual es raro para no haber sido ascendido…».

Se sacudió el pensamiento de la cabeza porque intentar diseccionar algo bueno solo sacaría a relucir los aspectos negativos, y ya había muchos. Además, la doctora Sullivan le había dicho que dejara de pensar.

Tardó otra media hora en desempaquetar sus cosas en la sencilla cómoda que había junto a la cama y en encontrar un lugar apropiado para su equipo. Cuando hubo hecho la cama, lo guardó todo y se dio cuenta de que solo eran mil cuatrocientos, se dejó caer en el nuevo colchón y se preguntó qué haría durante las dos horas siguientes.

«Debería enviar un correo electrónico a Reggie. Hacerle saber lo que está pasando en caso de que alguien necesita ponerse en contacto conmigo…»

La idea le hizo hacer una mueca, y saltó de la cama para coger sus materiales de arte de la estantería y llevarlos al estrecho escritorio.

«Decirle a alguien que me han trasladado al cuartel general solo lo hace mucho más… permanente. No puedo decirle a nadie que estoy aquí hasta que esté seguro de que voy a estar aquí por un tiempo. Que podría no ser. Todavía hay una posibilidad de que todo esto haya sido un gran error, y me ordenen volver a la Compañía».

Dejó sus materiales sobre el escritorio, sacó la silla

de metal y se sentó. Dos horas de bocetos le parecieron una buena idea, pero entonces los agujeros de su lógica anterior se hicieron patentes antes de que pudiera centrarse en un nuevo proyecto.

«No es un error. El mayor Hines necesitaba un nuevo conductor. No me transfirieron por accidente como un soldado extra holgazaneando por el cuartel. Alguien me puso aquí a propósito».

Con un resoplido, abrió la cremallera de su carbonera de tela.

—Sí. A propósito. Porque no tengo ninguna otra habilidad a la que dar buen uso. Solo conducir y… cualquier otra cosa. Esto es ridículo.

Decirlo en voz alta de alguna manera le facilitaba concentrarse en su arte, y no tenía que pensar en lo que iba a crear a continuación. Durante la hora siguiente, las luces verdes de Idina parpadearon sobre el papel, y el carboncillo centelleó en su mano aún más rápido. Sombreaba, emborronaba y doblaba las líneas más gruesas, todo ello con una sonrisa de satisfacción de la que apenas era consciente.

Entonces alguien llamó a su puerta y rompió el hechizo de su concentración.

Su carbón cayó sobre el escritorio y se puso de pie.

—Un momento.

Buscando algo con lo que limpiarse las manos —todavía no había comprado nada para su nueva habitación, como toallitas de papel—, Idina corrió al baño. Intentó limpiarse los dedos con el papel higiénico barato, ridículamente fino y áspero que había dejado el anterior inquilino de la habitación.

Fue un quince por ciento efectivo.

Quienquiera que estuviera fuera de su habitación llamó a la puerta, esta vez con un poco más de urgencia.

—Sí, ya voy. —Salió disparada del baño, se detuvo frente a la puerta y la abrió—. Lo siento. Estaba… Hola.

La mujer que estaba de pie en el pasillo no podía ser mucho mayor que Idina, aunque era por lo menos diez centímetros más baja. Llevaba el pelo castaño muy encrespado recogido en un moño lo más recogido posible y sus gruesas cejas se movían arriba y abajo y arriba y abajo mientras su mirada iba en todas direcciones menos hacia la cara de Idina. Todo el tiempo se retorcía las manos.

—¿Tú… eres Moorfield?

—Sí. Soy el nuevo fichaje. O el más nuevo, supongo.

—Estoy aquí para l-l-llevarte… para llevarte a la sección. Para que puedas… —Los ojos de la mujer nadaron en círculos gigantes alrededor antes de aterrizar abruptamente en algo dentro de la habitación de Idina—. Informar.

—Oh. Sí, hum… —Idina dio un paso atrás y miró su reloj—. El sargento Williston me dijo que me presentara a las mil seiscientas…

—¡Corta el rollo! ¡No estaría aquí si no tuviera una razón! ¡Vámonos! ¿Es el Mayor Hines?

Solo el brusco arrebato bastó para sobresaltar a Idina y confundirla, pero la última parte la tomó desprevenida. Entonces se dio cuenta de lo que la otra mujer estaba mirando y cerró la puerta lo suficiente como para bloquear la vista de su escritorio.

—No, no tengo al Mayor Hines en mi habitación.

Los ojos oscuros de la mujer se crisparon y trató de asomarse por la puerta para ver mejor la caricatura en carboncillo que era, de hecho, del comandante Hines.

«Se suponía que tenía otra hora y me reportaría».

Idina se inclinó hacia la cama, cogió sus órdenes de presentarse en la sección del cuartel general que ahora era su nueva unidad y se escabulló por la puerta hacia el pasillo. Cerró la puerta de un tirón y le dirigió una sonrisa a la especialista Cross, a la que ahora podía identificar por la insignia y el nombre que llevaba en el uniforme.

—Adelante.

Cross entrecerró los ojos y miró a Idina, inclinándose ligeramente hacia delante mientras uno de sus ojos se crispaba con violencia.

—Era el Mayor Hines.

—Puedo encontrar mi camino con el mapa si quieres…

—¿Crees que se lo voy a decir? —Cross soltó una carcajada sibilante antes de girar para alejarse a toda prisa por el pasillo—. No soy una p-p-p-puñet-t-t … ¡Joder!

Idina se quedó inmóvil mientras su aparente escolta se alejaba a paso ligero. Con una última mirada por encima del hombro hacia el extremo opuesto de la sala, que también estaba vacío, Idina respiró hondo y se apresuró a seguir a Cross. Le costó todo lo que tenía no echarse a reír porque estaba sola con otro soldado que no conocía y que podría o no tener serios problemas con que la gente se riera de ella.

«No parece tan cohibida al respecto, pero nunca se sabe. Supongo que me presenté muy temprano. Fantástico».

—¡Date prisa, Moorfield! —gritó Cross—. Esto no es u-u-u… Maldita sea. No voy a cogerte de la mano.

Esta vez, Idina no pudo contener un bufido mientras trotaba para seguir el ritmo de una excéntrica soldado del cuartel. Supuso que la especialista Cross era única.

Capítulo 19

A juzgar por el tamaño del edificio desde el exterior, Idina esperaba que el lugar fuera fácil de recorrer y tuviera una distribución sencilla. No tardó en darse cuenta de que se había equivocado después diez minutos en los que la especialista Cross la condujo por un pasillo tras otro, a través de lo que parecían almacenes y gigantescos armarios de suministros con múltiples puertas, subiendo un tramo de escaleras y bajando otro por el lado opuesto del edificio.

«Si esta es la idea que tiene mi nueva unidad de una novatada de bienvenida, no se parece en nada a lo que la Compañía me tenía reservado cuando llegué aquí».

Cross no dijo ni una palabra, pero avanzó resoplando a una velocidad sorprendente, con el moño encrespado moviéndose en la nuca y las botas chasqueando en el suelo. Al final, se detuvieron ante una puerta que se parecía a todas las demás, salvo por una placa diminuta centrada en la madera con letras aún más pequeñas estampadas en ella. Idina no pudo distinguir lo que ponía antes de que Cross girara el pomo como si quisiera romperlo y abriera la puerta de un empujón.

—¡Bienvenida al… i-i-infierno!

De varios puntos de la sala surgieron bufidos y risitas. Entonces, una voz grave retumbó en la sala.

—Vamos, Cross. No te rindas. Estuviste muy cerca.

La mujer entró furiosa sin mirar a Idina, con los puños apretados a los lados.

—No, c-capullo. Esto es l-l-literalmente el infierno.

182

Más risas llenaron el ambiente e Idina se acercó muy despacio a la puerta abierta para mirar dentro. Ahora que estaba más cerca, pudo leer la única palabra de la placa: Abastecimiento.

«¿Qué demonios…?».

—No te quedes ahí parada, soldado —dijo de nuevo la voz profunda—. Has llegado hasta aquí. No puedes volver atrás ahora.

Sin dejar de mirar la placa que esperaba que no fuera una etiqueta de otro almacén, Idina entró. Cuando apartó la mirada de la puerta, tardó más de lo debido en darse cuenta de lo que estaba mirando.

La habitación probablemente había sido un gran armario de suministros, pero se había convertido en una sala de descanso. Dos mesas redondas con seis sillas cada una ocupaban la mayor parte del centro. Un par de sofás se apretujaban uno junto al otro contra la pared del fondo. En la pared de la izquierda había una hilera de pequeños pupitres personales, probablemente donados por un instituto público. En la pared derecha había una cocina, un frigorífico grande y una estantería que llegaba hasta el techo a modo de despensa abierta. Cajas de macarrones con queso, judías enlatadas, botes de mantequilla de cacahuete, al menos seis paquetes de galletas de arroz, cajas de galletas normales, latas de queso, sardinas enlatadas y agua embotellada llenaban la mayor parte. El estante inferior estaba reservado únicamente para el papel higiénico.

El resto de la habitación estaba ocupado por pufs, cojines gigantes de patio o cajas de quién sabe qué que la gente había apartado para hacer sitio a todo lo demás.

Y, por supuesto, los otros cinco soldados que la miraban fijamente.

«¿En qué demonios me he metido?».

Con una sonrisa torcida, Idina miró a los soldados de su nueva unidad y levantó la barbilla en un rápido movimiento de cabeza.

—Hola.

—Ey. —La voz atronadora provenía de un hombre que debía medir casi dos metros. Se apoyó contra la pared al otro lado de la estufa, con los brazos cruzados y los músculos casi reventando a través de las costuras de su camisa que tenía que haber sido hecha a medida para un tipo de su tamaño—. Eso es lo que tienes que decir. Solo *Ey*.

—Mándalo a la mierda —murmuró Cross—. A mí no me hace caso.

El tipo gigante desplegó los brazos, los abrió de par en par y se inclinó hacia delante con una mueca de desprecio.

—Porque tardas *demasiado* en decirlo, Cross.

Le hizo un gesto de desprecio y se volvió de nuevo hacia Idina, con los ojos clavados una vez más en todos los espacios vacíos que rodeaban la cabeza de Idina.

—Ese es Trunk. Es un i-id-idiota… Obviamente. — Lanzó una mano hacia él en señal de agravio y se volvió lentamente para señalar a los otros cinco soldados de la sala—. Ese tipo es Skim. No toques nada si él ya ha tenido su… ¿qué demonios haces, tío?

Skim retiró el dedo de la nariz y levantó la vista como si no se hubiera percatado de la presencia de alguien más. Observó a Idina con una sonrisa torcida y lentamente deslizó la mano con la que se estaba hurgando la nariz debajo de la mesa en la que estaba sentado.

Idina parpadeó.

«No acaba de limpiar la parte inferior de la mesa», pensó.

—Qué asco —murmuró Cross—. Y ese es… ese es… ¡Ah! El b-b-b-bastardo con el…

—Vale, Cross. —El supuesto bastardo al que Cross señalaba salió de una bolsa de frijoles de vinilo negro que dejó escapar pequeñas perlas de plástico por al menos dos agujeros sin parches—. No te preocupes. Yo me encargo.

—Vete a la mierda.

El hombre sonrió satisfecho mientras se acercaba a ellas.

—Sí. Sácalo de tu sistema ahora, ¿verdad?

Cross le lanzó una mirada de advertencia, lo señaló con el dedo y cruzó la habitación para tomar una botella de agua del estante abierto de la despensa. El agua salpicó por todas partes cuando la apretó con demasiada fuerza al quitarle la tapa, pero se la bebió de un solo trago y, de algún modo, logró no mojar la parte delantera de su uniforme.

—Una cosa más a la que acostumbrarse —murmuró el hombre, levantando las cejas hacia Idina—. Yo también me enfadaría si solo pudiera decir tres palabras de cada diez.

—Te juro que te mato si no... —Cross gruñó y se apoyó en la pared para beber el resto del agua. Los demás soldados se rieron.

—Cabo Bunt —dijo, extendiendo la mano hacia Idina.

—Cake —murmuró Trunk, aunque incluso entonces su voz era casi tan alta como los gritos frustrados de Cross.

Las fosas nasales de Bunt se dilataron y, sin bajar la mano, desvió la mirada hacia el soldado gigante y siseó:

—Sigue sin tener gracia, gilipollas. Déjalo ya.

—No depende de ti. —Skim soltó una risita, moviendo ahora el dedo en su oreja en lugar de en su fosa nasal—. Elegimos Cake. Ese es tu nombre.

Bunt, o Cake, puso los ojos en blanco y murmuró:

—Imbéciles. Estoy rodeado de imbéciles.

Idina casi carraspeó para llamar su atención de nuevo, porque eso le resultaba más aceptable que tomarle la mano que aún le extendía en señal de saludo.

El hombre aspiró con fuerza y le dirigió una sonrisa torcida, su actitud cambió por completo en un instante.

—¿Quién demonios eres tú?

—Moorfield. —Entonces ella le estrechó la mano, y sus ojos se abrieron de par en par cuando se dio cuenta de la fuerza de su apretón.

—Moorfield. —Cake chasqueó la lengua—. Sí, eso se bastará enseguida. Venga, vamos. Todavía tienes que conocer a dos fenómenos más.

No había a dónde ir, pero Cake giró y señaló a los otros dos soldados uno tras otro.

—Bien. Ese escuálido de ahí con gafas. Ese es Pill.

Idina asintió con la cabeza y pensó que había averiguado cómo se había puesto los apodos a la unidad.

—Déjame adivinar. Es el hiperactivo. O difícil de llevar. Y se enfada más que Cross.

Los soldados rieron entre dientes y se lanzaron miradas cómplices. Excepto Cross, que había abierto otra botella de agua para bebérsela, esta vez sin derramar la mitad en el suelo. Aún no había limpiado el charco.

Nadie le dijo a Idina si había dado en el clavo con el razonamiento que había detrás del apodo de Pill. Incluso Pill la miró con media sonrisa antes de resoplar y subirse las gafas de montura gruesa por el puente de la nariz con un dedo.

—Y esa… estatua que respira de ahí —continuó Cake—, es Stop.

Idina levantó la mano en un saludo renuente.

—¿Es un acrónimo, o…?

—No. —Cake la miró e hizo una mueca—. El tipo es…

—Soldado Timothy James Markle Tercero —canturreó Stop mientras se incorporaba y se ponía en posición de firmes, con la mirada fija en algo más allá de los hombros de Idina. Sus puños se apretaban más y más a sus costados con cada palabra—. Ayudante de Artillero del Equipo Alfa. Segundo Escuadrón. Segundo Pelotón. Compañía Bravo…

—Basta ya —dijo Cake con rotundidad, dirigiendo a Idina una mirada inexpresiva mientras señalaba al soldado raso anunciando todo su rango y algo más.

—…Del Batallón de Ingenieros de la Tercera y Séptima Brigada. Del Equipo de Combate de la Tercera Brigada.

De la Octogésima Segunda División Aerotransportada…

—Joder —susurró Idina.

Cake se encogió de hombros.

—Ya casi está.

—…Del Decimoctavo Cuerpo Aéreo. Del Ejército de los Estados Unidos. De los Estados Unidos de América. Del continente de América. Del hemisferio norte. Del planeta Tierra. De la Vía Láctea. —Stop dio un gran suspiro, contuvo la respiración y echó un vistazo a la sala antes de asentir secamente.

La sala se quedó en silencio mientras todos los soldados que ya habían escuchado los rollos de Stop suficientes veces como para aburrirse de ellos miraban a Idina para calibrar su reacción.

«Sinceramente, no sé si partirme de risa o salir corriendo».

—Bueno. —Miró a los seis soldados que la observaban y trató de sonreír—. Gracias por la presentación. ¿Alguien quiere decirme por qué estamos…?

Una alarma insoportablemente alta sonó desde el otro lado de la habitación, y Pill soltó un suspiro antes de pulsar los botones de su reloj de campaña.

—Un momento.

—No hace falta que nos lo digas siempre, capullo — espetó Skim mientras se rascaba enérgicamente la axila antes de olerse la mano.

—En serio —añadió Cross, apoyada ahora en la pared y recogiendo la suciedad de debajo de sus uñas—. ¿Qué vamos a perder?

Pill se inclinó de lado sobre el reposabrazos del sofá en el que estaba sentado y tiró de su mochila por el suelo hacia él. Las cremalleras se atascaron un par de veces al apartarlas, y entonces el tipo sacó una caja larga y estrecha de plástico teñido de oscuro.

—Cúbreme, Trunk.

—Te cubro. —El soldado gigante cogió otra botella de agua de la estantería y, sin previo aviso, la arrojó al otro lado de la habitación.

Pill apenas se agachó a tiempo, y la botella de agua chocó con la pared detrás de su cabeza antes de caer sobre el sofá.

—¡Joder, tío! ¿Estaría haciendo esta mierda tres veces al día si tuviera ganas de morir?

—Probablemente sí. —Trunk giró la cabeza hacia Idina y se encogió de hombros—. Lo mismo cada puto día.

Siseando de frustración, Pill abrió la botella de agua, se la metió entre las piernas, luego abrió el recipiente de plástico y dejó caer la tapa sobre sus goznes.

Solo entonces, Idina se dio cuenta de que habían apodado al tipo como una «farmacia ambulante». Estaba claro que llevaba mucho tiempo siguiendo la misma rutina. Con un rápido movimiento del dedo, sacaba una pastilla de cada caja del recipiente y la depositaba en la palma de su otra mano, haciendo una pausa cada cuatro movimientos para llevarse el puñado a la boca y beber un trago de agua. En menos de un minuto, Idina contó veinte píldoras diferentes en la garganta de Pill.

Cuando terminó, cerró la tapa de golpe, volvió a guardar el pastillero en la mochila y lo pateó por el suelo hasta que chocó con la pared. Luego, se bebió el resto del agua y exhaló un suspiro.

—Ya está.

Idina se cruzó de brazos, luego los desplegó y apoyó el codo en la mano contraria para taparse la boca.

—Vaya.

—Y… —Cake examinó la habitación, luego se encogió de hombros—. Sí. Eso es todo. Bienvenido a la Sección de Suministros del cuartel general.

—¿La Sección de Suministros?

—Técnicamente, es la Sección de Apoyo al Suministro —aclaró Pill, subiendo una vez más las gafas por el puente de la nariz—. Somos los extras.

—Los extras. —Idina miró a su alrededor en busca de más explicaciones, pero Pill no había terminado.

—La verdadera Sección de Suministros tiene muchas más responsabilidades que nosotros. No se trata solo de suministros para el batallón. Quiero decir, en su mayoría, eso es lo que es. Por lo que he deducido, es mucho más complicado de lo que hacemos nosotros.

Trunk resopló.

—Maldito empollón del año por aquí.

—¿A qué os dedicáis exactamente? —preguntó Idina.

Todos los demás soldados de la sala giraron la cabeza hacia ella, y de repente se encontró en el punto de mira de seis miradas condescendientes.

—Nosotros —dijo Cake bruscamente—. A menos que Cross la haya cagado y nos haya traído al soldado Moorfield equivocado.

—Estoy… bastante segura de que soy la única que hay.

—Ajá. —La miró de arriba abajo, le arrebató de la mano las órdenes de fijación y dio un paso atrás para leerlas él mismo.

—Venga. —Idina extendió los brazos—. Solo pregunta.

Los labios de Cake se movieron silenciosamente mientras escaneaba sus órdenes, luego asintió.

—Sí. Sección de Apoyo de Suministros. Lo dice aquí. —Le pasó los papeles a Cross. Los ojos de la mujer por fin se calmaron para poder leer, luego enrolló las órdenes de Idina y las utilizó como un endeble garrote para golpear a Trunk en su enorme bíceps. Le dio dos golpes antes de que él le arrancara el papel de las manos.

—No me equivoqué —murmuró Cross.

—Vale, entonces estoy en el lugar correcto. —Idina trató de concentrarse en hablar con Cake, que al menos estaba actuando como un superior en esta extraña colección de soldados con sus problemas—. Pero se supone que debo informar.

—Eso es lo que estás haciendo, ¿verdad? —resolló Skim y se pasó el dorso de la mano por debajo de la nariz. Se levantó de la mesa para alcanzar los pedidos de Idina mientras los demás los pasaban por la sala.

—No, no. No… —Llegó demasiado tarde para impedir que el tipo cogiera los papeles con unas manos que probablemente habían tocado todas las partes de su cuerpo en la última media hora. Exhalando un suspiro, se inclinó hacia Cake, a quien no parecía importarle que se pasaran órdenes entre el personal alistado sin que hubiera un oficial presente para supervisarlo.

«Nada de esto es protocolario. En absoluto».

—Entonces, ¿quién es el encargado de todo esto? —preguntó.

Stop soltó una risita y murmuró:

—¿El oficial al mando?

—Sí…

Cake se rascó la nuca y se encogió de hombros.

—En realidad no tenemos ninguno.

«Venga ya. ¿Tengo que hacer la distinción?».

—Bien. Pues entonces el suboficial, entonces.

Stop chasqueó la lengua.

—Suboficial al mando.

—¡Para, Stop! —ladró Pill—. Por el amor de Asclepio.

—¿Eh?

Trunk soltó una carcajada, que sacudió tanto su enorme cuerpo que su cadera chocó con el lateral de la estufa y la levantó cinco centímetros del suelo antes de que volviera a caer de golpe.

Idina se puso rígida, luego se pasó una mano por la parte superior de la cabeza y miró fijamente la estufa reasentada que podría haber causado una fuga masiva de gas en el edificio.

—Joder.

—Sí, él tampoco está aquí —dijo Cake y se rio de su broma. Nadie más lo hizo—. Mira, *Moorfunkle*... —Extendió los brazos, hizo una pausa y miró al techo.

Toda la sala se quedó en silencio, e Idina se apartó instintivamente de los soldados dementes presentes.

Trunk despegó los labios y bramó:

—*¡No!*

Skim emitió un graznido molesto, como el timbre de un concurso que indica una respuesta incorrecta, mientras bajaba ambos pulgares.

Cross se arrastró de un pie a otro y se cruzó de brazos.

—Eres un puto *asco* en esto.

—Eso es lo más tonto que he oído nunca —murmuró Pill—. Incluso de ti. —Sacudió la cabeza mientras Skim intentaba entregarle las órdenes de Idina. Cuando Pill no quiso coger los papeles, Skim los dejó caer en el regazo del tipo y volvió a la mesa. Con un siseo, Pill se sacudió en el sofá hasta que las órdenes se deslizaron por el suelo, y luego las apartó de un puntapié como si fueran una serpiente venenosa.

Lo que podría no haber estado tan lejos de la verdad a juzgar por la falta de higiene de Skim.

Stop permaneció inmóvil en el lado izquierdo de la sala, frente a la fila de pupitres, sin moverse, con los ojos fijos en él y moviéndolos solo de vez en cuando para observar las interacciones a su alrededor. No dice nada.

Idina se quedó mirando la huella polvorienta en las páginas ligeramente arrugadas.

«Ahora los papeles están por el suelo».

—Pero tenemos un cabo —añadió alegremente Cake antes de golpearle el pecho con la palma abierta—. A mí.

—El puto pavo real —refunfuñó Trunk.

Idina quedó boquiabierta y luego estalló en carcajadas.

191

La reacción de los otros soldados en la habitación, claramente ofendidos, hizo que fuera aún más gracioso. Su risa se volvió cada vez más fuerte y difícil de controlar, y dio unos pasos hacia atrás, doblando su cuerpo sin poder detenerse.

—De acuerdo. —Pill asintió—. Nuevo logro.

—¿Es la primera broma que no entiendo? —preguntó Trunk.

—Primer traslado clínicamente demente.

—Espera, espera… —Idina rio de nuevo, contuvo la respiración y se esforzó por dejar de reír—. Vaya. Uf. Me habéis pillado.

—Claro. —Cake inclinó la cabeza—. Debes tener algo en la cabeza.

—No, en serio. Es bueno. Quiero decir, no me malinterpretéis, no es tan malo como cuando me uní a mi última unidad, pero ganáis puntos por la creatividad. Supongo. Me habéis engañado.

Su risa suave continuó durante unos segundos más, hasta que se dio cuenta de que nadie más se reía. Ni siquiera sonreían. Ni parecían encontrarlo divertido.

«Esto tiene que ser una broma. Una extraña, pero no puede ser real. Aunque, tal vez, la tartamudez de Cross, pero eso no importa».

Pill aclaró su garganta y se subió las gafas a la nariz.

Entonces Idina se dio cuenta de su error.

—Espera. ¿Esto no es una broma…? Pensé que…

—Ah, ¿sí? No parece que hayas pensado. —Cake se rio.

—Cállate, idiota —dijo Skim, luego levantó la barbilla hacia Idina—. ¿Qué pensabas?

—Que… esto era, como, una novatada antes de entrar a la unidad. ¿Verdad? —Sus palabras no la convencieron a ella misma.

Me veo como una idiota.

Trunk comenzó a temblar y todos lo miraron. Pill se levantó del sofá antes de que el soldado gigante tomara una respiración profunda y continuara temblando, pero esta vez con una risa estruendosa.

Los demás soldados soltaron un gemido colectivo.

—¡Maldición! —Cross golpeó el brazo gigante del tipo, seguramente haciéndose más daño en la mano que él—. Al menos haz algún ruido cuando te ríes.

—Joder. —Pill puso los ojos en blanco y volvió a desplomarse en el sofá—. Hubiera sido la tercera vez esta semana.

Idina no quería saber cuál era el asunto secreto aquí porque todavía no tenía ni idea de lo que se suponía que debía hacer.

—Esto no es una broma.

—Claro que no. —Cake guiñó un ojo—. Porque es lo único que hacemos. ¿Qué esperabas? ¿Algún tipo de ceremonia?

—Quiero decir, más como fumar la mierda de los chicos nuevos.

—No. —Pill negó enérgicamente con la cabeza—. No. No. Nada de eso aquí. No puedo con esa mierda.

—Esto es el cuartel general —añadió Badge—. No se fuma. No hay escuadrones o pelotones… o p-p-p…

—¡Pelotones! —chilló Stop.

Ella le miró fijamente.

—Cállate.

—Mira —Cake comenzó de nuevo—. Si os trasladan aquí como personal alistado y no en puestos de mando, es porque estáis aquí para el trabajo sucio.

—Aquí las cosas se llevan de otra manera. —Pill se quitó una pelusa invisible o polvo o algo así de las perneras de su pantalón—. Si es que funcionan.

Cake se giró para fulminarle con la mirada.

—Corre y no mires atrás.

Trunk se burló.

—Como el culo de Skim en la noche de tacos.

—Eh. —Skim le señaló y sacudió la cabeza—. No hables de cosas que no entiendes.

—Mierda. —Stop sonrió y por fin miró a otro ser humano en vez de a la pared—. Bueno, de diarrea.

—Dios mío. —Idina se masajeó las sienes y trató de mantener la compostura—. Bueno, necesito a alguien que…

—Para. —Pill señaló al tipo que ahora parecía sonámbulo en un sueño increíble—. Solo porque alguien diga algo…

—Tengo hambre. —Skim se levantó de la mesa y se dirigió a la despensa abierta—. Es casi el final del día, ¿verdad?

—¡N-n-n-no! —Cross se dirigió hacia él—. Quita tus jodidas manos de… de… de…

—Atrás. —Trunk golpeó con una mano el pecho de Skim para impedir que llegara a la despensa y manipulara todos sus productos.

—¿Perdón? —Idina levantó la voz a lo que ella pensaba que era un nivel aceptable para llamar la atención de alguien. Nadie le hizo caso.

—Lo juro por los malditos. —Cake giró y se dirigió furioso hacia Skim intentando arrancarle la palma abierta de Trunk del pecho, una palma casi del mismo tamaño que la cara entera de Skim—. Siéntate y pide lo que quieras, tío. ¿Quieres pasar por lo mismo que ayer?

—¡Tengo hambre!

El ojo izquierdo de Stop se crispó antes de volver a centrar su mirada en la pared.

Pill cerró los ojos, respiró hondo y adoptó una postura de meditación sin involucrarse.

—¡Quítate de encima! —Skim golpeó ahora el antebrazo de Trunk, y tanto Cake como Cross saltaron para evitar que el soldado más pequeño se rompiera contra el gigante de dos metros que bien podría haber sido un tanque andante.

—¡Chicos! —Idina se acercó a la habitación, pero sus

palabras se perdieron entre los gritos, las bofetadas y los gruñidos que provenían de junto a la estufa. Además, Trunk se reía a carcajadas mientras mantenía a Skim sujeto por el pecho. Idina sentía un hormigueo en los dedos, la energía de lo que estaba a punto de convertirse en un desagradable incidente le recorría el cuerpo y apretó los puños—. ¡Necesito que alguno de vosotros, cabrones, me diga a quién diablos tengo que informar!

Capítulo 20

No fue su grito lo que llamó su atención, sino la ráfaga de luz verde que salió disparada de su mano hacia el techo. Uno de los largos fluorescentes silbó, parpadeó y estalló.

La pelea de los idiotas junto a la cocina improvisada cesó de inmediato y los soldados que se habían estado aporreando giraron y se pusieron en posición de firmes. Los ojos de Pill se abrieron de golpe. Todo lo que Stop tenía que hacer era girar cuarenta y cinco grados para mirar hacia la puerta y mantenerse en posición de firmes.

Idina escrutó sus rostros, tratando de calmar su respiración.

«Sí. Bonita forma de encajar en una unidad de los soldados más incompetentes que he conocido. Que se jodan todos. Y ahora estoy a punto de ser la friki que acaba de apagar una luz con un montón de niebla verde…».

Alguien se aclaró la garganta detrás de ella y al instante se giró para ver quién era. Fue entonces cuando se dio cuenta de que su nueva unidad no había roto su mierda por nada que ella hubiera hecho.

El hombre que estaba en el umbral era calvo y tendría unos sesenta años. Tenía quemaduras graves en todo el lado derecho de la cabeza, la cara y el cuello, y un ojo de cristal verde esmeralda sin pupila le había sustituido el ojo.

Idina tragó saliva al ver al recién llegado en una fracción de segundo. Incluso sin sus luces verdes, se dio cuenta de inmediato de la insignia del capitán en su uniforme y se puso en posición de firmes. Abrió la boca para dirigirse a él, pero no tuvo la oportunidad.

—Sección de Apoyo de Suministros, Compañía del Cuartel General, ¡atención!

El único ojo bueno del capitán parpadeó hacia Stop y gruñó.

—Creo que ha sido más rápido que la última vez, soldado. —Su voz era un graznido bajo y áspero sin apenas tono. Más bien un susurro áspero.

«Lo que le hizo eso a su cara probablemente le hizo lo mismo a sus cuerdas vocales».

El agente miró a Idina y la comisura de sus labios se crispó.

—Supongo que usted me buscaba a …

—¡Más rápido que la última vez, señor! —ladró Stop—. ¡Gracias, señor!

El capitán hizo una pausa, apenas reaccionó a la reacción retardada de Stop.

—Descanse, soldado.

—¡Descanse! —Stop no se puso en posición de descanso, sino que permaneció atento antes de ofrecer otra cortante inclinación de cabeza a nadie.

—Sí, señor —contestó Idina, esforzándose por no dejar que las miradas de los nuevos miembros de su unidad la distrajeran de la razón por la que estaba aquí. O al menos de intentar averiguar qué era exactamente. Al menos tuvo la suficiente presencia de ánimo para saludar a un oficial superior, cuyo nombre vio que era Irons—. Soldado Moorfield reportándose para reasignación.

—Hmmm. —El párpado del capitán se crispó en torno al cristal esmeralda y, en lugar de devolverle el saludo, se limitó a asentir y a mirarla de arriba abajo—. Veamos sus órdenes.

—Las órdenes… —Su cara se sonrojó mientras se volvía hacia el otro lado de la habitación y el papeleo arrugado y pisoteado que debería haber puesto directamente en manos de su nuevo oficial al mando. —Sí, señor.

Se dio la vuelta, con toda la intención de recuperar las órdenes que los demás habían tirado.

Irons chasqueó los dedos.

—Olvídalo. Solo ven conmigo.

—Sí, señor. —Para cuando Idina giró hacia él, el hombre ya se había dado la vuelta y se dirigía al pasillo de salida de la sala de descanso de Suministros.

Ninguno de los otros soldados dijo una palabra. No se rieron ni sonrieron cuando ella los miró rápidamente antes de seguir al capitán Irons por el corto y estrecho pasillo.

«Así que a estos soldados no les importan las órdenes, el protocolo, o una lucecita verde parpadeante de un nuevo traslado. Pero tienen miedo de Irons. Es bueno saberlo».

El capitán giró a la derecha en el siguiente pasillo, abrió de inmediato la puerta de la izquierda y la abrió de par en par. Idina no tuvo más remedio que seguirle, a pesar de no haber sido invitada oficialmente a su despacho.

Al menos, esperaba que fuera su oficial al mando.

—Cierra —roncó Irons.

Hizo una pausa.

—¿La puerta, señor?

—Bueno, no estoy hablando de tu boca, soldado. O no le habría traído aquí.

Sin dejar que la rudeza del hombre la afectara, Idina cerró la puerta tras de sí y se apresuró a colocarse cómodamente frente al escritorio del hombre. Ya sentado, Irons rebuscaba entre una pila desordenada de formularios, refunfuñando con aquella voz rasposa y sin voz que tenía, y ella esperó a que se dirigiera a ella.

Le dio tiempo a ver el despacho del capitán Irons, que era exactamente igual a lo que Idina había esperado ver en el cuartel general. La habitación era pequeña, cuadrada, no tenía ventanas y solo una tenue bombilla amarilla sin portalámparas colgaba del centro de la habitación. No había estanterías ni adornos ni otros muebles aparte del escritorio y la silla de oficina del capitán, así que, aunque este hubiera invitado a Idina a sentarse, no habría podido. Cajas de cartón rígido, algunas de color canela y otras verde militar, se alineaban en las paredes a la derecha y justo detrás de ella.

Olía a polvo y a metal caliente.

«Me trajo aquí para hablar. A menos que se refiriera a que fue él quien pidió este traslado…».

—Relájese, soldado —murmuró, mientras escaneaba página por página el papeleo de su escritorio antes de apartarlo—. Esto no es un desfile.

Permaneció de pie, ya que era la postura más cómoda y respetuosa que podía adoptar sin la opción de una silla. Lo único que se le ocurrió decir fue:

—Sí, señor.

Irons dejó de mirar y dirigió su único ojo gris hacia ella, aunque su cabeza aún estaba inclinada hacia los papeles, lo que hacía que su ojo de cristal pareciera mirar en dos direcciones diferentes a la vez.

—Y deja de decir tonterías.

Idina levantó las cejas.

—Lo siento, señor. No entiendo…

—Eso es absurdo —graznó, haciendo un gesto con la mano izquierda y haciendo que dos papeles se revolotearan en el escritorio. Luego volvió su atención a los formularios, los tomó con la mano izquierda, los examinó brevemente y los apartó. Su mano derecha permaneció en su regazo—. Esos idiotas necesitan algo que los mantenga unidos, y si es un protocolo a medias y alguien a quien escuchar, perfecto. Cuando esté en mi despacho, soldado, olvídese de las formalidades. No tengo tiempo.

—Sí, sí. —Idina se congeló—. Lo siento.

Algo golpeó el escritorio por debajo e Irons sacó la mano derecha de su regazo antes de golpear los papeles frente a él.

—A menos que usted también sea una idiota, soldado.

Su mirada se desvió hacia la mano de él, ahora se daba cuenta de que también era una prótesis.

«Maldita sea. Este tipo no está de broma».

—¿Eres idiota?

—No. —Idina levantó la vista y se encontró con su mirada, alzando la barbilla—. Yo no.

—Bien. Recuérdalo. Tal vez así esta situación bajo mi mando no se hunda en la mierda y arrastre a toda la compañía. —Al final, Irons encontró los papeles que buscaba y los apartó del desorden. Con un fuerte suspiro por la nariz, se tomó aún más tiempo para revisar el papeleo y no volvió a mirar a Idina hasta que terminó—. Soldado de primera clase Idina Moorfield.

—Esa soy yo.

—Doce Bravo. Ametrallador ligero. ¿Esa es tu designación oficial?

Idina asintió.

—Por ahora, sí.

—Usted califica para ser paracaidista de primera. Casi lo consigue.

Intentó no dejarse llevar por el repaso de su carrera hasta el momento. «Si me hubiera quedado en la Compañía, ya estaría cualificada».

El capitán Irons levantó una ceja, aunque la tenía sobre el ojo de cristal y no tuvo el mismo efecto.

—¿O falsificaste tu expediente?

—No. —Era de lo más raro no añadir «señor» al final, pero no quería darle más motivos para estar cabreado de los que ya tenía—. Gané mis alas a principios de febrero.

—Ahora estás aquí. —La mano protésica del hombre volvió a deslizarse bajo la mesa y dejó escapar un gruñido suspiro—. Sin próximos ascensos. Joder.

Idina apretó los labios e intentó no reírse. Su nuevo oficial al mando parecía tan decepcionado de tenerla aquí como ella de estarlo, pero eso no cambiaba el hecho de que ninguno de los dos tenía elección en el asunto.

Irons guardó silencio durante un largo rato y luego se encogió de hombros.

—Si el cabo Bunt se fuera a la mierda, yo mismo pediría tu ascenso. Pero él no va a ninguna parte, así que no tiene sentido. ¿Estarás muy ocupada con el mayor Hines?

Parpadeó sorprendida. Después de su introducción a la Sección Locura en el armario de suministros, había asumido que las conversaciones coherentes eran cosa del pasado. Pero esta empezaba a parecer que iba a alguna parte.

—Sinceramente, no lo sé. El mayor Hines me dijo que estoy de guardia.

—El mayor Hines puede… —Los párpados de Irons cayeron y se agitaron un poco mientras la miraba y sus labios se apretaron en un ceño feroz. El lado cicatrizado de su cara se crispó y frunció—. El mayor Hines es el comandante de tu compañía. Así que tendremos que adaptarnos a su… horario.

Tardó tanto en decir algo más que Idina estuvo a punto de suponer que la había despedido sin despedirla, dado que ya había prescindido de las formalidades de la dirección. Cuando estaba a punto de alejarse del escritorio, el capitán se aclaró la garganta.

—¿Y qué hiciste?

De inmediato se recompuso para volver a mirar al escritorio.

—¿Qué quieres decir?

—Que te metan en este puto pozo negro de una sección que me he tenido que sacar del culo para hacer sitio, Moorfield. ¿Para qué necesito vigilarte?

—Yo… —Idina no contestó de inmediato porque no había hecho nada que justificara un traslado así. Había pasado las dos últimas semanas en terapia trabajando en sus problemas, y todos sus superiores en la compañía Bravo habían estado dispuestos a darle una segunda oportunidad.

Pero el capitán Irons quería una respuesta, y ella tenía la sensación de que un «No lo sé» no sería suficiente para él—. Insubordinación. Y ausentarse sin permiso.

Volvió a enarcar una ceja e inclinó ligeramente la cabeza.

—¿Durante cuánto tiempo?

—Cinco horas.

La mano protésica de Irons golpeó de nuevo la parte inferior del escritorio y se echó hacia atrás en la silla, riendo.

—Alguien te ha jugado una mala pasada, ¿verdad? Parece que estás en problemas. Al igual que los demás. — Hizo un gesto hacia la puerta, como una despedida informal.

Escuchar a otra persona decirlo en voz alta —y recibir la dura verdad de un oficial como Irons, que había estado en situaciones difíciles— hizo que Idina dejara de tener dudas sobre su nuevo destino. ¿Qué más podía perder?

—Sabes, esperaba mi gran oportunidad cualquier día de estos.

Ladeó la cabeza y frunció el ceño.

—Creo que es aquí. —Idina forzó su expresión para mantenerla en blanco.

Durante unos segundos, Irons la miró fijamente, con los dos ojos muy abiertos y moviendo solo los buenos mientras estudiaba su rostro. Luego resopló, y el lado cicatrizado de su labio superior se crispó.

—Preséntate mañana a las nueve en punto, como supongo que has estado haciendo en tu última unidad.

—Hasta mañana. —Se giró rápidamente y solo tuvo que dar tres pasos antes de llegar a la puerta y tirar de ella para abrirla.

Antes de volver al pasillo, Irons murmuró con su voz rasposa:

—Sobre mi cadáver.

Se tomó la libertad de cerrar la puerta sin que nadie se lo dijera y dobló la esquina en dirección a la sala de Suministros.

«Creo que ha ido bien. Al menos Irons sabe que puedo manejar cualquier cosa que me lancen desde un escritorio. Si el capitán de mi nueva compañía cree que alguien me está buscando problemas, significa que siempre he tenido razón. Entonces, ¿quién demonios es?».

Capítulo 21

Cuando regresó a la sala de suministros, su pequeño y divertido equipo de seis despojos del ejército guía allí.

Stop se había sentado en uno de los diminutos pupitres, con la espalda recta y rígida, como si alguien le hubiera dicho que se sentara en posición de firmes. Cake se había dejado caer nuevamente sobre el puf, derramando aún más su contenido de plástico debido al esfuerzo.

Trunk estaba tumbado en uno de los sofás, con las piernas colgando al menos medio metro por encima del reposabrazos opuesto. Se metía grandes puñados de galletas saladas en la boca de la caja que tenía en el regazo, haciéndolas crujir y dejando caer al menos una cuarta parte de cada bocado en migas sobre la parte delantera de su uniforme.

Cross se había quedado sola en la segunda mesa y ya iba por su tercera botella de agua. Pill estaba en el otro sofá, lanzando miradas de recelo a la nuca de Trunk, que estaba leyendo un enorme libro de tapa dura que tenía abierto en el regazo. Skim se había vuelto a sentar en una de las mesas.

En lugar de rascarse varias partes del cuerpo, ahora estaba absorto en algún tipo de videojuego en su teléfono. Tenía efectos de sonido aún más molestos que el juego al que Eckling jugaba todas las noches en su ordenador. Los constantes pitidos y las falsas explosiones se elevaban por encima de cualquier otro sonido de la habitación, incluidos los crujidos constantes de Trunk y el ruido de los envoltorios de celofán dentro de la caja de hamburguesas.

Nadie miró a Idina cuando entró. Sus órdenes pisoteadas no se habían movido del lugar donde habían aterrizado en el suelo, a los pies de Pill.

«Esto es ridículo. No voy a pasar el resto de mi día sentado sin hacer nada».

—Entonces. —Nadie reconoció su presencia, pero era literalmente imposible que no la hubieran oído—. ¿Es el Capitán Irons nuestro único oficial, o...?

Stop tosió.

—Oficial a cargo.

—Oz —murmuró Pill, presionando con un dedo su página actual para mantenerse en su sitio y miró a Idina por encima del borde de sus gafas, que habían vuelto a deslizarse por su nariz.

—¿Quién?

—El mismo tipo —añadió Cake. Con los brazos cruzados y los ojos cerrados, tenía toda la pinta de haber abandonado el instituto para jugar al chico malo en detención. En cierto modo, la detención no estaba demasiado lejos de la marca aquí.

—Solo le llamamos así a sus espaldas —aclaró Pill—. Por razones obvias. Aparte de eso, sí. Es el único al que informamos. A menos, claro, que el comandante de la compañía se digne a viajar a este lado del edificio.

—Te refieres al Mayor Hines.

—Sí.

Idina caminó de forma despreocupada hacia la mesa redonda donde estaba sentada Cross. La otra mujer no le dijo que no se sentara, aunque una vez más miró a todas partes menos a la cara de Idina y se giró ligeramente de lado en su silla.

—El capitán Irons no parece...

—Oz —enfatizó Cake—. Dilo bien.

Stop golpeó el escritorio con una mano.

—¡Oz! Como en «El Maravilloso Mago de Oz». Escrito por L. Frank Baum en 1900.

Idina le lanzó una rápida mirada por encima del hombro y asintió.

—Gracias. A Oz no parece gustarle mucho el comandante de nuestra compañía.

Cross resopló y dio vueltas a su botella de agua sobre la mesa.

—No le gusta nadie. so… sob… so…

—Sobre todo nosotros —dijo Trunk con la boca llena de hamburguesas.

Cross puso los ojos en blanco y tiró su botella de agua para verla rodar hacia el borde de la mesa.

—Huh. —Idina se sentó en su silla y se cruzó de brazos—. Me pregunto por qué.

—¿En serio? —Cake abrió los ojos y la miró con desprecio—. Oh, es verdad. Pensabas que esta era la vía rápida para ascender de rango.

Cross resopló.

Idina se encogió de hombros.

—No sería el primer comandante de compañía que odia su trabajo.

—No, solo es el primero que dejas a sus soldados en un armario de suministros.

—No digas eso —añadió Pill con estrépito—. Él sabe lo que hace…

—Tío, Oz no sabe una mierda. —La caja de galletas crujió cuando los dedos de Trunk se apretaron alrededor de ella—. No le veremos la cara en casi dos semanas hasta que aparezca ese chófer privado de lujo. El mando le dijo que nos pusiera en un lugar apartado, y eso es lo que hizo.

—Jodido ca-cabronazo —murmuró Cross.

Idina miró a cada uno de los abatidos soldados que la rodeaban y no acababa de creerse lo que estaba oyendo.

—¿Hace dos semanas que no veis a vuestro comandante?

Trunk la miró con el ceño fruncido.

—Eso es lo que dije, ¿no?

—Comandante de la compañía —ladró Stop desde el escritorio.

Pill puso los ojos en blanco.

—Nuestro único comandante.

—Comandante de la c…

—¡Stop! —Toda la unidad gritó el apodo del soldado y su orden al mismo tiempo.

Stop se encorvó en su escritorio, los miró a todos con desprecio y, con el dedo corazón en alto, se aseguró de que el mensaje quedaba claro.

«Al menos es consciente de lo que está pasando. Ese podría ser el sentido del humor de Stop saliendo». Idina se sintió lo suficientemente segura como para sonreír ahora, y nadie la miró mal por hacerlo esta vez.

—Eso pasa mucho, ¿verdad?

Pill sacó el pulgar hacia Stop.

—Solo necesitaste dos minutos en esta habitación para descubrir su problema.

—No, me refiero a Ca… a Oz. ¿Os deja solos durante dos semanas sin tener que reportar nada?

—No sé. —Cross se encogió de hombros—. No he-he-mos e-e-estado …

—No llevamos aquí tanto tiempo —terminó Trunk por ella.

Cross giró sobre sí misma en la silla y lo miró fijamente.

—¿Acaso te pedí que hablaras por mí?

El soldado gigante enarcó una ceja, volvió a introducir una mano en la caja de galletas y se metió otro puñado enorme en la boca.

«¿Y ahora qué hago?».

Idina sacudió la cabeza para despejar el pensamiento que no importaba, pero al parecer, era un poco demasiado obvio.

—Yo tampoco te lo pedí —espetó Cross.

Extendiendo los brazos, Idina se sentó en su silla.

—Oye, he visto lo suficiente como para saber cómo enfadarte.

—Entonces, ¿por qué…? —La otra mujer puso mala cara y negó con la cabeza.

—Oh. He hablado en voz alta sin querer.

—No me digas. —Cake se sentó en puff, que se derramó de nuevo, y le sonrió—. ¿También hablas sola? Apuesto a que es eso. No puedes callarte, y eso es lo que se metió en el trasero de tu último oficial…

—¡Oficial al mando! —gritó Stop.

—Tío, cállate. —Cake se levantó y, cuando volvió a mirar a Idina, recuperó la sonrisa—. Lo he clavado, ¿verdad? Te he pillado.

—No estoy aquí por eso.

Hizo una pausa, lanzó una mirada de asco a Skim —que se las había arreglado para encontrar una nueva costra en el codo y se la estaba arrancando a trozos por toda la otra mesa— y luego acercó la silla. Ella puso los ojos en blanco y la apartó mientras se sentaba.

—Eres demasiado bueno para decirnos por qué te metieron en el armario, ¿eh? Sí, yo también lo veo en tu cara, Moorf.

—Insubordinación y cinco horas sin permiso.

Trunk soltó una risita.

—¿Eso es todo?

Pill se inclinó hacia adelante en el sofá para ver a Idina mejor alrededor de la forma de Cake que se desplomó en una de las sillas.

—¿Cuántos oficiales?

Idina soltó un suspiro.

—Dos. Y mis tres suboficiales y los dos policías militares que me detuvieron.

—Maldita sea, te han arrestado. —Cake exageró un

mohín y apoyó la barbilla en una mano—. ¿Te han hecho daño las esposas?

Miró al cabo que estaba sentado al otro lado de la mesa —actualmente el soldado de mayor rango en esta broma de unidad— y sonrió

«Está enojado porque aparecí cuando creía que él seguía a cargo. Lo cual, técnicamente, supongo que lo es. Estoy bastante segura de que *técnicamente* no significa nada en esta unidad, que es la razón por la que está a punto de lastimarse tratando de flexionar tan duro».

—No tanto como esperaba —respondió—. Aunque es mejor que recibir un puñetazo en la cara. Eso puedo decirlo.

Trunk y Cross rieron entre dientes. Pill puso los ojos en blanco y volvió a leer su libro.

—¿Qué os pasó a vosotros? —Miró alrededor de la sala, bastante segura de que se podían hacer preguntas más personales ahora que las había respondido primero—. ¿Por qué os metieron en la Sección de Apoyo al Suministro?

—Cross prendió fuego a los barracones —se ofreció Trunk.

La mujer volvió a darle la espalda y fulminó a Idina con la mirada.

—E… e-e-estuve hac-ha-hacien…

—No tuvieron tiempo de esperar a que soltara una frase —añadió con un bufido—. Así que no tenemos veredicto.

Cross exhaló un suspiro y se hundió en la silla, con los ojos desorbitados de nuevo.

—Al menos no me meo encima.

—¡Eh! —Trunk se incorporó en el sofá y le clavó un dedo—. Es una respuesta corporal natural y tú ya lo sabes, joder.

Con la cara aún hundida en el libro gigante, Pill dijo:

—No es lo que piensas.

—No. —Trunk se cruzó de brazos y volvió a apoyarse en el sofá. Este emitió un chirriante gemido de protesta bajo su enorme peso.

—No moja la cama ni nada.

—Claro que no.

—A menos que esté en la cama —murmuró Cake.

Pill resopló y miró su reloj.

—Trunk tiene convulsiones.

—Tengo convulsiones. —El tipo ladeó la cabeza y lanzó a Idina una mirada que más o menos decía: «Venga, ríete de mí».

Ahora tenía curiosidad.

—Deberían haberte enviado a un médico en vez de a otra unidad.

—Lo hicieron. Al menos, primero lo intentaron con el médico. Me puso algunas medicinas, pero no me gustó esa mierda. —Hizo una mueca y movió su enorme cabeza de un lado a otro—. Así que lo dejé. Seguía teniendo ataques en el campo. Un par de tipos de mi escuadrón resultaron... heridos.

—Maldita sea. —Idina asintió—. Eso no me lo esperaba.

—De nada.

Eso la hizo reír. Entonces Cake quiso hacerse cargo del resto de la narración a partir de ahí.

—El Niño Burbuja no puede salir de su habitación del pánico.

—Eso no es cierto. —Pill volvió a meterse las gafas por la nariz—. Si tengo un suministro adecuado de mi muy necesario y muy complicado régimen de prescripción, puedo ir a cualquier parte. Pero me gusta estar aquí.

—Ajá. Sí. Es el puto paraíso.

Stop tamborileó con los dedos sobre la superficie del pequeño escritorio y observó la conversación. No dijo nada.

Cake le señaló a continuación.

—Ese imbécil es más tonto que una mata de habas.

—Vamos, hombre —reprendió Trunk con la voz

grave—. No digas mierdas como esa.

—Bueno, *no* lo dirá. No puede. Cada vez que abre la maldita boca, es hora de repetir lo mismo.

Stop se burló y negó con la cabeza.

—¿Y tú, Cake? —Idina asintió al tipo que consideraba que le correspondía poner los trapos sucios de los demás sobre la mesa—. ¿Cuál es tu problema?

Dejó de burlarse de Stop y se volvió lentamente para mirarla.

—No tengo que decirte una mierda.

«Bingo. Has dado en el clavo».

Se encogió de hombros.

—Tienes razón. Pero las cosas son más fáciles en una unidad si todos…

—Ahórrate el discurso, novata. Sé cómo quieren que pensemos que esto funciona, pero estamos *aquí*. Ya nada funciona. Así que ahórratelo y quizá no te pases el resto de tu carrera intentando…

El odioso sonido de la alarma del reloj de Pill volvió a sonar.

Cake golpeó la mesa con ambas manos y se puso en pie.

—Bien. Gracias por hacerme perder el tiempo, gilipollas. No puedo esperar a hacerlo de nuevo mañana.

Nadie dijo nada cuando el soldado irrumpió entre las mesas y salió de la sala de Suministros.

Idina miró su reloj.

—Son solo las dieciséis.

Skim se hurgó los dientes y se chupó lo que hubiera encontrado en el dedo.

—Lo sabemos.

Volvió a mirar a Pill, quien parecía tener la extraña habilidad de saber quién la estaba observando sin levantar la vista de su libro.

—Sé que no tengo nada en la cara, Moorfield.

Sorprendida de que recordara su nombre después de todos los apodos que le había puesto a todos, incluido el capitán Irons, Idina soltó una carcajada.

—Sé que no es asunto mío, pero… ¿Necesitas sacar tus medicinas otra vez?

Cross y Trunk se rieron a carcajadas. Skim seguía hurgándose los dientes. Stop sonrió por las risas. Indiferente, Pill levantó lentamente la vista de su libro para mirar a su nueva compañera.

—¿Por qué demonios haría eso?

—Me refiero a que tu alarma es bastante difícil de ignorar.

—La alarma de las dieciséis es para Cake —ofreció Trunk, aún riendo mientras se quitaba las migas del uniforme.

Idina frunció el ceño.

—¿Quién… también toma medicinas?

—P-p-pues por-q-q-que… —Cross hizo una mueca y apuñaló el tablero de la mesa con el dedo—. Se… s-s-se…

—El idiota dice que sus intestinos podrían hacer funcionar un reloj —terminó Trunk.

Por una vez, Cross parecía aliviada de que la sacaran del lugar. O tal vez se había dado por vencida.

—Eh… —Idina soltó otra carcajada—. No tengo ni idea de lo que eso significa.

—Sus movimientos intestinales —murmuró Pill—. A las dieciséis horas todos los días, sale por la puerta así.

—El tío no tiene problemas intestinales. —Trunk miró dentro de la caja de galletas, se encogió de hombros y la volcó para echarse el resto de las migas a la boca. Luego tiró la caja por encima del hombro e hizo que Pill se apartara para evitar ser golpeado—. Solo quiere largarse.

—Así que le pusiste un temporizador. —Idina estudió todas las caras indiferentes y esperó que hubiera una explicación mejor.

—Sí. —Pill quitó las migas de su libro y siguió leyendo.

—¿Por qué?

—Porque él me lo pidió. Y nos supera a todos. Además, nos da al menos una hora al día para relajarnos aquí sin su constante mierda. Es agotador.

—Hum. —Girándose en su silla, Idina echó un vistazo al pasillo a través de la puerta abierta que Cake había olvidado cerrar tras de sí—. Y a Oz no le importa.

Skim se desplomó en su silla con un suspiro, sin tener nada por el momento con qué distraerse, picar o mover.

—Oz no sabe quiénes somos.

—Le importa una mierda lo que hagamos. —Trunk entrelazó los dedos y provocó una sorprendente serie de crujidos en los nudillos que hicieron estremecer a Pill—. No lo ha hecho desde que llegamos.

—¿Cuándo fue exactamente?

El corpulento soldado miró al techo mientras se llevaba las manos a la nuca.

—Hace unas dos semanas.

Cross asintió.

—Sí, algo así.

—Estoy bastante seguro de que llegué aquí un día después que ellos —dijo Pill.

Skim se había hundido en su silla y estaba jugueteando con el borde de la mesa. No dijo ni una palabra.

—Una semana, cinco días, nueve horas, dieciséis minutos y… —Stop parpadeó dos veces seguidas—. Treinta y siete segundos.

Idina le sonrió.

—Supongo que dio una… eh, ¿buena una impresión?

Pill puso los ojos en blanco.

—¿Tú crees?

La habitación volvió a quedar en silencio e Idina sintió deseos de hacer algo. Pero ella no había recibido ninguna orden de hacer nada y no había exactamente un montón de trabajo aquí.

—Entonces… ¿qué hacemos ahora?

Trunk y Skim se encogieron de hombros. Cross sacudió la cabeza una y otra vez, frunciendo el ceño ante algo en el suelo. Pill no reaccionó y parecía haberse sumergido por completo en su libro.

Stop golpeó el escritorio con el puño y soltó:

—¡Hacemos lo que nos dé la gana!

—Hum. —Cuando ella le dirigió otra rápida sonrisa, él se la devolvió, asintiendo con la cabeza antes de volver a sentarse en la silla del escritorio. Como si finalmente hubiera dicho algo de la manera correcta.

«Hacemos lo que queramos, y ellos eligen quedarse aquí sin hacer absolutamente nada. Mientras les pagan por ello. ¿Qué está pasando?».

* * *

Por primera vez desde que se alistó en el ejército, nadie invitaba a Idina a salir a cenar o a hacer algo social con su unidad después de un largo día de trabajo, incluso cuando no se había trabajado ni un ápice. A las diecisiete horas, los soldados de la Sección de Apoyo al Suministro recogieron sus cosas y salieron de la habitación sin decir una palabra.

Idina se quedó un poco más, ya que no tenía nada que recoger. Quería un minuto más para sentarse en esa habitación y asimilarlo todo.

«Solo dos semanas. El Capitán Irons no estaba bromeando cuando dijo que esto salió de la nada. Es nuevo. ¿Por qué alguien crearía una sección extra que no ha existido antes y permitiría que la unidad no hiciera absolutamente nada en todo el día? Sin molestarlos. Sin tareas. Nos han empujado a un rincón y, ¿qué? ¿Se han olvidado de nosotros?».

Cuanto más lo pensaba, más le parecía que eso era lo que estaba sucediendo. Ninguno de los soldados que había conocido hoy había hecho nada especialmente atroz para

214

merecer este tipo de misión. Si es que se le podía llamar así.

Algo seguía sin cuadrar en todo este asunto.

Los soldados trasladados aquí no eran ni de lejos lo peor de lo peor, como había afirmado Trunk. El Capitán Irons no quería tener nada que ver con soldados cuyos expedientes indicaban claramente sus problemas y el tipo de supervisión que necesitaban.

Los archivos de personal tenían de todo. Con condiciones como las convulsiones de Trunk, las píldoras de Pill, el impedimento del habla de Cross, la actitud de Cake y el loro compulsivo de Stop, a estos soldados alistados les habría ido mucho mejor si los hubieran colocado en algo como el programa de Salud Mental. Idina había superado el suyo, pero aun así había terminado aquí.

Luego estaba el detalle más importante de toda esta alucinante situación.

Había sido asignada como la nueva chófer del comandante Hines. Durante meses, él había sido la única otra persona del Ejército que había visto las habilidades de Idina en acción. Si se hubiera sorprendido menos al verla en su despacho esa mañana, ella podría haber sospechado que se lo había contado a alguien. Ni siquiera un comandante de compañía podía fingir ese tipo de sorpresa.

Hines había cumplido su palabra sobre su último salto y el puño verde que casi la había arrancado del árbol antes de que Idina lo destruyera, no con un arma, sino con luces verdes que salían de sus manos. Esto había permanecido en secreto entre ellos.

Sus antiguos superiores de la compañía también sabían que había algo extraño en la soldado de primera Moorfield y que a veces brillaba cuando se sentía un poco frustrada. Pero también les sorprendió su traslado y quizás les decepcionó aún más su partida.

Nadie más sabía lo que ella podía hacer.

Después de dar una lenta vuelta por la habitación, se

detuvo para recoger del suelo sus órdenes arrugadas y llenas de huellas de botas, y les quitó el polvo lo mejor que pudo.

«Hay algo muy extraño en todo esto. No he tenido tiempo suficiente para enfadar a alguien tanto como para que me manden aquí a mirar las musarañas», pensó.

Repasó sus órdenes una vez más, leyendo con atención incluso los detalles aparentemente menos importantes.

Eran, por supuesto, diferentes de las órdenes de traslado que había recibido ayer. En ellas se especificaba su adscripción al cuartel general. Pero las firmas eran exactamente las mismas.

«Sargento Mayor de Mando L. Harvey y Comandante del Batallón Teniente Coronel R. MacBlair», leyó.

Un pequeño y tenue pulso de luz verde destelló en su visión junto a esas firmas, iluminando no los títulos ni los rangos, sino las fechas.

Al ver eso, se dio cuenta de otro detalle que había pasado por completo desapercibido en su sorpresa y frustración cuando el sargento primero Casper le había dado la noticia del traslado.

Los mismos dos funcionarios habían firmado las dos órdenes el día anterior.

El mismo día en que la doctora Sullivan le había dado de alta del programa psiquiátrico ambulatorio.

«Ya sabían dónde me querían. Si solo fuera para ser el chofer del Mayor Hines, habría firmado las órdenes para unirme al cuartel general y así tendría una unidad real. ¿Y qué? ¿Estoy siendo castigada con estos otros soldados y recompensada con un cómodo trabajo de chofer al mismo tiempo?», se preguntó.

No creía que fuera eso. Después de estar allí de pie y mirando el rastro de papel en sus manos, Idina no podía averiguar cuáles eran las piezas que faltaban o cuántas todavía estaban por ahí.

Si alguien en la cadena de mando le tenía rencor, como

Irons había sugerido, no tenía ni idea de por qué. No conocía a nadie de mayor rango que el Comandante Hines.

Exhalando un suspiro, dobló los pedidos sucios hasta que fueron lo bastante pequeños como para guardarlos en el bolsillo lateral, salió de la sala de suministros y cerró la puerta tras de sí.

«Al menos no tenemos órdenes de trabajo ni misiones durante el día. Eso me deja mucho tiempo para averiguar qué demonios está pasando», pensó.

Capítulo 22

Idina durmió mejor de lo que esperaba aquella noche, lo que probablemente tuvo mucho que ver con el hecho de estar sola en una habitación individual. La cama no era mejor que la del barracón Bravo, pero al menos tenía intimidad.

Se dio cuenta de que no tenían un patio de entrenamiento en la parte de atrás. Ni pista de atletismo. Ni aparatos de levantamiento de pesas.

Solo un aparcamiento.

«¿Así que nadie hace ejercicio por la mañana? Esto es ridículo».

No dispuesta a tirar la toalla en lo que respecta a su aptitud física, así como a su antes prometedora carrera, que se sentía completamente descarrilada, Idina tuvo que improvisar.

Corrió cinco vueltas alrededor del edificio, se agachó para hacer flexiones, abdominales y sentadillas, y luego corrió un poco más para que durara una hora entera. Cuando volvió a entrar en el edificio y cruzó el vestíbulo vacío en dirección a su habitación, oyó un grito ahogado en la recepción.

—Dios mío. ¿Estás bien?

Idina se frenó, secándose el cuello sudoroso con una toalla, y se volvió para ver a la sargento Williston mirándola con los ojos muy abiertos.

—Sí, estoy bien. ¿Por qué?

—No había visto a alguien tan rojo y sudoroso desde… Bueno, desde hace mucho tiempo. ¿Estás segura…?

—Salí a correr, sargento. Entrenamiento matutino. Eso es todo.

—Oh. Claro. Por supuesto. —Williston se aclaró la garganta—. Espero que… haya ido bien.

—Estuvo bien. —Después de echar un vistazo a su reloj, Idina frunció el ceño hacia la mujer—. Son las siete.

—Así es. —Williston sonrió y batió las pestañas.

—¿Es que el cuartel general tiene un horario diferente al de los demás?

La risa aguda y chillona de Williston resonó en el vestíbulo.

—No seas tonta. Vengo temprano todos los días porque es algo que disfruto. Más vale aprovechar el día cuando se puede, ¿no?

Idina abrió los ojos y asintió despacio.

—Parece un lema excelente.

—Me ha funcionado muy bien. Disfruta del resto de la mañana.

—Tú también… —Arrugando la nariz, Idina se apresuró a cruzar el vestíbulo y siguió secándose el sudor de la cara y el cuello. «Tal vez es la actitud de ir a por ellos lo que le consiguió este trabajo. Porque no estoy segura de qué otra cosa la habría traído aquí».

En cuanto llegó a su habitación, no tuvo tiempo de sacar la llave antes de que se abriera de golpe una puerta en el otro extremo del pasillo.

Cross salió furiosa del baño común de mujeres, completamente vestida y secándose el pelo encrespado. Luego se quedó inmóvil con la toalla aún pegada a la cabeza y miró despacio a Idina.

—¿Qué mier…?

—Ey. —Idina resopló—. Buenos días a ti también.

—¿Qué te pasa? —La otra mujer la miró de arriba abajo, evitando por completo su mirada, y frunció el ceño.

—¿Por qué todo el mundo me sigue preguntando eso?

—Idina finalmente metió la llave en la cerradura y se giró—. Así es como la mayoría de la gente se ve después de haber estado haciendo ejercicio durante una hora. Buenos días, cabo Cross.

La cabeza de Cross tembló lentamente y luego se tambaleó cada vez más rápido, como si no pudiera procesar la información, antes de soltar:

—¿*Por qué*?

—Eh… —Idina abrió lentamente la puerta y se preguntó si era una pregunta capciosa—. Porque eso es lo que hacemos.

Con un bufido, Cross reanudó su ferviente marcha, aparentemente acabada la conversación. Al pasar junto a la puerta de Idina, murmuró un rápido

—N-n-no —y desapareció al doblar la esquina.

Idina se quedó de pie frente a la puerta abierta, intentando que todo aquello tuviera sentido.

«No es así. Esa es la cuestión. Deja de pensar. Haz lo tuyo. Luego ve a trabajar como si fuera otro día normal. Si es que eso ya existe».

* * *

Pasó las dos horas siguientes tratando de encontrar un lugar decente para comer, porque el cuartel general no tenía las mismas comodidades que los barracones de una compañía normal, incluidos los comedores. Eso le dio la oportunidad de pasear por la zona del puesto y hacer un inventario mental de lo que había cerca, y aun así llegó a la sala de suministros cinco minutos antes de las nueve. Después de todo, el capitán Irons le había dicho que se presentara como de costumbre y no se le ocurrió ningún otro sitio al que ir.

No le sorprendió que pasara los primeros veinte minutos de su primer día completo como soldado de la Sección de Apoyo al Suministro sola.

«Así que no era broma. Aquí no hay nadie que nos controle o se asegure de que aparezcamos. ¿Qué sentido tiene esto?».

Entonces, el resto de su nueva unidad se filtró lentamente en la habitación.

Pill llegó primero, corriendo a través de la puerta y quedándose como un ciervo en los faros cuando vio a Idina arrodillándose junto a una de las cajas de cartón al azar de cosas y mirando dentro de ella.

—¿Por qué?

—¿Qué? —Ella lo miró y retiró la mano de la caja—. Solo estaba…

—¿Por qué tienes que estar aquí primero? —Frunciendo el ceño, cruzó la habitación y dejó caer su mochila en el suelo junto al mismo sofá de ayer—. Eso es cosa mía.

—Cierto, pero aún llegas tarde…

—¡No llego tarde! —Su rostro se sonrojó al instante y tanteó los botones de su bolsillo lateral antes de sacar un inhalador de emergencia de color rojo brillante y darle dos caladas—. Es jueves. Tengo una cita matutina con el doctor Shriver los jueves. Y autorización para ocuparme de eso antes de presentarme a trabajar. Llego puntual.

Apretando los labios, Idina se levantó de las rodillas y se quitó el polvo de las manos después de tocar una caja que probablemente había acumulado polvo durante meses.

—Vale, es culpa mía.

—Sí, lo es. —Se dejó caer en el sofá con un enorme suspiro y se masajeó las sienes—. Ahora todo mi día se ha ido a la mierda.

Esperó un momento más para darle tiempo a tranquilizarse y luego señaló las cajas.

—¿Habéis echado un vistazo a estas…?

—No. Y no lo haremos. No me importa, novata. Necesito tranquilidad. Estás arruinando mi sistema.

Estuvo a punto de disculparse de nuevo, pero pensó que sería una buena manera de cabrearle aún más. Así que se dirigió al otro lado de la habitación para echar un vistazo al resto de los trastos amontonados en su cuartel general extra.

Skim y Trunk irrumpieron por la puerta cinco minutos más tarde, con la estruendosa voz de Trunk ahogando todas las demás palabras que Skim decía. Al parecer, Pill llevaba suficiente tiempo meditando en silencio o lo que fuera que estuviera haciendo como para no verse afectado por la bulliciosa intrusión.

—Eres un imbécil —rugió Trunk.

—Piénsalo. ¿Cuántas cosas tocas con el culo cada día? Tus calzoncillos. Eso es todo.

—Y el baño.

—Exactamente. Te lo digo, tío. Incluso Pill no puede argumentar en contra de esta mierda.

Pill sacudió la cabeza, con la nariz metida de nuevo en su gigantesco libro.

—Ni siquiera quiero saberlo.

—Es tu baño, hombre. Haz lo que quieras. —Trunk abrió de un tirón la puerta de la nevera, lo que hizo que todo el contenido se agitara y luego sacó una bebida deportiva de sabores antes de volver a cerrar la puerta de golpe. El aparato se tambaleó sobre un suelo ya de por sí irregular—. Cuando cojas la malaria o algo así, serás aún más imbécil de lo que eres ahora.

Pill resopló.

—No se puede contraer la malaria de un asiento de inodoro. No funciona así.

Trunk y Skim se detuvieron y se volvieron hacia él. Skim chasqueó los dedos y señaló al hipocondríaco residente.

—Sobre todo si estás comiendo sobre él, ¿verdad?

Pill se quedó paralizado, parpadeó rápidamente con los ojos muy abiertos y luego se estremeció.

—He dicho que no quiero saberlo. Ni siquiera puedo imaginar cómo sigues vivo.

Con una risita lenta y pesada, Trunk desenroscó la tapa

de su bebida y la levantó hacia Skim en un brindis. Como ya le llevaba más de medio metro de ventaja, apenas tuvo que levantar la copa.

—Tuviste mucha suerte con tu constitución, tío. No tienes cerebro, pero sobrevivirías a un apocalipsis nuclear sin un rasguño.

—Como una cucaracha —murmuró Pill.

Skim se cruzó de brazos y sonrió satisfecho.

—Lo sé, ¿verdad?

La puerta volvió a abrirse de golpe y Cross entró corriendo, como si acabara de despertarse, aunque Idina la había visto salir de las duchas hacía unas horas. No miró a nadie ni dijo una palabra, sino que se dirigió directamente a la despensa abierta para coger su habitual botella de agua.

Idina parpadeó ante la sensación de *déjà vu* que la invadió.

«Igual que ayer. Así que eso es lo que hace cada vez que entra en la habitación, ¿eh? Vale. Así que no es un completo caos…».

—¿Qué hay? —gritó Cake mientras abría la puerta de una patada. La puerta rebotó contra la pared interior antes de girar hacia él, pero ya había entrado furioso y por poco la puerta no le devuelve el golpe—. ¿Alguien tiene hambre?

Idina se cruzó de brazos y no pudo evitar sonreír cuando su soldado de mayor rango derramó su bolsa de comida rápida por toda la mesa más cercana.

«No es tan imbécil egoísta como quiere que todos piensen».

—¿Y tú, novata? —Cake le mostró una sonrisa salvaje—. Huele bien, ¿verdad?

—Es decir, cuanto más grasiento, mejor.

—A eso me refiero. Siéntate. —Golpeó la mesa y sacó una silla antes de dejarse caer en ella.

Nadie más pareció darse cuenta del olor a hamburguesas humeantes y pollo frito que salía del centro de la sala.

—¿Qué celebramos? —Idina tomó asiento en el lado opuesto de la mesa.

—Aw, vamos. No necesito una ocasión para coger un poco de comida para el equipo. Es parte de nuestro trabajo.

—Parte de tu trabajo —murmuró Pill—. Nadie quiere lidiar con tu mierda.

Cake sonrió a Trunk y Skim y extendió los brazos.

—¿Eh?

Trunk echó un vistazo a la comida, se lamió los labios, se bebió el resto de su bebida deportiva y se dirigió al sofá que, al parecer, le habían reservado.

Skim chasqueó la lengua.

—Crees que somos tan tontos como para…

—No se lo estropees al novato. —Cake golpeó la mesa con los nudillos y volvió a sonreír a Idina—. Están cabreados porque no tienen lo que hay que tener.

Miró los montones de comida del desayuno con una sonrisa torcida.

—¿Qué?, ¿para digerir comida rápida?

—Ja. ¿Quieres un poco o qué?

—Sí. Claro. —Cogió la bolsa para llevar más cercana—. Esa es una buena manera de…

—Ah-ah. Quita las manos. —Cake le arrebató la bolsa, frunciendo el ceño como si acabara de rechazar su oferta—. Tienes que ganártelo.

Ahora la sonrisa de Idina también había desaparecido.

—¿Qué?

Sacó una baraja de cartas del bolsillo, mirándola todo el tiempo mientras cortaba la baraja y la barajaba una y otra vez.

—Así es como funciona, novata.

—Moorfield.

—No, tú eres la novata aquí por ahora. Si a estos imbéciles descerebrados no les gustan los nombres que ya elegí, puedes esperar a que lo descubran.

Miró a Cross, que bebía el resto de su primera botella de agua junto a la despensa, y señaló a Cake.

—¿Qué es esto?

Trunk gruñó.

—Cómo se pone.

—Oye, nadie te dijo que miraras. —Cake volvió a arrastrar los pies—. Si la novata sabe lo que le conviene, se quedará en esa silla.

Idina volvió a mirar la comida y se le hizo agua la boca al olerla, aunque ya había desayunado y su estómago gruñía un poco.

—Obviamente, no tengo dinero para apostar.

—No te preocupes por eso. Veremos lo que me debes después de que pierdas.

Se le escapó una carcajada aguda de sorpresa y miró a los demás soldados que la observaban con indiferencia fingida. Estaban interesados, eso era evidente.

Esto no era nada nuevo para ella. No era técnicamente una apuesta o un juego si no tenía nada que poner en juego de antemano.

—No puedo echarme atrás, ¿verdad?

Skim soltó una risita mientras se rascaba la cabeza.

—Te sentaste en la mesa, novata.

—Trato hecho. —Cross cogió otra botella de agua y rompió la tapa.

—Aunque no puede obligarte —añadió Trunk.

Pill cerró su libro de golpe.

—No le digas eso. Sabes lo que pasará si no se la juega ahora. ¿Quieres otro día como el de la semana pasada, Trunk? ¿De verdad? Porque tuve ardor de estómago durante veinticuatro horas después. Sin parar.

—Deja de quejarte —dijo Cake—. A nadie le importa tu maldito ardor de estómago.

—Es una de las sensaciones más incómodas que he experimentado. Y eso es mucho decir.

Idina miraba a Cake barajar las cartas una y otra vez. Seguía tratando de dirigir el espectáculo con algo que sabía que se le daba bien. De lo contrario, no se habría molestado en comprar tantas hamburguesas.

—De acuerdo. Jugaré.

Cake volvió a sonreír.

—Claro que sí.

—Pero no tendrás ninguna de esas hamburguesas. —Trunk se cruzó de brazos y miró las bolsas para llevar—. Nadie las tiene nunca.

—Bueno, desde hace dos semanas solo somos seis, ¿no? —Idina enarcó una ceja y miró a Cake—. Tal vez necesitabas una nueva perspectiva.

—Sangre fresca, novata.

—Sí, claro. ¿Cuál es el juego?

Volvió a apilar la baraja y resopló.

—Blackjack. ¿Necesitas que te explique las reglas?

Idina negó con la cabeza.

—Estoy bastante segura de que puedo aprenderlo.

Si quería jugar de esa manera, estaba bien. No tenía que contarle nada sobre los torneos de Blackjack de la señora Yardley. No quería socavar su confianza desde el principio.

Mientras Cake repartía las cartas para los dos, la puerta se abrió de golpe y entró Stop. Miró las bolsas de comida rápida sobre la mesa y a Idina, que estaba sentada frente a Cake, y soltó un gemido siniestro mientras se dirigía hacia el saco de judías agujereado. Chasqueó la lengua, se dejó caer en el endeble material con un golpe seco y sacudió la cabeza.

—¿Qué? —Cake se rio—. ¿No tienes nada que decir, Stop?

El otro soldado se cruzó de brazos y miró hacia el lado contrario.

—¿Estás intentando entretenerme? —preguntó Idina.

—Muy graciosa, novata. —Señaló con la cabeza las dos cartas que tenía frente a ella—. Decide ya.

Idina lo miró fijamente mientras golpeaba la mesa.

—Dame.

—Tío, ¿por qué tienes que traer tanta comida aquí y guardártela toda para ti? —se quejó Trunk.

—Oye, tuviste la oportunidad de unirte. No lo hiciste. La próxima vez, haz que te crezca un par de huevos y ven a sentarte a la mesa. —Cake arqueó las cejas y volteó la siguiente carta de la primera mano de Idina.

Capítulo 23

Una hora más tarde, Cake miraba fijamente la mano del crupier que tenía delante, sus ojos parpadeaban entre el diez de corazones y el nueve de tréboles.

Sentado lo bastante alto en el puf para poder ver por encima de la superficie de la mesa, Stop chasqueó la lengua dos veces.

—Nene, para.

—Sabe su nombre, tío. —Trunk resopló—. Juega ya.

—Lo haría si os callarais de una vez. —La voz de Cake ahora era un gruñido bajo y lo había sido durante las últimas cuatro manos.

Porque comenzaba a darse cuenta de que desafiar al soldado Moorfield a una partida de Blackjack —incluso por un gran bote de siete hamburguesas— probablemente había sido un error.

Todos en su unidad se habían dado cuenta de lo mismo. Nadie se había movido en la última media hora, y todos miraban el juego que se desarrollaba como una apuesta a vida o muerte en lugar del débil intento de Cake de ser el líder de… lo que sea que pensara que estaba al mando.

Idina se recostó en la silla, apoyó las manos en los muslos y lo miró a la cara.

«Se va a enfadar cuando gane. Así que encontraré una manera de compensarlo. Después de que se dé cuenta de que no puede liderar una unidad siendo el idiota principal. No me importan los problemas que tengan los demás».

—A la mierda. —Cake volteó otra carta para la mano

de su crupier y puso el tres de corazones.

—¡Pierdes! —rugió Trunk—. Cuántas veces ya, ¿eh? Creo que estás perdiendo tu toque.

—Cállate.

Skim y Cross soltaron una carcajada. Incluso Pill sonrió, pero aun así trató de ocultar su interés en el juego manteniendo su libro abierto en el regazo.

Idina deslizó sus cartas por la mesa para añadirlas a la pila de descarte.

—Esa ha sido una decisión difícil.

—No necesito tu jugada, novata. Última mano. — Repartió para los dos, volteando él mismo un cuatro con la segunda carta boca abajo y dos dieces para Idina. Luego volvió a sonreír—. Sí, esa también es difícil. —Era un farol obvio, ya que plantarse con veinte era obvio.

Se dio un golpecito en la barbilla y fingió pensarlo durante un minuto, pero no tuvo que pensar en absoluto. Sus luces verdes habían hecho todo el trabajo por ella, colocando en su mente las cartas que él ya había repartido, barajando números y pasando porcentajes por su cabeza. Parecía que eso formaba parte del paquete ahora que no tenía misiones ni ejercicios de campo que requirieran una estrategia más aplicable.

Stop chasqueó la lengua una vez.

Idina lo miró de reojo y él enarcó las cejas.

Cake gruñó de frustración.

—Ni siquiera estoy bromeando. Vuelve a hacer ese sonido y te ataré en una esquina con una mordaza. Diablos, incluso podría usar la camisa de Skim.

Pill se amordazó de verdad en el sofá y se tapó la boca con una mano.

Idina miró a Stop una vez más y no pudo evitar devolverle la pequeña sonrisa cómplice que le dedicó.

«Se supone que eso significa algo, ¿no? Probablemente porque no se da cuenta de que sé lo que hago».

—Venga, novata. —Cake golpeó impaciente la mesa con el dedo índice—. La mano ganadora está aquí. Sin presiones ni nada.

—No sé. Realmente quiero esas hamburguesas.

Stop soltó una carcajada y se tapó la boca.

Idina extendió los brazos y sacudió la cabeza.

—Me planto.

—Sí, apuesta segura. —Cake volteó la siguiente carta frente a su mano «un dos» y puso el as de corazones.

Los otros soldados soltaron un gemido colectivo cuando la carta que habría ganado la mano de Idina con veintiún puntos fue colocada en su lugar por el crupier.

Cake inspiró profundamente y le hizo una mueca exagerada.

—Vaya, lo has arruinado. Muy mal, novato. Pero no te preocupes. Te diré exactamente lo deliciosas que están estas hamburguesas. Son siete. Podrás saborearlas tú misma.

—Ya están blandas. —Pill hizo una mueca.

—Mejor aún. —Cake cogió la bolsa más cercana con una enorme sonrisa.

—Espera un momento. —Idina chasqueó los dedos y señaló la mesa—. El crupier todavía tiene dos cartas. Las reglas del juego han sido modificadas.

—Hay que hacerse con todas —coincidió Trunk.

—De acuerdo, Pokémon. —Cake puso los ojos en blanco—. Este no es tu juego.

—Debes terminar la mano. —Skim se acercó a ellos, pero Trunk extendió su pierna gigante para evitar que el tipo se aproximara a la mesa—. Aún no ha terminado. Juega las otras cartas.

—Esas son las reglas que tú estableciste. Eso es lo que nos obligaste a hacer. —Pill se ajustó las gafas en el puente de la nariz—. El crupier tiene que seguir hasta llegar a veintiuno o pasarse…

—¡Dios mío! ¿Desde cuándo les importan las reglas,

idiotas? —Sacudiendo la cabeza, Cake cogió las dos últimas cartas—.. Sois un puñado de llorones.

Idina se mordió el labio inferior para no sonreír, porque ya sabía cuáles serían las dos últimas cartas. De todas formas, con un seis y un rey al final de la baraja, el crupier se iba a pasar.

Stop chasqueó la lengua dos veces.

Idina sintió que algo se movía en el fondo de su mente cuando escuchó el sonido, pero eso duró solo una fracción de segundo antes de que Cake se volviera loco.

—¡Ya está! —Rápidamente dio la vuelta a las dos últimas cartas y se levantó de la mesa, dirigiéndose a Stop en el saco de judías—. Te lo dije una vez más y no estaba…

—Eh, tranquilo. —Trunk se levantó para detenerlo.

—¡Cuatro más dos más seis más diez más uno! —gritó Stop, saltando de su puff y voló hacia las espinillas de Cake—. ¡Veintitrés, te has pasado! ¡Veintitrés!

—¡Estoy a punto de partirte la cara!

—Oh-oh. —Trunk agarró la parte trasera del cuello del uniforme de Cake y casi lo levantó del suelo para contenerlo.

Cake gruñó.

—Aparta tus manos, Bigfoot.

—Haber perdido no te da derecho a golpear al tipo que solo está viendo el partido. —Trunk lo sacudió—. Esa no es forma de perder.

Cake dejó de forcejear y giró el cuello hacia el enorme soldado que lo sostenía como si fuera una mochila en lugar de un hombre adulto.

—Yo no he perdido.

—L-l-l-l-lo h-h-h-hiciste. —Cross le dio un puñetazo en la mano y soltó una carcajada—. ¡T-t-t-te pasaste!

—No, fue un seis.

—¡Cuatro más dos más seis más diez más uno! —volvió a gritar Stop, saltando de un pie a otro y mostrando el dedo medio a Cake con ambas manos—. ¡Veintitrés, te pasaste!

—Chico, ¿dónde has ap a contar…?

Se escuchó un crujido fuerte en la mesa y todo el mundo se detuvo.

Idina se sentó en su silla, masticando la primera de las siete hamburguesas que se había ganado limpiamente, y cerró los ojos.

—Cake, tal vez tengas razón. Creo que están mejor así.

Dio otro mordisco y sacó una servilleta de la primera bolsa para limpiarse la grasa de la boca.

Cake se tambaleó hacia delante en cuanto Trunk le soltó con rbusquedad el cuello, luego se giró hacia la mesa y la golpeó con ambas manos.

—¿Qué demonios crees que estás haciendo?

Idina terminó de masticar y bajó el bocadillo mientras lo miraba con los ojos muy abiertos.

—¿Disfrutar de mi premio?

Skim y Trunk se desataron en carcajadas y el suelo tembló cuando el grandullón lo pisoteó una y otra vez. Stop aplaudió emocionado y se paseó por el otro lado de la habitación. Cross miraba a Idina mientras comía, pero una sonrisa genuina se dibujó en su rostro antes de dirigirse a la despensa en busca de otra botella de agua. Incluso Pill se rio mientras se subía las gafas y volvía a su libro.

Cake, por su parte, miró con desprecio las dos últimas cartas que le habían repartido sin siquiera pensarlo. Inspiró por la nariz y parecía a punto de estallar en una especie de diatriba. Levantó las manos de la mesa, haciéndola tambalearse y moviendo el montón de hamburguesas de pollo frías.

—Si descubro que has hecho trampas…

—Sí, con una sala llena de cinco testigos —murmuró Pill.

—¡No estoy hablando contigo! —Cake pateó el puf hacia el sofá, que patinó por el suelo y dejó un rastro de cuentas de plástico derramadas a su paso. Luego acechó alrededor de la mesa, apartando las sillas a patadas en su prisa por marcharse.

La puerta golpeó contra la pared interior cuando la abrió de un tirón. Luego salió furioso al pasillo.

—Ey, Cake… —Idina llamó después de él—. Vamos. No es…

—Déjalo —advirtió Trunk, pero seguía sonriendo—. El tío es una bomba. Ya se calmará.

—No intentaba cabrearlo.

—Mentira. —Cross se apartó los mechones de pelo encrespado de los ojos y se dirigió hacia la mesa, con los dedos crispados contra las perneras del pantalón—. Esto te encanta.

—Quiero decir, las hamburguesas están bastante buenas… —Todos los demás se rieron, e Idina tomó otro bocado mientras reflexionaba sobre lo que había sucedido—. Déjame adivinar. —Señaló hacia el pasillo donde Cake había desaparecido—. El manejo de la ira no fue suficiente para mantenerlo con su unidad original.

Trunk se encogió de hombros.

—Probablemente no ayudó. Pero no es eso.

—Es q-q-q… qu-q-q-q… —Cross golpeó la mesa con un puño—. Esta mierda.

Idina miró los naipes esparcidos por la mesa.

—¿Apuestas?

—Sí. —Pill suspiró—. Estoy bastante seguro de que cabreó a la gente equivocada. Al igual que, muchos de ellos.

—¿Dejáis que siga haciéndolo aquí?

—Oye, podrías haber dicho que no.

Ella resopló.

—Cierto. Pero tampoco pude evitarlo. Ey, ¿quién quiere una?

Los demás soldados negaron con la cabeza y los que estaban alrededor de la mesa retrocedieron.

—No, tío. Esos son tuyos.

—Oh, vamos, Trunk. No puedo comer todo esto yo sola.

—Cake l-l-lo hace.

—Sí, por si no os habéis dado cuenta, no soy el cabo Bunt Cake. —Eso provocó otra risa de la unidad, pero nadie se movió para compartir su abundancia—. En serio, si las he ganado, puedo hacer lo que quiera con ellas, ¿no?

Los demás soldados se miraron con recelo.

«¿Qué clase de control tiene sobre ellos para que les dé tanto miedo comerse un maldito sándwich de desayuno?».

Stop se arrastró hacia la mesa, golpeándose los pulgares con cada uno de los dedos a su vez, y se quedó mirando las bolsas para llevar.

—Uno por siete menos uno es igual a dos para uno de nosotros.

Idina cogió dos de los bocadillos y se los tendió.

—¿Sabes qué, Stop? Tienes razón. Nunca lo sabrá.

Stop cogió los bocadillos y se los llevó al pequeño escritorio que había contra la pared de la derecha. Así, los demás pudieron tomar su propia decisión, que fue unánime. Todas las hamburguesas fueron recogidas de la mesa y la habitación se llenó con el único sonido de envoltorios de papel arrugándose. Incluso Pill disfrutó de su comida gratis, e Idina había esperado que tuviera un serio problema con la comida rápida grasienta.

Se sentó en silencio con el resto de su unidad, disfrutando de la pequeña victoria que, de alguna manera, seguía sintiendo como si no hubiera logrado lo que quería.

«Tendré que compensar a Cake de alguna manera. No puedo pasarme el resto de mi carrera con un exaltado como él intentando vengarme por una partida de Blackjack. Aunque haya jugado con las reglas».

Miró a Stop, que ya se había comido su segundo bocadillo, y él la miró con una enorme sonrisa. Luego le guiñó

234

un ojo.

«Nadie ve lo que pasa dentro de su cabeza, ¿verdad? Como con ese chasquido…».

Stop volvió a guiñarle el ojo, luego parpadeó, guiñó con el otro ojo y le dio un mordisco enorme.

Idina resopló.

«O quizá solo sea un tic».

Capítulo 24

El resto del día transcurrió más o menos como Idina esperaba. Cake no volvió a la sala de descanso de su unidad en absoluto, lo que hizo que el ambiente general fuera mucho más ligero y fácil de llevar.

Cross sonreía más y tartamudeaba menos. Pill entabló más conversaciones y se movió una vez de su sofá para sentarse con los demás a la mesa, mientras Skim permanecía en la suya, solo. Trunk empezó a tararear a mitad de su día de no hacer absolutamente nada, e Idina se sorprendió por su suave voz de bajo con un tono perfecto, incluso cuando improvisaba. Skim seguía sin hablar mucho, pero a ella le pareció que la observaba y sonreía la mayor parte del día.

«Si tuviera que adivinar, diría que han sido vapuleados y apartados durante mucho *más tiempo* que las dos últimas semanas. Necesitan un descanso sin que nadie les diga que es un descanso».

Fue entonces cuando un plan se formó en la mente de Idina. Por una vez, no tenía nada que ver con la estrategia de una emboscada ni con medidas de contramovilidad ni con los mejores ángulos para colocar explosivos o abrir brechas en los objetivos. Tenía que ver con las personas sentadas a su alrededor en la sala de suministros, porque eso era todo lo que tenía en ese momento.

Empezando por Cake.

A la mañana siguiente, Idina volvió a presentarse en su cuartel general de náufragos a las ocho y cincuenta y cinco. Pill ya estaba allí esta vez y sonrió con satisfacción al verla entrar por la puerta.

—Llegas tarde, novata.

—No, soldado Pill. Llego justo a tiempo. —Esta mañana no había traído nada más que una bolsa para llevar con una hamburguesa de pollo muy caliente y con un olor delicioso del mismo sitio de comida rápida del puesto.

Pill miró la bolsa con recelo.

—Sabes, el resto de nosotros vamos a mantener la boca cerrada acerca de que compartas tus ganancias. Pero eso es tentar a la suerte.

—¿Por qué? —Idina dejó caer la bolsa sobre la mesa en la que Skim no se sentaba y se dejó caer en una silla—. ¿Crees que le recordará nuestro juego?

—Creo que le cabreará de nuevo. Yo que tú no se lo restregaría por la cara. Así que mejor te lo comes y te deshaces de las pruebas antes de que aparezca. Si es que aparece.

Sacó su teléfono y fingió estar ocupada con él.

—Lo estoy guardando para más tarde.

Dos minutos después, ambos se vieron sorprendidos por Cross, que irrumpió en la habitación antes de las nueve y media para dirigirse a la despensa en busca de una botella de agua. Se bebió la mitad de un trago y se volvió lentamente para mirar la bolsa que había sobre la mesa.

—Te estás pasando, ¿eh?

Entonces Skim entró en la sala, hurgándose un padrastro, y no levantó la vista ni una sola vez antes de desplomarse en una silla de la segunda mesa y empezar a morderse las uñas.

La risa de Trunk retumbó en el pasillo.

—Tía, ¿estás intentando hacer de esto una *competencia*?

—Se dice que sea una competición —murmuró Stop antes de que la puerta volviera a abrirse.

Trunk se detuvo, con la mano apoyada en la puerta para mantenerla abierta, y se quedó mirando la sala llena de soldados de la Sección de Apoyo al Suministro a las nueve en punto.

—Vaya mierda. Teníais que joderme.

Stop se agachó bajo el enorme brazo del tipo y se coló en la sala, sorprendiendo a todos cuando tomó asiento en la mesa, dejando solo una silla entre él e Idina. Ella le sonrió y levantó la barbilla a modo de saludo.

—Buenos días, Stop.

—Buenos días. —Se rio y sonrió a los demás.

Pill señaló a Trunk, que seguía estupefacto en la puerta.

—Esto no debería volarte la cabeza. Ya es hora de que los demás empecéis a tomaros esto en serio.

—Tómate nues-s-s-s —Cross se aclaró la garganta—. Nues-s-s nues-s…

—Nuestro trabajo. —Pill abrió los ojos en su dirección—. Ya sabes, por lo que nos pagan.

—Y yo que pensaba que nos pagaban por quedarnos con el culo al aire. —Trunk finalmente soltó la puerta y entró en la habitación.

—Bueno, lo hemos estado. Pero si Oz descubre que la mayoría de su nueva sección ha estado faltando a la puntualidad y…

—A Oz le importa una mierda. —Trunk se dejó caer en el sofá, que gimió violentamente antes de dejar escapar un chasquido sordo de la estructura partida en algún lugar bajo su peso. Levantó el brazo para observar los cojines que tenía debajo, luego se encogió de hombros y volvió a dejarlo caer sobre el reposabrazos.

—Puede que lo haga —murmuró Pill—. Sobre todo, si ve a Cake deambulando por el edificio sin órdenes de hacer nada más y sin nadie con él para que parezca algo oficial.

—Ofi-fi-ficial y una mierda —soltó Badge—. Eso no se aplica.

—Aun así. —Con despreocupación forzada, Pill se

encogió de hombros y deslizó su mochila hacia él por el suelo—. Uno de nosotros debería ir a buscar a Cake y asegurarse de que no está…

—¡Venga, imbéciles! —Cake irrumpió por la puerta, que volvió a abrirse violentamente, pero esta vez no se golpeó contra la pared. Abrió los brazos y entró en la habitación como un pájaro acicalándose—. ¡Es viernes, joder! ¡Que se note!

Nadie dijo una palabra mientras su soldado de mayor rango y jefe de sección de facto marchaba de un lado a otro con un ánimo muy elevado. Idina captó las miradas tensas y aprensivas que los demás soldados se lanzaban a través de la habitación.

—Lo sé, lo sé. —Cake se rio mientras iba a la nevera y sacaba una bebida deportiva—. No puedes empezar sin mí.

—Eh, tío. —Trunk sacudió la cabeza—. Eso es…

—¿En la nevera? —Cake levantó la botella de plástico transparente llena de líquido púrpura pálido—. ¿En la sala de suministros? ¿Con tu nombre? —Hizo ademán de buscar por toda la botella y luego frunció el ceño—. No. Sin nombre.

Trunk le miró fijamente mientras el cabo giraba la tapa y se bebía de un trago la mitad de la bebida que no le pertenecía.

Luego, con un suspiro de satisfacción, Cake se llevó la bebida hacia la mesa donde estaban sentados Stop e Idina.

—Se detuvo al ver la bolsa de hamburguesas de pollo sobre la mesa, y su mano se apretó alrededor de la botella de plástico, haciendo que la etiqueta se arrugara.

Idina le miró expectante.

—Buenos días.

Enarcó una ceja, cogió la bolsa de la mesa y se dirigió a uno de los pupitres de la pared derecha.

—Eso tampoco es tuyo —gruñó Trunk.

—Ahora sí. —Cake señaló a Idina—. Esa es tu compra de ayer. La deuda está saldada.

—No puedes hacer eso —protestó Pill—. Es su desayuno.

—Entonces debería habérselo comido antes de llegar.

—Son modales, Cake.

—Entonces ve a lloriquear por ello a Oz. —Cake desenvolvió rápidamente el sándwich, tiró la bolsa al suelo y le dio un bocado enorme—. Si puedes encontrarlo. Estará muy contento de que Pill lo persiga para chivarse de una hamburguesa perdida.

Pill apretó la mandíbula y su rostro enrojeció en menos tiempo del que tardó en volver a subirse las gafas por el puente de la nariz, pero no mantuvo la discusión.

El único sonido en la habitación era Cake masticando alegremente su deuda percibida cobrada a la fuerza. Entonces Stop empezó a chasquear con cada dedo contra el pulgar y a despegar los labios en un ritmo complicado. Nadie le dijo que se callara.

Cuando Idina volvió a prestar atención a su teléfono, sin que le afectara la comida robada, el aire de alivio que envolvía la habitación era palpable. Entonces, los soldados del cuartel volvieron a perfeccionar las habilidades en las que se habían centrado durante al menos las dos últimas semanas: no hacer absolutamente nada.

Idina no tuvo que decir ni una palabra sobre el hecho de que ya había desayunado copiosamente esa mañana y no tenía intención de meterse otra hamburguesa de pollo por la garganta dos días seguidos. Sonrió, escaneando los resultados en su teléfono bajo una búsqueda web de «Cómo no perder la cabeza con el aburrimiento». Sin embargo, en realidad no estaba prestando atención.

«Apostaría otra hamburguesa de pollo a que esta es la primera vez que toda la sección ha estado en esta sala para presentarse al inexistente servicio a las oh novecientas horas. O incluso cinco minutos tarde».

Al menos era un paso en la dirección correcta, y ninguno de los miembros de su unidad tenía ni idea de que el soldado Moorfield los había acorralado. O de que ese rincón concreto iba a sentar las bases para que el SSS descubriera para qué demonios servía en primer lugar.

«Poco a poco. De uno en uno. Por mucho tiempo que esté atrapada en esta habitación, haré tantos cambios como sea necesario. Cake puede seguir pensando que está a cargo, y el Capitán Irons no tiene que saber nada. Probablemente ni siquiera lo compruebe».

* * *

El resto del viernes se prolongó en largas horas de silencio, mientras de vez en cuando alguien soltaba un chiste o se quejaba de la falta de variedad en la comida disponible, que nadie estaba dispuesto a reponer con su dinero «Duramente ganado». Cuando sonó la tercera alarma del día para Pill a las dieciséis horas y Cake no se movió de su sitio en el saco de judías en ese momento, Pill parecía a punto de vomitar.

—Amigo. Vete.

Cake hojeó un manual de formación sobre el funcionamiento de los equipos, que había cogido de una de las cajas de almacenamiento como única fuente de material de lectura a menos que trajera el suyo propio. Cruzó un tobillo sobre la rodilla opuesta y pasó la página como si estuviera hojeando una revista.

—Estoy bien.

—Si tienes problemas que necesitan una alarma diaria para recordarte...

—Sí, creo que lo he superado.

—No se superan las dolencias fisiológicas. Lo juro por Dios, si te cagas en los pantalones...

Trunk rugió de risa.

—Ahora sí que lo quiero ver.

—Yo no. —Pill se levantó del sofá—. No quiero verlo, ni oírlo, ni olerlo. —Su frase terminó en una arcada, y se dobló con los ojos muy abiertos antes de salir corriendo de la habitación y cruzar la puerta.

—F-f-fantástico. —Cross fulminó a Cake con la mirada—. Ahora correrá a la lata como ese estúpido p-perro d-d-d-d-d…

—¿El perro de Pavlov? —Cake pasó otra página y ladeó la cabeza mientras miraba el manual de instrucciones como si no fuera la lectura más árida del planeta—. Si se ha entrenado a sí mismo para vomitar cada vez que suena una alarma, es culpa suya.

Idina sonrió y le observó por el rabillo del ojo.

—Sí. Como ese perro que se emocionó por una golosina porque oyó la campana. Oye, ¿cómo se llama eso?

Cake resopló.

—Respuesta pavloviana. ¿Dónde diablos fuiste a la escuela, novata?

—New Hampshire. —No dijo nada más al respecto, y nadie le preguntó. Porque ahora ella había señalado una segunda victoria para el día y una nueva pieza del rompecabezas.

«No podrías pagarle para que llegara a tiempo o prestara atención cuando cuenta. O al menos no cuando cuenta para la autoridad. A Cake le va la psicología y la manipulación. No necesitaba una alarma a las cuatro para recordarle que tenía que ir al baño».

Ella se preguntó si él había estado planeando esta repentina negativa a fichar temprano solo para hacer que Pill perdiera la cabeza cuando sonara su alarma y no se produjera la respuesta esperada.

O tal vez fue la presencia de un nuevo miembro de la sección que le había ganado en una partida de Blackjack lo que le hizo querer quedarse hasta el final del día como se suponía que debían hacer.

Sin embargo, nadie se quedó después de las mil setecientas. Los soldados se fueron cada uno por su lado, e

Idina se sintió increíblemente agradecida por haber tenido que pasar solo dos días y medio con su nueva unidad antes de tener el fin de semana para ella sola.

A pesar de que desde fuera esos dos días y medio parecían estar sentados sin hacer absolutamente nada, Idina los había pasado estudiando a su nueva unidad. Se parecía mucho a su estancia en el curso básico, pero descubrir los puntos fuertes y débiles de cada soldado no era tan fácil con la falta de sargentos instructores que les gritaran en la cara y un protocolo muy estricto que los mandaba al infierno por incumplirlo.

Estaba más que preparada para pasar dos días enteros sentada sin hacer absolutamente nada, lo que requería mucha menos capacidad intelectual. Dar largos paseos por el puesto y sentarse en la pequeña parcela de hierba junto al edificio para trabajar en más arte le parecía más productivo que cualquier otra cosa que hubiera hecho en mucho tiempo. Además, tenía que estar cerca durante el fin de semana porque técnicamente seguía de guardia para el comandante Hines.

No la llamó, ni le envió un correo electrónico, ni mandó a un oficial a buscarla para que se presentara a sus tareas de chófer, y eso también fue un alivio. Pasar el rato con otros seis soldados descartados al final de su semana ya era suficiente. Tener que hacer de chófer de Hines por el puesto o donde fuera que necesitara ir además de eso podría haber sido demasiado.

«¿Cómo será eso? ¿Él riéndose nerviosamente en el asiento trasero mientras hace bromas sobre mis habilidades y yo intento no estrellar su coche?».

Tarde o temprano, sin embargo, sabía que tendría que dar un paso al frente y desempeñar el papel que se le había asignado. Por el momento, se centró en terminar la caricatura del comandante Hines y la colgó en la pared, encima de su escritorio, a última hora de la tarde del domingo.

Capítulo 25

El lunes prometía ser muy parecido a sus dos primeros días y probablemente a todos los demás días en el futuro inmediato. Idina corrió sus vueltas para el entrenamiento físico matutino, pero había ampliado su alcance para incluir el edificio del cuartel general y los dos edificios circundantes para variar. Después de ducharse y desayunar, se dirigió de nuevo a la sala de suministros y se sorprendió sinceramente al ver que Cross, Trunk y Stop convergían con ella desde el extremo opuesto del pasillo.

Hablaban y reían, y los pasos largos y pesados de Trunk hacían temblar el suelo.

—Hola, novata —atronó, mostrándole una sonrisa brillante—. Cuánto tiempo sin verte.

—No nos has visto a ninguno de nosotros. —Cross frunció el ceño—. Pero t-t-tú no t-t-t…

—No me alegro de ver a ninguno de vosotros. —Se rascó el hombro y sonrió satisfecho a la pequeña especialista de aspecto de ratón que tenía a su lado—. No me pidas un abrazo. No lo haré.

Cross resolló y sacudió la cabeza, su mirada recorriendo todo el pasillo.

—¿B-b-buen fin de semana?

Idina se dio cuenta enseguida de que la pregunta iba dirigida a ella y se encogió de hombros mientras caminaba con ellos por el pasillo hacia la sala de descanso.

—Supongo que sí. En realidad, no hice mucho. ¿Y tú?

La otra mujer resopló.

—¿Tú q-q-qué crees?

—Justo.

Pill ya estaba en la sala de Suministros, en su sofá, leyendo un libro completamente distinto porque había terminado el otro durante el fin de semana. No levantó la vista hacia ninguno de ellos mientras murmuraba:

—Odio los lunes.

Cross fue a por su agua. Trunk sacó una lata de alubias de la estantería y la abrió con su navaja multiusos antes de sorberla del bote como si fuera una de sus bebidas deportivas.

Pill suspiró.

—¿De verdad? ¿A primera hora de la mañana?

—Es lo mío —respondió Trunk entre sorbos—. Tú tienes lo tuyo. Yo tengo lo mío. Las judías empiezan la semana.

Stop soltó una risita.

—Frijoles.

—Y no es lo primero. —Trunk brindó por Pill con su lata y se fue al sofá.

Pasos golpearon por el pasillo, entonces Skim irrumpió por la puerta y la empujó cerrándola detrás de él.

—Oz entra.

—¿Qué?

—Mierda.

Los soldados se apresuraron a buscar algo que hacer a pesar de que solo pasaban dos minutos de las novecientas. Pill tiró su libro al sofá, se levantó, se sentó, se volvió a levantar y se limpió las manos en los pantalones.

Cross empezó a pasearse.

Trunk sorbió más judías y se quedó mirando la puerta, con uno de sus oscuros ojos crispado.

Stop era el único que se había puesto en guardia preventivamente al oír hablar del capitán Irons, y miraba al frente como si tuviera delante a un oficial superior.

Idina se quedó en su silla porque ponerse así de nerviosa antes de que un oficial entrara en la sala era ridículo.

—Ey, ¿alguien ha visto a Cake?

—¿A quién le importa una mierda? —siseó Pill—. Si no quiere aparecer a tiempo, es su problema. Será él quien lo pague. No yo.

—Creía que habías dicho que la Triple S no se fuma —añadió Idina con calma.

—No tenemos. —Trunk echó la cabeza hacia atrás y sorbió ruidosamente las últimas judías antes de tirar la lata a la papelera que había junto a la cocina. Golpeó el borde con un sonoro pitido y cayó al suelo, derramando el espeso jugo de las alubias en grandes salpicaduras sobre el linóleo.

—Entonces no debería ser un problema, ¿verdad? Como todo lo demás por aquí…

La puerta se abrió de golpe y entró el capitán Irons. Llevaba un delgado paquete de cartón bajo el brazo y parecía aún más cabreado que la otra vez que Idina lo había visto.

—¡Moorfield!

—¿Sí? —Se levantó de la silla y captó la mirada de puro horror que le lanzó Pill al girarse.

—Tienes…

—¡Sección de Apoyo de Suministros, Compañía del Cuartel General, atención! —gritó Stop.

Con un gruñido, Irons se volvió hacia el soldado raso y lo miró fijamente con su único ojo bueno.

—Puedes…

—¡Sí, señor! —Stop pareció sorprendido por su exabrupto, luego esbozó una sonrisa radiante antes de volver a borrarla de inmediato.

«Parece que ha encontrado una abreviatura que prefiere a la larga».

Idina intentó no parecer demasiado divertida, sobre todo porque era la única soldado de la sala que no estaba en posición de firmes.

—Jesucristo —refunfuñó Irons mientras se dirigía al

247

otro lado de la habitación—. Descanse.

Sin ningún suboficial u oficial de rango inferior que les liberara de la postura formal, Stop gritó:

—¡Cuartel General, a sus puestos!

Ahora Idina no pudo evitar un pequeño bufido. Sobre todo, porque Irons hizo una pausa en su irritada marcha para mirar por encima del hombro a Stop.

—¿Alguien ha hecho oficial sin decírmelo?

Era una pregunta retórica, pero que pasó por encima de Stop.

—¡Un soldado no recibe un ascenso sin una evaluación y recomendación expresa de su oficial al mando, señor! Según el Reglamento del Ejército…

—Diga una palabra más, soldado —roncó Irons—, y le daré un nuevo lugar para meter el reglamento.

Stop apretó los labios y contuvo la respiración. Una vena le palpitó en la sien, pero se las arregló para no soltar el resto de su explicación.

Con los ojos en blanco, Irons terminó su recorrido hacia Idina. El pequeño paquete que llevaba bajo el brazo cayó sobre la mesa y asintió con la cabeza.

—Tienes un paquete. No me preguntes nada. Lo recogí cuando recibí mi correo.

—Gracias.

La miró con los ojos entrecerrados.

—Lo que te haga falta para pasar el día. —A continuación, el capitán giró la cabeza hacia un lado y otro para observar a los demás soldados que permanecían rígidos alrededor de la sala a pesar de haber sido despedidos de sus posturas formales. Pill temblaba e Idina creyó oír el castañeteo de sus dientes.

—Angleman —ladró Irons.

—Sí, capitán Irons. —La voz de Pill se quebró al final, pero nadie esbozó una sonrisa.

—¿Tienes frío o algo?

—No, señor. Yo… —Pill tragó grueso—. Estoy muy cómodo.

—Huh. —El capitán volvió a entrecerrar los ojos y miró el reloj. Su ceño se frunció aún más antes de lanzar otra mirada de barrido alrededor de su inadaptada unidad. Acabó en Idina, que enarcó las cejas con expectación y esperó que pareciera dispuesta a recibir las órdenes que él le hubiera dado. Irons se limitó a negar con la cabeza y partió de la sala de suministros sin decir una palabra más.

Cuando la puerta se cerró tras él, Pill dejó escapar un suspiro ahogado y se desplomó en el sofá.

—¡Párrafo, seiscientos, ocho guion diecinueve! —gritó Stop, finalmente capaz de terminar su frase.

—Eso ha sido raro —refunfuñó Trunk.

—Tienes ganas de morir —murmuró Pill, inclinándose hacia delante sobre su regazo y masajeándose las sienes—. Eso es lo que es.

Trunk le miró con el ceño fruncido.

—Yo no he hecho nada.

—Tú no, ella. —Pill lanzó una mano hacia Idina sin salir de su agachada—. Dirección incorrecta de un oficial. ¿En serio?

Idina frunció el ceño, preocupada, y apretó los labios.

—No parecía muy molesto por ello…

—¡Está molesto por todo!

—Tío. —Skim se sacudió algo de los dedos, luego se pasó una mano por la cabeza y se detuvo para rascarse enérgicamente el cuero cabelludo—. Necesitas relajarte.

—¿Relájate? De todos vosotros, réprobos, soy el único que no tiene serios problemas con la autoridad.

—Bien. No tienes ningún problema. —Trunk puso los ojos en blanco.

—Yo no. Tengo doce enfermedades diferentes, y ninguna de ellas es ni remotamente parecida al trastorno negativista desafiante que el resto de vosotros tenéis sin diagnosticar. Hay una diferencia.

—Tal vez deberías aumentar tu m-m-m-medicina.

—Cállate. Me duele la cabeza. —Pill se inclinó aún más hasta quedar tumbado sobre sus muslos y se agarró la cabeza con ambas manos antes de entrar en una meditación de respiración profunda y sonora.

Idina soltó un suspiro.

—Bueno, eso fue bastante bien, considerando todas las cosas.

—Estás de broma —refunfuñó Pill—. Dime que estás bromeando.

—Yo no. —Señaló el paquete que había sobre la mesa—. Recibí correo.

—¿Crees que Oz entró aquí, vio que Cake no está, te oyó no dirigirte a él como oficial superior, y no se dio cuenta?

Skim canturreaba pensativo, mirando al techo.

—Eso es lo que parecía, sí.

—Sois unos imbéciles. Ahora voy a estar atrapado en esta habitación con vosotros para el resto de mi vida porque ninguno tiene lo suficiente como para—

La alarma de las nueve y media sonó incesantemente en su reloj de campaña y, como un reloj, Pill se calló para atender a su rutina de medicación matutina.

Así terminó la conversación y su diatriba.

—¿Vas a abr-a-abrirlo? —Cross señaló con la cabeza el delgado paquete rectangular que había sobre la mesa.

—¿Qué?, ¿aquí delante de vosotros? —Idina se rio—. No. Estoy bien.

—Debe de ser algo importante si Oz ha venido aquí a entregármelo. —Skim se encogió de hombros y se dirigió hacia la mesa—. Puedo abrirlo por ti si quieres…

—No. —Idina sacó el paquete de la mesa y dio un paso atrás—. Tal vez no … tocar nada por un tiempo.

—Como quieras. —Miró el paquete, rascándose distraídamente la nariz hasta que el mismo dedo acabó por introducirse en su orificio nasal en lugar de al lado.

—Lo más emocionante que ha pasado desde que llegamos aquí —añadió Trunk—. No es como si tuvieras otra mierda que hacer.

—De acuerdo, es justo. —Idina volteó el paquete en su mano y frunció el ceño al ver las etiquetas de las direcciones.

Era para la soldado de primera Idina Moorfield, lo cual tenía sentido. Sin embargo, al ver su nombre sobre la dirección de su nueva unidad, se sintió un poco incómoda.

«Alguien que sabe que estoy en el cuartel ahora me envió un paquete. Qué mono. Si esta es la idea que alguien tiene de un regalo de felicitación, le prenderé fuego a lo que sea».

—De verdad. —Trunk cruzó la habitación hacia el sofá y se hundió lentamente en él, echando un brazo sobre el reposabrazos. Algo más se rompió en el armazón del sofá, pero de alguna manera, todavía lo sostenía—. Abre esa estupidez, novata. Tal vez sea un tentempié.

—O una b-b-bomba.

—Ni se te ocurra. —Pill gimió y levantó la cabeza lo suficiente para lanzarle a Cross una mirada rencorosa—. No digas tonterías como esa aquí. Ni en ningún sitio. ¿Qué te pasa?

—No es una bomba —murmuró Idina, frunciendo el ceño ante la total ausencia de remitente en el paquete o de cualquier información sobre quién y dónde estaba el remitente.

Skim soltó una risita.

—Cierto. Porque se nota viendo el cartón por fuera.

—Bueno, pasé casi tres meses manejando bombas, así que sí. Estoy bastante segura de que sería capaz de decir.

Los demás soldados la miraron atónitos.

—¿Construiste «bombas»? —Trunk soltó una carcajada por lo bajo—. Y una mierda.

—Doce Bravo, chicos. Eso es lo que hacemos. Así que Pill puede relajarse.

Sacudió la cabeza y volvió a doblarse sobre su regazo y a frotarse las sienes.

—Hazlo de una vez. —Cross se acercó, con los ojos muy abiertos y fijos en el misterioso correo de Idina, sin ni siquiera una pizca de su parpadeo normal—. O yo... o yo...

—O ella lo hará —terminó Trunk.

Cross sacó el pulgar hacia él y siguió mirando el paquete.

Idina casi se rio de lo hambrientos de cualquier tipo de emoción que estaban el resto de su nueva unidad. Tenía que fingir que no era gran cosa, o se darían cuenta de lo que había planeado para toda la unidad. Si conseguía que confiaran en ella sin ser conscientes de ello, al menos.

—De acuerdo. De acuerdo.

—Pues hazlo ya —gimió Skim.

—Sí, ¿qué tal si os apartáis y me dais un poco de espacio, eh? —Soltó una carcajada—. Joder.

Cross dio un paso atrás. Skim levantó las manos, exasperado, antes de escabullirse hacia su mesa privada, que nadie más quería tocar, y dejarse caer en una silla.

Desde el otro lado de la habitación, el lento avance de Stop chirriaba sobre el suelo de linóleo. Se detuvo a medio camino hacia ella y se relamió.

—No es una bomba.

—No. Desde luego que no. —Idina se sentó de nuevo en su silla e hizo un rápido trabajo con la tira perforada de cartón que abría la caja. Se rasgó y sus dedos tantearon el resto del embalaje para abrirlo lo antes posible.

El contenido cayó sobre la mesa y ella se quedó paralizada con el envoltorio aún en las manos.

—¿Un libro? —Skim golpeó su mesa y se lanzó hacia atrás en su silla—. Por el amor de Dios.

—Qué pena. —Trunk se encogió de hombros y subió

sus largas piernas al sofá para colgarlas sobre el reposabrazos.

—Espera, ¿un libro? —Pill finalmente se animó, su frustración y supuesto dolor de cabeza de repente olvidados—. Es fantástico. ¿Qué es?

Idina frunció el ceño y aún no se atrevía a soltar la caja de cartón para echar un vistazo.

—Decepcionante. Eso es lo que es.

—Bueno, déjame ver. —Pill se levantó y se dirigió hacia la mesa, con los ojos muy abiertos y una sonrisa emocionada en los labios. Cogió el gran volumen de tapa dura encuadernado en cuero teñido de verde y le dio la vuelta entre las manos—. No tiene título. Debe de ser una primera edición o algo así.

Al final, Idina dejó caer el cartón y lo desplegó aún más, buscando un recibo de compra o un mensaje del remitente. No había nada.

—T-tú eres el único al que le importa. —Cross se cruzó de brazos—. F-f-friki.

—Te das cuenta de que me lo tomo como un cumplido, ¿verdad? —Pill sonrió satisfecho y giró el libro entre sus manos. Luego volvió a fruncir el ceño—. Qué raro. Parece un libro de historia.

—¿Qué? —Idina levantó la vista hacia él y cogió el libro, pero él se apartó para apartarlo de su alcance.

—Oye. No estabas interesada. Así que espera un segundo. —El lomo encuadernado en cuero crujió cuando lo abrió. Entonces toda la emoción se le cayó como el aire de un globo reventado—. Ugh.

—Vale, gracias por el comentario. —Idina extendió la mano—. Ahora dame la cosa que alguien me envió. Porque tiene mi nombre.

—Solo el paquete. —Pill volvió a dejar caer el libro sobre la mesa y caminó abatido hacia su sofá—. El nombre de otra persona está ahí. Una mierda de cosa para enviar a alguien si me preguntas.

Idina cogió el libro verde, que había vuelto a caer sobre su portada, y le dio la vuelta.

No había título ni autor en la suave piel, pero lo que había en la portada hizo que el corazón le saltara a la garganta. Tuvo que tragar saliva dos veces para contenerlo.

Porque en la portada del libro había un castillo.

El mismo que había estado viendo en todas partes, incluso en sus visiones.

El sello con forma de castillo del centro de la cubierta del libro sostenía algún tipo de filigrana estampada que muy probablemente había sido de oro en algún momento. No era oro auténtico, porque la mayor parte del color se había desvanecido en un amarillo parduzco con algunas manchas de brillo.

«Así que alguien pensó en ayudarme con una pequeña investigación. Tendré que darle las gracias a la doctora Sullivan cuando la vea hoy después del trabajo, pero al menos podría haber enviado una nota».

Idina no se dio cuenta de lo que hacía el resto de su unidad ahora que la emoción de un paquete misterioso se había esfumado. Toda su atención se centraba ahora en el libro de cuero verde que tenía en las manos: su tacto suave y ligeramente granulado, los surcos del sello con forma de castillo que, al parecer, no era tan raro. Incluso como insignia del Cuerpo de Ingenieros.

La columna volvió a crujir cuando la abrió, y pasó los dos segundos siguientes esperando a que su cerebro se pusiera a la altura de sus ojos.

«¿*Un* diario?».

Las páginas estaban un poco amarillentas y eran increíblemente finas, pero el conjunto había aguantado bastante bien el paso del tiempo. El diario era viejo. Estaba lleno de anversos y reversos escritos con una letra cursiva, clara y concisa. Tuvo que entrecerrar los ojos para distinguir algunas palabras, pero en su mayor parte, la entrada que había consultado era una relación de las cosechas. Con alguna observación de vez en cuando.

«*¿Se supone* que esto es otra broma? ¿Para qué querría yo un libro así?».

—Pareces muy confundida ahora mismo, novata —dijo Trunk—. Espera. Sabes leer, ¿verdad?

—Sí. —Idina no levantó la vista mientras hojeaba despacio las páginas hacia la portada.

—Es un diario. —Pill resopló y abrió su libro—. Un completo desperdicio de papel. Eso es lo que es.

—Est-estúpido. —Cross fue a por otra botella de agua.

Idina llegó por fin a la primera página, que alguien había cosido intrincadamente a la cubierta interior. En ella, escrito con letras mucho más grandes que el resto del diario, había un mensaje del propietario.

«Este diario es propiedad de Lady Gavina Muirden. Si lo encuentra, por favor devuélvalo a Tigh Ghleann Estate sin demora».

Encima se encontraba la fecha.

«4 de enero de 1743».

Capítulo 26

Idina se quedó mirando la fecha y trató de encontrarle un sentido, aunque solo entender de manera general lo que estaba ocurriendo.

«*No* debería tener esto. Esto debería estar en algún tipo de museo. O en archivos históricos. Con alguien que sepa como preservar registros personales de los malditos mil setecientos...».

—Parece que estás a punto de vomitar. —Skim la observó atentamente desde su silla.

—Estoy bien.

—¿Quién te envió el diario de otra persona? —preguntó Trunk—. ¿Y por qué? Ni siquiera una broma divertida.

—Así es como llevas a alguien al límite —murmuró Pill, señalando al soldado gigante del otro sofá—. Eso es lo que es.

—No lo sé. —Idina apartó un momento el diario y volvió a coger el envoltorio de cartón—. No hay remitente.

—Un acosador, ¿eh? —Cross soltó una risita—. Habría sido más interesante si hubiera sido una bomba.

Pill puso los ojos en blanco y se dejó caer contra los cojines del sofá.

Era un misterio. Cuando Idina estudió de nuevo la parte delantera del paquete y observó detenidamente la fecha estampada en la parte superior por el servicio de correos, de repente se sintió más como un misterio que le suplicaba que lo resolviera antes de que fuera demasiado tarde.

La persona anónima que se lo había regalado se lo había enviado hacía una semana.

Cuatro días antes de que la doctora Sullivan le diera el alta del programa ambulatorio. Cuatro días antes de que Idina recibiera las órdenes de traslado al cuartel general.

Cuatro días antes de que se firmaran esas órdenes.

—Esto no tiene ningún sentido —murmuró.

Pill gruñó.

—Y que lo digas.

«¿Cómo diablos alguien me envió un paquete con mi dirección del cuartel antes de que me transfirieran? ¿Antes de que nadie lo supiera? ¿Antes de que el teniente coronel hubiera firmado las *órdenes*?».

Sus luces verdes no ayudaban en absoluto. No parpadeaban ni iluminaban otras partes del rompecabezas que le faltaban.

Todo lo que tenía era el comienzo de un dolor de cabeza y una fría y oscura nube de confusión cerrándose a su alrededor.

«Alguien ha estado moviendo los hilos todo el tiempo. Por todo esto. Es la única manera de que tenga sentido».

La puerta se abrió de golpe y unos pasos pesados resonaron detrás de ella.

—Los lunes son una mierda —proclamó Cake—. ¿Tengo razón?

—Tío. Deberías haber llegado a tiempo —le amonestó Pill—. Como todos los días, pero hoy especialmente.

—Se te ha olvidado ponerte las bragas esta mañana, ¿eh? —Cake cruzó la habitación como si fuera el dueño del lugar, como de costumbre—. Eh, tío. Haz lo que quieras.

—Oz estuvo aquí. —Trunk asintió a la cartulina rasgada de Idina y al diario sobre la mesa—. Dejó un paquete para la novata.

—Un paquete. —Cake giró al instante y se dirigió a la mesa en lugar de a la nevera—. ¿Quién demonios te enviaría un paquete aquí?

Pill suspiró.

—Una vez más, no has entendido nada.

—No parece un paquete muy divertido. —Cake escaneó el contenido sobre la mesa.

Idina estaba demasiado absorta intentando pensar qué significaba todo aquello como para prestar atención.

—¿Has bloqueado completamente la parte de que Oz está aquí? —gritó Pill, con la voz quebrada de nuevo mientras se levantaba del sofá—. ¡Nuestro comandante de compañía apareció y tú no estabas aquí para informar!

—Pues vaya cosa. ¿Qué es esto, novata? ¿Estás metida en toda esa mierda de friki como el gafotas este?

Idina apenas fue consciente de que Cake había cogido el diario. La confusión en su mente era algo nuevo. No tenía ninguna de las piezas que necesitaba, y sus luces verdes no eran de ninguna ayuda. ¿Cómo iban a serlo si no tenía ni idea de lo que le faltaba, ni de cómo encontrarlo, ni de por qué estaba tan lejos de su alcance, pero lo tenía en la punta de la lengua?

—¿Qué te pasa con tocar las cosas de los demás? —soltó Pill.

—Sí. —Skim ladeó la cabeza y se levantó, apartando ruidosamente la silla—. Cada vez que lo intento, todo el mundo dice: «Ah. Joder. Aléjate. No dejes que me toque».

Cross se burló y volvió a la despensa abierta, que estaba a una distancia segura de lo que parecía una pelea a punto de estallar en cualquier momento.

—Eso es porque eres repugnante —bromeó Cake, hurgando en las páginas del diario increíblemente antiguo y muy valioso, sin siquiera mirarlo.

El revoloteo de las páginas y la ligera ráfaga de viento en la mejilla de Idina la arrancaron de su intensa concentración en encontrar los agujeros de su lógica.

—Cake. —Extendió la mano y le miró—. Devuélvemelo.

—Oh, así que es importante. Huh. A la novata le gustan sus libros. ¿Qué clase de mierda nerd hay aquí, eh? Apuesto a que es… —Al final miró las páginas e hizo una mueca—. ¿Qué carajo? Alguien escribió encima.

—Es un diario, imbécil. —Pill señaló a Idina—. Pero devuélveselo.

—Mierda. ¿Llevas un diario?

—No es mío. —Idina estiró la mano un poco más—. Dámelo…

—Bueno, entonces no te importará que lea algo, ¿eh? —Cake se apartó de su alcance, girándose con el diario abierto en las manos—. Busquemos algo bueno. Eh, eh, eh. Sí. Allá vamos. «Siete de abril. Nuestros hermanos del sur llegaron anoche a Holbrook. Toda la hacienda permaneció despierta hasta bien entrada la noche para recibirlos a su llegada. Incluso después de un viaje tan cansado como habían sufrido, Alastair tenía los ojos brillantes y estaba jovial. No mencionaron su agotamiento hasta que todos tuvimos la oportunidad de…». Oh, vamos. ¿Qué coño es esta mierda?

Cake hojeó el resto de las páginas e Idina se levantó de la silla.

—No es mi diario, pero alguien me lo envió. Tiene casi trescientos años, así que deja de hacer el imbécil y entrégamelo.

—¿Trescientos? —La miró mientras pasaba más páginas—. Te han timado, novata. De ninguna manera es correcto. Esto ya se estaría cayendo a pedazos si…

El sonido de una encuadernación desgarrándose salió del diario y todos se quedaron helados.

—Joder, hombre. —Pill gimió—. No sabes cuándo parar.

Cake le ignoró y en su lugar observó cómo el pequeño papel, algo más grueso, se desprendía de la cubierta interior del diario y revoloteaba por el suelo. Aterrizó boca abajo, y rápidamente miró a Idina con los ojos muy abiertos.

—Bien. Puede que se esté cayendo a pedazos. Culpa mía.

—Suéltalo. —Con los ojos en blanco, Idina se agachó para coger el papel suelto. No lo había arrancado del diario. Solo tenía dos tercios del tamaño de las páginas del diario, y todos los bordes estaban limpiamente cortados.

El diario cayó sobre la mesa y Cake retrocedió un paso, levantando ambas manos en señal de concesión.

—Tenía curiosidad, novata. No te pongas así. Es solo un libro.

—¡No es un libro! —gritó Pill.

Idina cogió el trozo de papel caído y observó unas líneas oscuras y asimétricas que apenas se veían por el otro lado.

—Nadie está hablando contigo. —Cake giró sobre Pill—. Vete a partirte la cara entre un par de enciclopedias, gilipollas.

Deslizó el borde del papel entre el pulgar y el índice y lo levantó para darle la vuelta.

—¡No estás entendiendo!

—¡Hacéis demasiado ruido! —rugió Trunk—. ¡Id a destrozaros a otro sitio o callaos!

Idina fue vagamente consciente de que Stop se acercaba vacilante a ella antes de darle la vuelta por completo al pequeño trozo de papel, ver que estaba al revés y enderezarlo.

Tardó medio segundo en reconocer lo que era.

El dibujo a carboncillo era muy detallado, los bordes ahumados del sombreado alrededor de la cara le daban suficiente vida como para parecer casi una fotografía en blanco y negro. La mujer que había posado como sujeto se había girado a medio camino, mirando a lo lejos para proporcionar un ángulo de medio perfil. Llevaba el pelo oscuro y muy rizado, suelto por detrás de la cabeza, con gruesos mechones enroscados en el cuello y uno revoloteándole en la garganta, bajo la barbilla.

El artista captó todo el momento con trazos perfectos de carboncillo, la forma en que Idina había estado esperando captar el movimiento de las cosas desde que se dio cuenta por primera vez de que podía utilizar sus luces verdes para el arte.

Aún más sorprendente era el tema en sí.

«¿Por qué hay un dibujo mío en un diario tricentenario?».

Eso fue lo primero que pensó, y se dio cuenta en cuanto vio la extensión de las líneas de carbón.

Al instante, sin embargo, supo que estaba equivocada.

Reconoció a la mujer, sí, pero no porque fuera ella.

Idina había visto a esta mujer antes.

En sus visiones.

La mujer era real.

Una luz verde estalló en la visión de Idina y la sacó de su realidad para introducirla en la de otra persona. No fue como ninguna de las otras, que habían aparecido en los peores momentos, con sonidos o sensaciones que la habían hecho desaparecer por completo. Esto era más bien como ser arrancada de sí misma, arrastrada a otro tiempo, a otro lugar, a otro mundo por cualquier cosa nueva que se hubiera enganchado a su mente esta vez.

—Guau. Eh. ¿Qué coño está pasando?

Idina oyó los gritos de Cake, pero no pudo controlarse.

El delgado peso del dibujo en su mano desapareció. También desaparecieron la sala de suministros, su nueva unidad y la sensación de tener los pies bien plantados en el suelo.

—¡Muévete! —La voz de Trunk retumbó a través de la niebla verde que rodeaba la conciencia de Idina, pero sonaba muy lejos. Sin embargo, sintió que el suelo temblaba bajo ella durante una fracción de segundo antes de que también se desvaneciera.

Todo a su alrededor se desvaneció en un zumbido bajo

y de fondo, con voces que se entremezclaban y se desenfocaban. La niebla verde que se desplomaba en la visión de Idina permanecía, arremolinada y centelleante. Latía con un tenue resplandor verde como el suyo, y apareció el dibujo a carboncillo de la mujer que había visto antes en otras dos visiones.

Como formado por la niebla, aquel medio perfil de mujer de cabellos salvajes y ojos feroces flotaba frente a Idina, captado en perfecta quietud, pero en un medio completamente distinto.

Entonces la imagen se movió. Empezó por el pelo de la mujer, que parpadeaba y ondulaba con una brisa que no disipaba la bruma verde, sino que parecía reforzarla.

En algún lugar de su mente, Idina sabía que todos los gritos confusos se referían a ella. Algo había pasado, y su unidad se estaba volviendo loca.

Lo único en lo que podía concentrarse era en el medio perfil resplandeciente de la mujer que tenía delante, justo fuera de su alcance. Una mujer que se parecía tanto a Idina que pensó que había encontrado su propio retrato.

Intentó estirar la mano hacia la cara, pero esta también se movió. La mujer giró lentamente la cabeza y miró a Idina. Sus ojos verdes se abrieron de par en par, sus labios se entreabrieron y su voz atravesó el cráneo de Idina desde todas las direcciones a la vez.

—Ya casi llegas, Guerrera. Levántate.

Mientras hablaba, la luz verde parpadeante se desvaneció en la niebla, que se abrió para mostrar no un dibujo al carbón o una réplica pintada de verde, sino el rostro real de la mujer en color natural. Cabello negro. Ojos verdes. Una feroz determinación marcada en cada línea de sus sienes y pómulos.

—Sé quién naciste para ser. Antes de que sea demasiado tarde.

Parecía una conversación, o al menos la posibilidad de

tenerla. Idina no quería otra cosa que hacerle a aquella mujer todas las preguntas que no podía responder por sí sola.

«¿Demasiado tarde para qué? ¿Cómo me levanto? ¿Qué viene detrás de mí?».

Antes de que pudiera intentarlo, otra luz verde intermitente lo llenó todo. La mujer desapareció. También la niebla, la luz y la conciencia que Idina tenía de sí misma. Entonces no quedó nada.

Capítulo 27

—Mierda. Tenemos que llamar a un médico. ¿Alguien tiene una radio?

—¿Por qué coño tendríamos una radio dentro?

—¡Entonces coge un teléfono y pide ayuda! Ya has visto lo que ha pasado.

—Sí, no creo que un médico sepa qué hacer con algo así...

—Dios, sois unos idiotas. Yo lo haré.

Los ojos de Idina se abrieron de golpe y se posaron en el techo, lo único que necesitaba para saber que estaba tumbada en el suelo boca arriba. Entonces empezó a dolerle la cadera y los hombros. Y en la nuca.

Con un grito ahogado, se incorporó de golpe.

Su unidad se apartó de ella, dando un paso atrás o retrocediendo o, en el caso de Pill, cayendo de culo.

—Tío. —Cake sacudió la cabeza, con los ojos muy abiertos, y se retiró hasta llegar a la mitad de la habitación—. Eso ha sido...

—M-muy intenso. —Cross ladeó la cabeza, sus ojos buscaban ahora la cara de Idina en lugar de revolotear a su alrededor—. ¿Estás bien?

—Sí. —Idina tragó saliva—. ¿Qué ha pasado?

—Convulsión. —Trunk asintió y ella torció el cuello para mirarlo mejor—. Confía en mí. Sé lo que parece.

Con una mueca, se frotó la nuca y siseó cuando sus dedos tocaron el punto sensible donde la cabeza había tocado el suelo.

—No tuve un ataque.

—No me digas. Eso fue otra cosa que probablemente aún no tiene nombre. Estabas «radiante», novata. —Cake se llevó una mano a la frente y se paseó delante de la puerta—. Me estoy volviendo loco.

—No, no lo estás —le corrigió Pill—. Todos vimos lo mismo. Lo que significa que ocurrió.

—¿Quién lo dice?

—Lo dicen seis testigos. ¿Somos la fuente más fiable? No. Pero todos vimos lo que vimos.

—Ahora alguien tiene que decirnos exactamente lo que vimos. —Trunk se inclinó hacia delante sobre Idina y bloqueó la luz del techo con su gigantesca cabeza y sus hombros—. Es decir, tú.

—Yo tampoco sé qué ha pasado, chicos. —Intentó levantarse, se tambaleó por el mareo y decidió dejar que eso se asentara unos minutos más—. Lo siento.

—Esto es lo que pasó. —Skim se agachó a dos metros de ella y señaló el dibujo a carboncillo que había en el suelo a su lado—. Lo cogiste. Lo miraste fijamente. Luego te caíste como si alguien te hubiera disparado en la cabeza y empezaste a dar vueltas. Y todo era... verde.

Idina apretó los puños.

—¿He hecho daño a alguien?

Trunk soltó una carcajada.

—¿Aparte de ti? No. Aunque un médico debería revisarte. Eso fue una mierda espeluznante.

—No necesito un médico.

—No veo ninguna razón para que rechaces la atención médica legítima y de alta calidad de los profesionales de esta base —sermoneó Pill—. Una caída es una cosa. Las convulsiones son algo...

—No fueron convulsiones. —Esta vez, Idina consiguió ponerse en pie con la ayuda de la mesa.

—A mí me lo pareció. —Trunk se rascó la cabeza—. Y ha sido uno muy malo.

—Mirad, sé que estáis tratando de echarme una mano, pero estoy bien. De verdad.

—Entonces, como mínimo, ve a la clínica y que te revisen la cabeza. —Pill la señaló—. Te golpeaste tan fuerte contra el suelo que lo noté. Podrías tener una conmoción cerebral.

Cake resolló.

—Buen trabajo, doctor Hipocondríaco.

—¡Esto es serio!

—Ey. En serio. —Idina levantó ambas manos—. Estoy bien. Así que vamos a dejar todo el asunto y olvidarnos de él, ¿de acuerdo?

—¿Olvidar esto? —Cross la miró fijamente y cogió otra botella de agua sin mirar adónde iba—. Eso nunca va a pasar.

—No pareces preocupada —añadió Trunk—. Deberías estar preocupada. Ese ha sido un ataque muy malo. Estoy un poco preocupado de que no estés preocupada.

—Bueno, no es la primera vez. —Aclarándose la garganta, Idina intentó apartarse el pelo de la cara y descubrió que le temblaban un poco las manos.

«¿Las visiones son viejas noticias? Claro. No necesitan saber que nunca me había desmayado por una».

Pill le replicó.

—¿Quieres decir que es algo crónico? ¿*Eso*?

—Estoy diciendo que sigo lidiando con ello, ¿vale? Ahora mismo, la mejor forma de afrontarlo es que todos los presentes me dejen un poco de espacio. —No llegó a gritar la última parte, pero una ráfaga de niebla verde se hinchó alrededor de sus manos.

Idina suspiró pesadamente y cerró los ojos.

—Qué demonios, tío… —Cake esquivó hacia la puerta—. No estoy de acuerdo con esto.

—Pues qué pena. —Abrió los ojos para lanzarle una mirada lo más seria que pudo—. Tú estás atascado conmigo, y yo estoy atascado con… esto. Así que tendrás que lidiar con ello, cabo.

Un lado de su nariz se encendió en una mueca de desconcierto.

Los demás soldados se miraron con recelo y entonces sonó el teléfono de Idina.

«Vaya. Salvada por la campana. ¿Quién podría necesitar llamarme ahora mismo?».

No se paró a considerar todas las opciones antes de aceptar la llamada y prácticamente golpearse el teléfono contra la oreja.

—¿Qué?

El hombre de la otra línea se aclaró la garganta.

—Buenos días a usted también, soldado Moorfield. Está claro que la he pillado en mal momento.

—Mayor Hines. —Idina acechó hacia los escritorios vacíos a lo largo de la pared, metiéndose un dedo en la otra oreja por si su unidad decidía alborotarse de nuevo mientras ella estaba al teléfono con el comandante—. Lo siento, señor. Ha sido… una mañana curiosa.

—Bien. Bueno, está a punto de ponerse mucho más interesante. Encuéntrame en el estacionamiento oeste en cinco minutos. El sargento Williston le dará las llaves.

—Sí, señor. Allí estaré.

Por suerte, Hines ya había colgado antes de que ella tuviera la oportunidad de apuñalar el teléfono con rabia y probablemente provocar un cortocircuito. Se lo volvió a meter en el bolsillo y se dirigió de nuevo a la mesa.

—¿Q-quién era?

—Una llamada del Mayor Hines —susurró Pill con dureza—. Obviamente.

—Tengo que irme. —Idina volvió a agacharse para recoger el retrato al carboncillo que se le había caído en su estado sin convulsiones, y luego lo volvió a meter entre las páginas del diario. Lo guardó bajo un brazo y giró hacia la puerta—. No tengo ni idea de cuándo volveré, así que no me esperéis despiertos.

Nadie se rio de su broma. Ni siquiera estaba segura de que fuera una broma. Tenía que salir de allí.

Cake parecía aterrorizado en cuanto llegó a la puerta. Se tambaleó hacia atrás para apartarse y se estremeció un poco cuando ella se detuvo a mirarlo.

—No es para tanto, Cake. En serio.

Dejó caer la mirada al suelo y no dijo ni una palabra más.

Así que Idina dejó atrás a su desconcertada unidad y se dirigió al único trabajo importante que tenía ahora.

«Hubiera sido mucho mejor que me metieran en un despacho privado y me dieran papeleo. Hacerme chófer de Hines y su ayudante en una habitación diminuta, del tamaño de un armario, donde nadie tenga que verme enloquecer y encenderme como si hubiera tocado un circuito…».

Cuando llegó al vestíbulo del edificio, ya se había enfriado. Estaba segura de que no iba a reventar nada en cuanto Williston intervino con un «¡Soldado Moorfield! Estupendo. Tengo las llaves del comandante para usted».

Idina cogió las llaves del mostrador sin detenerse y murmuró:

—Gracias.

—Vaya. Alguien está susceptible esta mañana. ¿No quieres saber dónde está el vehículo…?

—Lo encontraré. —Luego salió por la puerta y marchó por la fachada del edificio hacia el aparcamiento oeste.

Si su trabajo hubiera consistido en llevar al comandante en un vehículo del Ejército o en un coche de la vieja escuela sin sistema de cierre a distancia, eso podría haberla fastidiado. Con solo pulsar el botón del llavero supo qué vehículo iba a conducir hoy.

Un gran todoterreno negro con las lunas tintadas tan

oscuras que probablemente era ilegal conducir fuera del puesto.

Idina resopló mientras se acercaba al vehículo. «Si quería ser tan anónimo, no debería haber ido a la escuela de salto. Entonces no me habría conocido».

Abrió la puerta del conductor, se metió en el coche para ponerlo en marcha y volvió a salir para esperar al comandante Hines.

La hizo esperar siete minutos más.

«Porque me está probando. Quiere ver si sirvo para algo más que para tener episodios de locura y volver verde como sea y que me metan en su empresa mientras alguien por encima de nosotros dos se parte de risa».

Cuando Hines salió por fin del edificio, se dirigió enérgicamente hacia el vehículo en marcha, con la mirada perdida, como si hubiera sido arrancado de sus intensos pensamientos antes de recordar que había mandado llamar a su chófer. Idina no lo había visto antes vestido de azul con gorra de servicio, pero al verlo ahora se dio cuenta al instante de lo alto que estaba en la cadena de mando.

«Informa al comandante del batallón. Que dirige toda la compañía. Y yo estoy saltando para llevarlo… a donde quiera. Esto es raro.»

Se puso delante de la puerta trasera del pasajero para abrírsela antes de que él pudiera hacerlo.

Hines asintió sin mirarla y murmuró un rápido

—Gracias. —Luego se detuvo, retrocedió y la miró como si hubiera olvidado por completo quién era su chófer—. ¿Has hecho esto antes, Moorfield?

—¿Que si he sido la conductora de alguien?

—Ajá.

—No, señor. Solía tener uno.

Hines abrió los ojos, miró alrededor del aparcamiento y luego asintió.

—De acuerdo.

Después, se deslizó en el asiento trasero, e Idina cerró suavemente la puerta tras él.

Todavía estaba arrastrando los pies y tratando de ponerse cómodo cuando ella se puso al volante y se abrochó el cinturón. Tuvo que reajustar un poco el espejo retrovisor. El anterior conductor de este vehículo en concreto había sido al menos cinco centímetros más alto que ella sentada. También tuvo que adelantar bastante el asiento, pero finalmente se acomodó y observó el reflejo de Hines.

—¿A dónde va hoy, Mayor?

—¿Hmmm? —La miró confundido y luego soltó un suspiro—. Vayamos primero por aquí. Te daré indicaciones sobre la marcha.

Así que Idina puso el cambio en marcha y salieron.

Aparte de las indicaciones que Hines le daba de vez en cuando antes de girar, el trayecto en coche a través del puesto transcurrió en silencio. Agradeció no tener que hablar de nada, ni elegir cuidadosamente sus palabras, ni intentar explicar a nadie lo que no podía explicarse a sí misma.

Hasta que el mayor se movió un poco hacia delante en su asiento y abrió la boca.

—¿Qué clase de mañana?

—¿Qué? —Ella miró por el retrovisor y lo sorprendió estudiando su reflejo.

—Ha dicho que había sido una mañana curiosa, Moorfield. Cómo.

Idina tragó saliva y centró su atención en la carretera.

—Nada que no pueda manejar, señor. Supongo que me estoy… adaptando. Todavía.

—Claro. Has tenido un viaje un poco inestable.

Ella resopló y disimuló la sonrisa.

—Se podría decir que sí.

—Entiendo. —Hines volvió a sentarse en su asiento y miró por la oscura ventanilla—. Créeme. El último lugar donde pensé que acabaría era al mando de una compañía. O al mando de cualquier cosa, sinceramente.

—Si no le importa que se lo diga, señor, parece que lo ha hecho bien. Incluso con el cuartel general.

Resopló y lanzó una mirada divertida al espejo.

—No tienes que lamerme el culo solo porque ya no saltemos juntos de los aviones.

Idina sonrió con satisfacción.

—Sí, señor.

—Gire a la derecha aquí.

Encendió el intermitente y los condujo a un barrio residencial del puesto. Las casas eran más grandes que las que había visto en Fort Bragg. Por otra parte, no la habían invitado a ninguna casa de la base, ni siquiera le habían dado indicaciones para llegar a una.

—He aquí una pregunta sincera, Moorfield. —Hines apoyó el codo en el reposabrazos de su puerta y se acarició un lado del bigote con un dedo—. Como superior suyo, espero una respuesta sincera.

—Sí, señor.

—Sin tonterías.

—Haré lo que pueda. —Volvió a mirar al espejo. Hines sonreía, pero su mirada se dirigía al exterior, hacia las casas que pasaban muy despacio junto a ellos.

—Dices que me va bien. No me malinterpretes. No baso mi visión del mundo ni el nivel de mi autoestima en las opiniones de mi chófer. —Idina resopló—. Tengo que preguntarle si su evaluación de mi rendimiento laboral se extiende a su nueva unidad.

La pregunta la pilló tan desprevenida que estuvo a punto de frenar en seco. Por suerte para ella, Hines le indicó que girara a la izquierda en la siguiente calle, así que fingió concentrarse en eso y no en su extraña pregunta.

«No es mi superior inmediato. Es el Capitán Irons. No ha aparecido ni una vez para comprobar mi nueva unidad. No creo que tenga ni idea de que nuestra unidad existe».

—Dije que nada de tonterías, ¿no? —murmuró.

—Sí, señor. Estoy... pensando.

Hines suspiró y tamborileó con los dedos en el reposabrazos de la puerta.

—Es tan malo, ¿eh?

No quería entrar en más detalles y tampoco quería mentirle de forma descarada. Además, lo más probable era que todo lo que dijera se reflejara en su actual oficial al mando, y pensar en cómo reaccionaría Irons si se enteraba de que había estado hablando de él con su comandante la hizo apretar aún más los labios.

—¿Te haría sentir mejor si te dijera que donde estás ahora no va a durar para siempre?

Idina volvió a mirar por el retrovisor e intentó disimular su sorpresa.

—Eso depende, señor.

Se rio entre dientes.

—¿De qué?

—Sobre si donde sea que vaya después de esto es mejor o peor.

Hines soltó una carcajada y volvió a moverse en su asiento. Se inclinó hacia delante y señaló.

—Esa casa de ahí a la derecha. Suba al bordillo. No hace falta que me dejes salir. Puedo abrir la puerta.

Idina frenó delante de una enorme casa de estilo victoriano con una valla blanca que bordeaba el perímetro de un patio muy grande. A juzgar por el tamaño del lugar, supuso que también había una buena cantidad de tierra detrás de la casa.

—No puedo decirte si lo que viene a continuación es mejor o peor, Moorfield. —Hines se desabrochó el cinturón—. Puedo decirte que si alguna vez te encuentras en un lugar en el que parece que nadie a tu alrededor te cubre las espaldas, probablemente sea porque tú estás ahí para cubrir las suyas.

Ella asintió y miró al frente con una pequeña sonrisa.

—Entendido, señor.

—Bien. Al menos uno de nosotros lo entiende. —Abrió la puerta y se movió para salir, luego se detuvo—. ¿Qué es eso?

—¿Hmm?

Hines señaló con la cabeza el asiento del copiloto, donde Idina había dejado caer el diario de cuero verde para no tener que arriesgarse a dejarlo con su unidad de soldados desechados sin noción del espacio personal ni de las pertenencias.

—Te has traído la lectura, ¿eh?

—Oh. Sí, señor. Me doy cuenta de que debería haber preguntado antes…

—No pasa nada. Estaremos aquí unas horas. Será mejor que tengas algo para pasar el tiempo mientras esperas. Deja el teléfono encendido.

—Espera. ¿Quiénes? —Ella se giró en su asiento para mirarle, y Hines sonrió.

—Eres mi chófer, Moorfield. Vas donde yo voy. Disfruta del libro. —Luego salió del coche, cerró suavemente la puerta tras de sí y caminó por el paseo delantero hacia la gigantesca casa.

Idina lo observó hasta que se abrió la puerta principal y Hines entró. No llegó a ver quién había abierto la puerta antes de que volviera a cerrarse, pero tampoco le prestó mucha atención.

Su mente estaba demasiado ocupada dándole vueltas a lo que acababa de decir el mayor.

«Tiene que saber que no hago absolutamente nada en el cuartel. Está bajo su mando, y no es que haya varios niveles de mando entre nosotros. Si eso se suponía que era algún tipo de mensaje secreto, lo entendí. Alguien me reasignó como su chofer y pensó en meterme en el corral con un montón de soldados problemáticos que necesitan ayuda.

Eso sería mucho más *fácil* si no tuviera visiones que toda mi unidad cree que son ataques».

Se quedó allí sentada un momento más, pensando en su papel en el panorama general. A pesar de no tener toda la información, cuanto más pensaba en ello, más sentido tenía que alguien la hubiera transferido a la unidad más joven y cutre por alguna razón. Así que Idina Moorfield tendría que hacer lo que mejor sabía hacer y conseguir algo con lo que tuviera a mano.

Tras echar otro vistazo a la casa, cogió el diario verde de Remitente Anónimo y lo abrió por la primera página. A estas alturas, era probablemente lo único que habría mantenido su atención.

* * *

—¡Novato! —El teniente coronel MacBlair caminaba por el vestíbulo con los brazos abiertos—. Has llegado.

El comandante Hines sonrió satisfecho ante la bienvenida de su viejo amigo, sobre todo porque MacBlair había elegido recibirle en bata.

—Me hiciste creer que era una invitación formal.

MacBlair se encogió de hombros.

—A veces no puedo evitarlo. Te dije que podíamos discutir tomando una copa. Nunca iba a dejar que me emborracharas con cualquier licor barato que tuvieras en mente.

Hines resopló.

—Por supuesto que no.

—Vamos. Todavía bebes brandy, ¿verdad?

—Solo cuando yo no pago. —Ambos rieron y entraron en el estudio del coronel, a la derecha del vestíbulo.

El hombre se dirigió directamente al bar de la pared, que sobresalía hasta el borde de la ventana que daba al jardín delantero. Mientras MacBlair descorchaba la botella que reservaba para las reuniones privadas con los pocos agentes que le conocían tan bien como Hines, miró a través de las cortinas para observar el todoterreno negro aparcado fuera.

—¿Qué tal te trata el nuevo conductor?

—Es la primera vez que tengo que usarla. Ella me llevó de A a B, así que ahí por ahora bien.

Sonrió y MacBlair terminó de servir las bebidas y estudió el vehículo un poco más, deseando que las ventanas no estuvieran tan oscuras. Luego se giró con una sonrisa y le entregó a Hines una copa de coñac muy caro.

—Estoy seguro de que podrá aguantarlo. No es tan difícil seguirte el ritmo, después de todo.

—Ah. Cierto. —Hines dio un sorbo a la bebida y luego respiró hondo—. Estoy bastante seguro de que está aburridísima. Y puede manejar mucho más que ponerse al volante.

—¿En serio? —MacBlair fingió sorpresa y dio un sorbo a su bebida—. ¿Qué te hace pensar eso?

Frotándose la boca un momento, Hines sostuvo la mirada de su amigo y no supo si reírse o lanzar un insulto para borrar la sonrisa del rostro del teniente coronel.

—Nos ganamos las alas en el mismo ciclo. En la Escuela de salto.

—Huh. Así que finalmente te dieron la oportunidad de demostrar que no te rompes con el impacto, ¿eh?

Hines resopló, bebió otro sorbo y observó a su amigo y superior hasta que no pudo contenerse más.

—Muy bien. Corta el rollo.

MacBlair se atragantó con su bebida y tragó rápidamente.

—Hmm.

—No pides visitas a domicilio para luego aceptar visitas en tu puto pijama. O esto es una reunión oficial, o estás tramando algo. Obviamente no es oficial. Así que suéltalo. Porque no estoy esperando para jugar a tus jueguecitos como la última vez.

Asintiendo con lentitud, MacBlair señaló hacia los grandes sillones de cuero del otro lado del estudio.

—Tiene razón. Siento haberte tomado el pelo así, pero

sigo tanteando el terreno.

—Eso no significa nada para mí, y lo sabes.

Se sentaron en las sillas, bebieron un sorbo de brandy y pasaron el minuto siguiente en silencio.

Entonces MacBlair respiró hondo.

—Sabes, esta vez no eres una pieza en el tablero de juego.

Hines enarcó una ceja.

—De alguna manera, no estoy convencido.

—Confía en mí, novato. Fue una feliz coincidencia.

—Viniendo del hombre que dice que la coincidencia es una mierda, eso es decir algo.

MacBlair asintió.

—Salió bien. Sé que lo he dicho muchas veces en el pasado, pero esta me sorprendió.

—De acuerdo. —Hines se aclaró la garganta—. Antes de que sigas, necesito saber de qué coño estás hablando.

El coronel soltó una risita y dio un último trago a su brandy antes de dejar la copa en una gran mesa auxiliar redonda junto a su silla.

—Supongo que te lo debo.

—Ja. Y algo más.

—Déjame preguntarte esto primero…

—Maldita sea. No empieces una explicación con una pregunta. Sabes que odio eso.

MacBlair sonrió.

—Que es exactamente por lo que estás aquí.

Hines le fulminó con la mirada hasta que por fin se separó para tomar otro trago.

—No has cambiado desde Highroll.

—¿Por qué iba a hacerlo? Fue la cima de tu carrera.

Ambos se rieron y Hines negó con la cabeza.

—No me malinterpretes, hablar de tonterías y bromear sobre nuestras antiguas operaciones es una forma estupenda de pasar la tarde. ¿Por qué estoy aquí realmente?

MacBlair estudió a su amigo y supo que había elegido al hombre adecuado para esto. Aunque el comandante Hines no hubiera pasado tres semanas entrenándose para los saltos con un tal soldado de primera Moorfield. Esa parte hacía todo esto mucho más interesante.

—Estás aquí porque necesito algunas respuestas. Empezando por lo que puedas decirme sobre tu conductora.

Hines se atragantó con su brandy y casi se lo derrama por encima antes de recuperarse.

—Estás bromeando.

—Yo no. —La lenta sonrisa de MacBlair creció—. Algo me dice que sabes algo de la soldado Moorfield.

Apretando los dientes, Hines exhaló un largo y agitado suspiro.

—No sé cómo lo haces.

—Solo una de mis muchas habilidades.

—Sí. No me digas que así llegas a comandante de batallón antes que alguien con casi dos décadas encima.

MacBlair se rio entre dientes.

—De acuerdo. No lo diré. De vuelta a Moorfield...

—Sí, sí, quieres oírlo todo. —Hines se levantó del sillón y se quedó mirando la silueta del todoterreno a través de las cortinas—. Voy a necesitar otra puta copa.

La historia continúa

La historia continúa en «Uno de esos (malditos) días», preventa ya disponible.

Libros gratuitos

Consigue adelantos, regalos exclusivos, contenido entre bastidores y mucho más. ADEMÁS, recibirás notificaciones sobre los precios especiales para fans de los nuevos lanzamientos.
Inscríbete hoy para recibir historias gratis. Visite: https://marthacarr.com/read-free-stories/

Notas de la autora - Martha Carr

Escrito el 17 de enero de 2022

Por lo visto, soy un poco lenta a la hora de enviaros mi nota a vosotros, los Mejores Fans del lugar, y Michael le ha pedido a la Maravillosa Grace, mi ayudante, que me atice. Ya sabéis que lo ha hecho con una sonrisa que podría recordaros al Grinch de Whoville. Bien, bien, estoy en ello. Le estoy quitando tiempo a escribir sobre Leira y Yumfuck, y unos cuantos personajes nuevos, y Winland…

Vale, yo también me estoy riendo mucho.

Esa ha sido la clave para tener éxito en algo que me encanta: mantener el sentido del humor. Es un componente necesario en la vida. Pero hubo años, más de los que me gustaría, en los que me faltó. Tenía demasiado miedo de no ser suficiente y de que la vida se me fuera de las manos en cualquier momento.

Para que quede claro, esto no empezó cuando me convertí en madre soltera. De hecho, el hecho de que otra persona dependiera de mí me hizo esforzarme más, al menos por ellos. Todavía pasaba demasiado tiempo intentando anticiparme a los problemas para poder resolverlos antes de que aparecieran, o al menos estar preparada. Era una forma de vivir llena de ansiedad y, aunque en el fondo era divertida y cariñosa y quería servir a los demás, siempre tenía que arrastrarme por mis miedos para conseguirlo. Es maravilloso que haya llegado tan lejos.

Sin embargo, al final (y menos mal), me agoté y busqué ayuda para empezar a hablar de todas las cosas que me rondaban por la cabeza y adquirir algunas habilidades, como el sentido del humor.

Me llevó tiempo y mucho valor apartarme de la preocupación y reconocer que lo que estaba haciendo era similar a mirar en una bola de cristal. Predecir el futuro. Por cierto, nada de lo que me preocupaba se hizo realidad.

Tampoco muchas de mis esperanzas.

Entonces, en cuanto presté más atención a lo que me rodeaba —el presente— y estuve dispuesta a dejarse llevar y no tratar de manipularlo, las cosas empezaron a cambiar a mejor. La primera recompensa fue que podía hablar con la gente sin descargar mi último miedo escondido en alguna parte. Y podía dormir por la noche. Avancé en todos los frentes y, cuando hubo algún contratiempo, fui capaz de tirar de sentido del humor y pedir ayuda: otra nueva habilidad.

Se acabó el «puedo hacerlo sola», aunque pudiera hacerlo todo. Me di cuenta de las ventajas de crear una comunidad y dejar que fuera un toma y daca. Eso también requería más valor. Los acontecimientos ya no me ocurrían a mí, simplemente ocurrían, y las soluciones eran más fáciles de ver.

Las cosas todavía pueden salir mal, como gastar demasiado en una portada que no funciona, o un lanzamiento que no sale como se esperaba, o incluso una serie entera que se desvanece. Oh, Daniel Codex, una joya escondida, que pasó al olvido. O esos problemas de la vida como la quimio, que te comen por dentro, o los más pequeños como un corte de pelo que parece que dejé que un niño de guardería probara suerte.

Ya casi ha crecido, seis meses después. En lugar de darle vueltas a todo, he hablado de lo duro que puede ser algo, he obtenido ideas o pasos a seguir, y he seguido adelante, volviendo a la vida. Una nueva serie, mejores portadas, amigos cariñosos que me ayudan durante la quimio y un montón de pinzas para el pelo, por ahora. Así tampoco me pierdo lo que pasa a mi alrededor, como la belleza del jardín, o jugar con los perros, o ver qué hace un amigo. Todo se suma a una vida en la que me he fijado y que me encanta.

Más aventuras a continuación.

Notas del autor - Michael Anderle

Escrito el 17 de enero de 2022
Gracias no solo por leer este libro, sino también estas notas del autor.

«Puedo hacerlo yo sola».

Así que Martha y yo hablamos todo el tiempo (lo creas o no), y puedo OÍRLA en mi cabeza (como una melodía molesta que no se va… ¡SOLO BROMEABA, MARTHA!).

De todos modos, puedo OÍR a Martha mientras habla en las notas de la autora. Tiene una cierta candidez que me parece atractiva y maravillosamente encantadora. En resumen, sería una anfitriona maravillosa para contar historias en un podcast. Por lo tanto, sé sin lugar a dudas cómo diría: «Puedo hacerlo solaaaaa». Tiene una forma de expresar su voz que le permite aletear un poco, pero sonar casi monótona con mucho aliento.

Es único y divertido. A menudo, Martha sacaba a colación algo en lo que estaba trabajando en los primeros días de colaboración, y yo la miraba (en *Zoom*), y ella se detenía un momento. Nuestra conversación era algo así como:

Martha: ¿Qué?
MIKE: ¿Eh?
Martha, preocupada: ¿Por qué me miras así?
MIKE: Estoy intentando averiguar por qué sigues con esas cosas. ¿No tienes dinero? ¿No puedes pedirle a alguien que te ayude a hacer esto, y así puedes trabajar, o —que Dios nos ayude— tomarte algún tiempo libre?
Martha: No estoy muy acostumbrada a la opción de pagar a la gente. Si consigo unos pocos centavos, los guardo.
MIKE: Bueno, si sigues así, te quemarás, dejarás de escri-

unos 60 días o así, cuando Amazon nos pague cada vez menos.

Martha: Veré si puedo conseguir ayuda.

MIKE: Chica lista. (Probablemente no lo dije así. A lo mejor lo dije algo mucho más sarcástico y que no es seguro publicar. Pero Martha y yo nos reímos de cosas así, así que... #KnowYourAudience).

Yo estaba muy preocupado.

En primer lugar, me preocupaba que se quemara y, en segundo lugar, sabía que si no se dejaba llevar y buscaba ayuda, limitaría su futuro.

Conseguir ayuda no siempre significa más tiempo personal (aunque debería). También significa darse tiempo para empezar a pensar de forma un poco más estratégica.

En lugar de trabajar en la trinchera de la táctica.

Que tengas un año maravilloso y sonríe a alguien porque sí. Nunca se sabe si eso es lo que una persona necesita para sobrevivir un día más.

Ad Aeternitatem,
Michael Anderle

Conectar con los autores

Martha Carr
Página web:
http://www.marthacarr.com

Facebook:
https://www.facebook.com/groups/MarthaCarrFans/

Michael Anderle
Página web:
http://lmbpn.com

Lista de correo electrónico:
http://lmbpn.com/email/

https://www.facebook.com/groups/LMBPNenespanol

https://twitter.com/MichaelAnderle

https://www.instagram.com/lmbpn.es/

https://www.bookbub.com/authors/michael-anderle

www.ingramcontent.com/pod-product-compliance
Lightning Source LLC
Chambersburg PA
CBHW060303260626
47160CB00007B/2490